구경하는 들러리양

구원하는 글러리얀 외전2

엘리아냥 장편소설

초판 1쇄 찍은 날 | 2022년 04월 23일
초판 1쇄 펴낸 날 | 2022년 04월 30일

지은이 | 엘리아냥
펴낸이 | 예경원

기획 | CL프로덕션

펴낸곳 | 예원북스
등록번호 | 제396-012-00132호
등록일자 | 2012. 7. 25
WFN | 제3-077호

주소 | 서울시 구로구 디지털로 31길 38-9 802호
전화 | 02-867-4626 팩스 | 02-866-4627
E-mail | yewonbooks@naver.com

ISBN 979-11-365-7471-8 03810

외전2
구경하는
들러리양
Watching Deulleoriyang
엘리아냥 장편소설

Contents

외전 10 부활하는 들러리양 (1)

오드와 디아나의 결혼식이라는 초대형 경사가 있고 나서 얼마 뒤. 막 부부가 된 두 사람은 예정되었던 신혼여행을 떠났다.

참고로 둘은 여행길에 오르기 전까지 마탑에서 머물렀다. 디아나와 오드가 선택한 그들의 신혼집이 바로 마탑이었기 때문이다.

내 이야기를 하자면, 디아나에게서 처음 저 결정을 전해 듣고 하마터면 뒤로 자빠져 골절상을 입을 뻔했다. 당연했다.

왜냐면…… 마탑에는 나와 아윈이 사니까! 오드의 모친과 부친! 이른바 디아나의 시부모! 시댁과 함께하는 신혼집이라니……!

"디아나, 정말 괜찮니? 나와…… 아윈과 함께 살아도?"

네이X 판을 터뜨릴 최고의 공포 실화에 겁에 질려 벌벌 떨었는데,

디아나는 태연히 대답했다.

"당연히 괜찮죠. 그리고 두 분만이 아니라 저희 어머니와 아버지도 마탑에 계시잖아요."

"아."

그리고 나는 깨달음을 얻었다. 그래, 그렇지. 친정도 함께하는 신혼집이었네.

'과연 마탑. 없는 게 없구나.'

마탑 너는 다 계획이 있구나?

어쨌든 그렇게 마탑은 나와 아윈의 집이자 비숏과 에슐라의 거처이자 디아나와 오드의 신혼 보금자리가 되었다.

뭐, 사실 내가 앞서 보였던 반응이 무색하게도, 마탑은 누군가와 같이 산다고 호들갑을 떨기에는 지나치게 넓은 편이었다. 저택보다는 거의 작은 성에 가깝다고 봐야겠지. 실제로 부부 세 쌍과 그 외 수많은 솔로 마법사—애석하지만 그렇게 됐다—를 수용하고도 빈방이 아직 꽤 있는 걸로 알고.

흠…….

'임대업을 해볼까?'

조들리어한테 진짜 제안해 봐? 조들리어는 언제 어느 때나 돈이라면 눈이 돌아가는 사람이니 엄청 좋아할지도…….

근사하게 꾸며진 마탑 후원에 앉아 기뻐하는 조들리어의 모습을 상상해 볼 때였다.

"안주인님! 안주인님!"

멀리서부터 나를 다급하게 부르는 목소리가 들렸다. 나는 고개를 돌렸다. 아로브럭이 수염과 머리털을 휘날리며 내게 뛰어오고 있었다.

머리털은 그렇다 치고, 웬 수염이냐고?

한 가지 사실을 말해주자면, 아로브럭은 몇 년 전부터 갑자기 수염을 기르기 시작했다. 자신도 이제 슬슬 청년을 벗어나 장년의 시기에 접어드는데, 뭔가 전과는 달라져야 할 것 같아서 그런다나.

그래서 나는 내심 아로브럭의 먼 미래를 기대하는 중이었다. 지금부터 한 삼십 년 정도 더 지나면…… 그때는 과거의 간X프를 다시 만날 수 있을지도! 그날이 오면 아로브럭에게 재회의 선물을 주는 것도 좋겠다. 반지라든가 말이지.

그런저런 생각을 하는 사이 아로브럭이 내 앞에 도착했다. 나는 무릎에 손을 얹고 허리를 굽혀 숨을 몰아쉬는 아로브럭에게 물었다.

"무슨 일 있어요? 이렇게 급하게 나를 찾을 정도로?"

"그게, 넘나레드가……."

아로브럭이 한참 더 숨을 고른 끝에 고개를 번쩍 들었다.

"기억상실증에 걸렸습니다!"

"헐."

제 아들이 주제도 모르는 천것과 사랑에 빠졌다더군요. 돈을 받고도 물러나지 않으니, 어쩔 수 없죠.

끼이익, 쾅!

……아, 이게 아닌가?

"정말이에요?"

"제가 왜 안주인님께 거짓을 고하겠습니까? 저는 언제나 진심으로 제 목숨을 소중히 여기는 사람인데요."

나한테 거짓말하면 죽는다는 건가…….

"음, 그래요. 아무튼 기억상실증이라니, 어쩌다가요?"

"욕실에서 넘어져서 머리를 박았답니다."

"간단하네요."

"네. 그런데 그러고서 기절했다가 깨어나더니, 여기가 어딘지도, 자기 이름이 뭔지도 기억 못 하지 뭡니까?"

"저런……."

"그래서 메모리아가 거울을 보여주면서 '당신의 이름은 넘나레드입니다'라고 알려줬더니, 그럴 리 없다고 발광을 하더군요. 사람 이름이 그렇게 성의 없이 대충 지어졌을 리 없다나?"

저런.

"의사한테 진찰은 받았고요?"

"조금 전에요. 불행, 아니, 다행히도 머리에 별다른 외상은 없다고 합니다."

아로브럭이 실수로 내뱉은 본심 두 글자를 못 들은 체해주며 나를 팔짱을 꼈다.

"기억은 언제 돌아온대요? 혹시 안 돌아오는 건 아니죠?"

"의사 말로는 일시적인 증상이니 금방 괜찮아질 거라고 합니다."

"아하, 다행이네요."

"그렇습니다. 정말 불행, 아니, 다행이죠."

……이 자식 실수가 아닌 것 같은데?

뭐, 어쨌든. 기억상실증이라.

나는 '흠' 하고 생각에 잠겨 턱을 매만졌다. 기억상실증은 과거 현대인이었던 내게 꽤 익숙한 단어였다. 막장 드라마나 소설 등에서 숱하게 봐왔으니까 말이지!

'현실에서 일어나기도 하는 일이었구나.'

그런 생각을 하던 나는 문득 입을 열었다.

"그런데 아로브럭, 혹시 기억을 지우는 마법은 없나요?"

"기억을 지우는 마법이요?"

"아무리 마법이라도 그런 것까지는 안 되나?"

넘나레드의 이야기를 듣고 나니 갑자기 궁금해졌다. 아로브럭은 내 질문에 어깨를 으쓱했다.

"그런 마법이 있는지 없는지는 확답드릴 수 없지만, 우선 저는 못 합니다."

"그렇구나."

"하지만 탑주님이시라면 가능할지도……."

"못 해."

머리를 부드럽게 쓰다듬는 손길을 느끼는 것과 동시에 귀에 익은 목소리가 들렸다. 나는 앉은 채로 고개만 들어 아윈의 얼굴을 확인한 후, 바로 자리에서 일어나 단단하고 넓은 품에 파묻혔다.

"안녕, 남편."

"응."

"그나저나 못 한다니?"

"말 그대로. 기억을 지우는 건, 나도 못 해."

"허어억!"

오해를 방지하기 위해 확실하게 언급하고 넘어가자면, 저건 내가 낸 소리가 아니다. 나는 아윈의 가슴팍에서 떨어져 아로브럭에게 시선을 주었다. 아로브럭은 마치 헤어졌던 옛 애인을 귀신으로 다시 만난 것 같은 얼굴을 하고 있었다.

"타, 타, 탑주님께서 모, 모, 못 하시는 일이 있었다니……!"

아, 그게 문제였군.

'하긴, 놀랄 만하지.'

저 정도는 당연히 아니지만 나도 내심 아윈의 답에 의외라고 생각하긴 했다. 아윈과 불가능. 어쩐지 영 어울리지 않는 조합으로 느껴진다고나 할까? 나뿐 아니라 아윈을 아는 대다수가 그렇게 느끼겠지.

나는 아윈의 지난 화려한 업적—마계로 넘어가 악마 쓸어버리기 등등—을 떠올려 보다가 무심코 말했다.

"기억을 지우는 건 오직 신만이 할 수 있는 일인가 보네."

아윈이 못 한다. 즉, 사람이 못 한다.

누군가는 비약으로 느낄지도 모르겠지만, 내겐 그저 자연스러운 논리 흐름이었다. 아윈은 내 말을 듣고 가볍게 고개를 끄덕였다.

"그래."

제법 단호한 답이었다. '그럴걸'이나 '그렇겠지'가 아닌 '그래'라니.

'역시 아윈도 자기가 못 하면 사람이 못 하는 일이라는 걸 알고 있는 건가!'

자기 자신을 너무나 잘 아는 초천재 무법자 마탑주를 빤히 올려다보고 있으려니, 아윈의 입이 다시 열렸다.

"왜?"

"나랑 넘나레드 보러 가자."

"그건 왜."

"욕실에서 넘어져서 기억을 잃었대. 안주인으로서 마땅히 구경…… 아니, 병문안을 가봐야 할 것 같아서."

초롱초롱한 눈빛을 쏘아 보냈더니, 곧 아윈이 내게 손을 내밀었다. 나는 웃으며 그 손을 냉큼 잡았다.

넘나레드의 기억은 여섯 시간 만에 돌아왔다.

그리고 기억이 돌아오자마자 넘나레드는 크게 분노해 카르댄밸과 머리채를 잡고 격투를 벌였다.

이해되는 일이었다. 왜냐면 카르댄밸이 기억을 잃은 넘나레드에게 '내가 네 형님이다' 하고 사기를 쳐서, 넘나레드가 여섯 시간 동안 꼬박꼬박 카르댄밸을 형님으로 불렀으니 말이지.

격투는 무승부로 끝났고, 메모리아는 살인이 나지 않은 것이 다행이라고 덧붙였다.

아, 그런데 살인은 나지 않았지만…… 속상한 청년, 아니, 장년 한 명은 생겼다. 바로 운 없는 아로브럭이었다.

아로브럭은 복도를 지나다가 넘나레드와 카르댄밸의 싸움에 휘말려 그만 품에 안고 있던 물건을 떨어뜨려 깨뜨리고 말았다. 한데 하필이면 그 물건이 보통 물건이 아니었다.

그건…… 무려 아로브럭이 십오 년 전 우연히 만났던 첫사랑에게 받아 이날 이때까지 소중히 간직해 온 오르골이었다! 당연하게도 아로브럭은 상실의 아픔을 견디지 못했고……. 복도에 주저앉아 자기 추억을 돌려내라고 외치며 구슬프게 울고 말았다.

'메모리아가 냉정했지. 그 상황에서 아로브럭을 욕실에서 넘어뜨리자는 의견을 낼 줄은.'

오르골에 대한 기억을 지워주는 것이 아로브럭을 위한 최선의 해결책이라나?

……어떻게 보면 맞는 말 같기도 하고.

"무슨 생각 해?"

나는 침대에 누워 회상에 빠져 있다 말고 고개를 돌렸다. 아윈이 옆자리에 눕자 넓은 침대가 약하게 출렁였다. 나는 잠시 다른 걸 멈추고 남편을 감상하는 시간을 가졌다.

참, 누구 남편인지. 잘생겼네, 잘생겼어! 이십 년이 지나도 한결같네!

나는 미모의 남편을 향해 한쪽 눈을 찡긋하며 느끼하게 답했다.

"네 생각."

회상 속 마지막 장면에 등장했던 인물이 메모리아니, 바른대로 답하면 메모리아 생각이라고 해야겠지만……. 하지만 그랬다간, 음, 뭔가 엄청난 일이 벌어질 것 같다고나 할까?

"내 생각 뭐?"

아윈은 팔로 옆머리를 괴고 누워 나를 빤히 보며 질문했다. 나는 재빨리 머리를 굴려 그럴듯한 내용을 생각해 냈다.

"네가 내 남편이라서 행복하다는 생각!"

이건 실제로 평소에 종종 하는 생각이니까…… 완전히 거짓말은 아니지?

"그래?"

아윈이 머리를 괴었던 손을 풀어 내게로 뻗었다. 이내 내 몸이 아윈에게 끌려가 익숙한 품에 가두어졌다.

"같은 생각 했네."

"……아윈 너도 네가 네 남편이라서 행복하다고 생각했다고?"

변호하자면, 아윈의 말은 당연히 제대로 알아들었다. 다만 괜히 부끄러워져서 이러는 거다.

아윈도 그런 내 본심을 읽었는지 머리 위에서 낮게 웃음소리가 들렸다.

……크흠.

나는 얌전히 아윈의 품에 안겨 눈을 깜박거렸다. 그러고 있자니, 언뜻 오늘 낮에 안겼던 아윈의 가슴팍이 떠오르면서 그때 나눴던 대화가 자연히 함께 생각났다. 입이 저절로 움직였다.

"아윈."

"응."

"아까…… 그러니까 오늘 낮에, 기억을 지우는 건 신만이 할 수 있는 일이라고 했었잖아."

"그랬지."

"그럼, 혹시 신이 정말 사람의 기억을 지운 적도 있을까?"

별생각 없이 꺼낸 말인데, 막상 입 밖에 내고 나니 정말로 궁금증이 생겨났다.

"신에 의해 기억이 지워진 사람은 자기 기억이 지워졌다는 사실을 알까?"

넘나레드처럼 기억이 통째로 사라지는 경우에는, 뭐, 모르는 편이 더 이상하겠지. 하지만 만약 기억의 극히 일부만 지워진다면? 그 상황에서는, 과연 기억의 주인이 자기 기억에 공백이 존재한다는 걸 알 수 있을까? 음, 아무래도 어렵겠지.

나는 스스로 답을 내린 후 계속해서 주절거렸다.

"그리고 신이 지운 기억은 영영 돌아오지 않는 걸까? 신이 돌려주기 전까지? 그렇게 생각하니 왠지 슬픈……."

나는 입을 다물었다. 아윈이 갑자기 나를 바짝 당겨 안아, 상대의 반듯한 쇄골 아래에 무방비하게 이마를 박아야 했기 때문이다.

"……뭐야? 헛소리 그만하고 빨리 자라고?"

"피곤하잖아. 아니야?"

"그건 그렇지만……."

기억을 잃은 넘나레드 덕분에 오늘 구경거리가 많아서 여기저기 바쁘게 돌아다니기는 했다. 자각하고 나니 문득 피로가 몰려오는 것 같았다.

"어서 자."

웬일로 아윈이 나를 먼저 재우려고 하네. 평소에는 반대였으면서. 내 쪽에서 먼저 자고 싶다고 칭얼거려도, 그…… 여러 가지 이유로…… 안 재웠으면서! 크흠!

'내가 그만큼 피곤해 보이는 건가.'

그럴 수도 있지. 나도 이제 다 큰 자식이 있는 만큼 아주 어린 나이는 아니니까. 아니, 생각하니까 슬프네. 그래도 동안이라서-뭐. 왜. 사실이다. 아무튼 사실임-나이에 비해 훨씬 젊어 보인다는 것에 의의를 두자.

사실 동안을 논하자면 그 방면에서는 누구도 아윈을 따라갈 사람이 없지만……. 그러고 보니 얘는 왜 이렇게 안 늙는 거야? 혹시 나자는 사이에 방부제 마법을 쓰나? 그게 바로 이십 년째 변함없는 미모를 유지하는 최강 마법사의 시크릿 매직 동안 비결?

"……잘 자, 남편."

신이니 기억이니 하는 것은 어느새 잊고 다른 헛생각들에 몰입하다 보니 금세 졸음이 쏟아졌다. 작게 하품하고 눈을 감았다. 그러자 내 몸을 단단히 감싸고 있던 팔에서 힘이 풀리더니 이마에 부드러운 감촉이 내려앉았다.

"잘 자."

누가 처음 생각해 냈는지는 몰라도, 굿나잇 키스란 건 참…… 좋은…… 것…….

나는 수마의 침략에 백기를 들고 순식간에 잠이 들었다. 당연하게도, 아윈이 잠든 나를 내려다보며 덧붙인 말은 듣지 못했다.

"……기억하지 마. 절대."

커튼을 걷은 창문으로 눈부신 햇살이 내리쬐었다. 나는 카펫 위로 쏟아지는 볕을 보다가 충동적으로 오드 앞에 쪼그려 앉았다.

"오드. 엄마랑 뒤뜰에서 산책할까?"

이제 두 살이 된 오드의 동그란 머리통이 위아래로 끄덕끄덕 움직였다.

"응."

"아이고, 예뻐."

나는 오드의 푸딩 같은 흰 뺨에 쪽 뽀뽀한 후 작은 몸을 번쩍 안아 올렸다. 녀석, 역시 디아나가 없으니까 엄마에게 시간을 내주는군.

오드가 요람에서 벗어날 시기부터 종일 졸졸 따라다니던—아니, 끌고 다녔다고 해야 되나—디아나는 어제 오후부터 마탑을 비운 참이었다. 에슐라의 생일을 기념해서 어제 일가족이—비숏, 에슐라, 디아나—모처럼 1박 2일로 여행을 떠났기 때문이다.

더 오래 쉬다 와도 된다고 말했지만, 에슐라는 그랬다간 오드의 상심이 너무 클 것 같다며 고개를 저었다. 긴 여행은 디아나가 좀 더 크고 나면 부부끼리 오붓하게 다녀오겠다고.

으음, 뭐…… 사실 나도 에슐라의 의견에 동의하는 바긴 했다. 지금 고작 하룻밤 디아나를 못 봤다고 벌써 눈에 띄게 풀 죽은 오드의 얼굴을 봐선……. 과연 며칠씩 떨어져 있다간 어떻게 될지.

'이러다 나중에 디아나가 커서 마탑에서 독립했는데, 오드가 그 뒤를 따라가고 그런 일이 벌어지는 건 아니겠지?'

예를 들면 디아나가 큰 꿈을 이루기 위해 제국에서 멀리 떨어진 마법 학교에 입학했는데, 오드가 정체를 숨기고 그 학교에 함께 입학하는……!

음, 상상이 과했다. 나는 쓸데없는 망상을 그만두고 한 팔로 오드를 안은 채 다른 손으로 마탑 일 층으로 향하는 스크롤을 찢었다.

평소라면 아윈이 손짓 한 번으로 데려다줬겠지만, 지금 마탑에는 아윈이 없었다. 황성에서 간곡히 아윈을 부르는 바람에 아침 일찍부터 자리를 비웠기 때문이다.

아윈은 귀찮아하는 눈치였지만, 황성에서 직접 온 전령이 한나절이면 끝나는 일이라고 애원하기에 내가 나서서 아윈의 등을 밀었다.

할 수 있을 때 황성에 빚을 지워둬서 나쁠 건 없을 테니까!

이런 계산까지 하는 나, 이제 제법 안주인다워요.

"다 왔다."

나는 목적했던 뒤뜰에 도착해 오드를 내려주었다. 오드는 내 품에서 벗어나자마자 마치 뛰는 걸 연습하듯 넓은 공간을 부지런히 돌아다니기 시작했다.

'잘 뛴다, 잘 뛰어.'

저 능숙한 자세를 보라. 과연 저 정도는 되어야 연상의 디아나를 여기저기 끌고 다니면서 리드할 수 있는 건가!

나는 세 살인 디아나가 걷거나 뛰다가 넘어지면 두 살짜리 오드가 그걸 듬직하게 잡아주던 광경을 떠올리며 잠자코 양손을 들어 올렸다. 그러곤 엄지와 검지를 펼쳐 카메라 모양으로 맞댄 후 프로 사진 작가에 빙의해 오드를 열렬히 찍는 시늉을 했다.

자, 여기 보시고! 네, 좋습니다! 확실히 모델이 훌륭하니 결과물도 빛이 나네요! 정말 좋아요. 다음은 저쪽을 보면서…….

"응?"

나는 멈칫하고 얼굴 앞에서 손을 내렸다.

"오드?"

오드가 움직임을 멈췄다. 그런데 뛰다가 저 알아서 멈춰 선 거라기엔, 느낌이 통 부자연스러웠다. 뭐라고 설명해야 할까. 오드가 만약 동영상 속 인물이라면, 그 동영상을 갑자기 정지시킨 것 같은…….

"라테 엑트리."

뒷덜미에 쭈뼛 소름이 돋아났다. 처음 듣는 목소리였다. 그리고 무엇보다, 마탑에는 나를 '라테 엑트리'라고 부르는 사람이 없다.

아무도.

그 사실을 인식하는 순간 나는 자리를 박차고 뛰었다. 오드에게 달려가 움직이지 않는 몸을 꼭 껴안은 후 잔뜩 긴장해서 뒤를 돌아보았다.

"그렇게 경계할 것 없어."

돌아본 곳에는 백색 머리카락을 정강이까지 기른 중성적인 외모의 외부인이 서 있었다.

"누구야?"

마른침이 넘어갔다.

"오드한테 무슨 짓을 했어?"

"딱히 네 아들한테 어떤 짓을 한 건 아니야."

그러더니 외부인은 양손을 펼쳐 주변을 가리켰다. 둘러보라는 듯.

"봐."

"……."

"주위에 너와 나 말고, 달리 움직이는 것이 있어?"

저게 무슨 정신 나간 사람 같은 소리야?

인식하지 못할 뿐이지 일상 속에서 움직이는 건 아주 많다. 가령 별로 좋아하지는 않지만 바닥을 기는 벌레라든가, 혹은 하늘을 나는 새, 또는 떠다니는 구름 같은…….

'어?'

나는 황당해하며 주위를 둘러보았다가 눈을 크게 떴다.

없었다. 움직이는 것이.

그리고 이상하리만치 조용했다.

풀벌레 소리 하나 들리지 않는 적막 속에서 외부인이 나를 향해 재차 말했다.

"내가 뭘 한 것 같아?"

"무단 침입."

"아니, 그것 말고."

"가택 무단 침입."

"같은 말이잖아. 뭐, 그것도 아예 틀린 이야기는 아니지만……."

외부인이 어이가 없다는 듯 옅게 웃었다.

'뭘 웃어?'

기가 막혔다. 이 상황이 진짜로 어이없는 게 누군데!

'눈따따 가지고 올걸.'

뒤늦게 후회가 밀려와 입술을 아프게 깨물었다. 눈따따만 있으면, 지금 당장 아윈을 부를 수 있을 텐데. 오드를 안고 이동하느라 손이 모자라서 그만 침실에 두고 나온 것이 실수였다. 정말 눈따따만 있었으면……. 아니, 그런데 저 자식은 어떻게 마탑에 침입한 거지? 아무리 아윈이 자리를 비웠다지만 마탑이 아무나 허락 없이 막 쳐들어올 만큼 방범이 허술하지는 않을 텐데. 마탑에 속한 수많은 유능한 마법사들의 얼굴이 머릿속에 떠올랐다가 사라졌다.

그 순간 외부인의 목소리가 다시 들렸다.

"시간을 멈췄어."

"뭐?"

"시간을 정지시켰다고. 지금 이 세상에서 움직일 수 있는 건 너와 나뿐이야."

"……."

“정식으로 소개할게, 라테 엑트리. 나는 티메. 시간을 관장하고 이 세상의 평행 세계를 다스리는 신이야.”

태양처럼 샛노란 외부인의 눈동자가 투명하게 빛났다.

“부탁이 있어서 찾아왔어. 부디 나와 내 세계로 가서 그 세계의 아윈 헤브림을 막아주지 않을래?”

나는 눈을 깜박이면서 멍하니 외부인을 응시했다.

시간을 멈췄다. 신. 평행 세계. 그 세계의 아윈…….

양쪽 귀로 들은 정보가 종합되는 순간 결론이 내려졌다.

‘미친놈!’

그것도 아주 단단히 미친놈이다!

예로부터 미치광이는 말로 상대하는 것이 아니라고 했다. 눈따따는 아니지만, 마침 내게 다른 무기가 있었다. 나는 오드를 품에 바짝 당겨 안은 채 결혼반지를 낀 왼손을 앞으로 내밀면서 외쳤다.

“메테오!”

❈

둘만 있는 응접실은 꽤 썰렁하게 느껴졌다. 나는 무릎에 앉혀둔 오드를 감싼 팔에 힘을 주었다.

“내려놓지 그래? 불편해 보이는데.”

“싫어요.”

“네가 그렇게 안고 있으나, 바닥에 내려놓으나 어차피 그 애한테는 같아. 시간이 흐르지 않는다니까.”

“어쨌든 싫어요. 그리고 더 말 시키지 말아요. 생각을 정리하는 중이니까.”

나는 복잡한 기분으로 맞은편에 앉은 상대를 응시했다.

‘진짜 신인가?’

뒤뜰에서 시도했던 내 회심의 선공은 실패로 돌아갔다. 결혼반지에 새겨진 광범위 공격 마법 ‘메테오’가 발동하지 않았기 때문이다. 분명 정확히 시동어를 외쳤는데, 어두어둑하게 변해 불덩이를 쏟아내야 할 하늘이 그저 잠잠하기만 했다.

메테오뿐만이 아니었다. 아윈이 반지에 직접 새겨준 갖가지 공격 마법을 전부 외쳐봤지만 반응이 나타난 건 아무것도 없었다.

외부인, 자칭 신은 당황하는 내게 시간이 멈췄기 때문에 마법이 발동하지 않는 거라고 말했다. 그러더니 이어서 자세한 이야기를 나누기 위해 장소를 옮기자고 제안했다.

그래서 지금, 나와 상대는 이렇게 마탑 일 층 응접실에서 서로 마주 보고 앉아 있는 상태였다.

‘시간이 멈추다니…….’

믿었던 결혼반지가 무력화되어 전투력이 0으로 떨어지게 된 나는 어쩔 수 없이 상대의 제안에 응해 응접실로 이동했는데, 그 과정에서 적어도 한 가지 사실을 인정하게 되었다.

시간이 멈췄다는 것.

마탑 복도를 걸으면서 마치 동상처럼 변해 움직이지 않는 사람을 숱하게 목격했다. 심지어 그중 어떤 사람은 넘어지던 자세 그대로 정지해 있었다. 그 사람이 손에서 놓친 책이 반쯤 펼쳐진 채 허공에 떠 있는 것을 보고, 나는 마침내 시간이 흐르지 않는다는 점을 받아들였다.

'사람이 마음대로 시간을 멈추는 게 가능한가?'

"당연히 불가능하지. 그건 시간을 관장하는 신인 나만이 할 수 있는 일이야."

"어?"

나는 깜짝 놀라 생각에서 빠져나왔다.

"방금……."

"생각을 읽은 거냐고? 맞아."

"……."

"응, 네가 하는 생각이 지금도 전해져."

"……."

"독심술 수련? 아니. 그런 건 안 해봤는데. 신은 누구나 사람의 생각을 읽을 수 있어."

"……."

"옥장판 팔아봤냐고? 그게 뭔데?"

"……."

"게르마늄 팔찌는 또 뭐야?"

"……하아."

나는 황당해져서 길게 한숨을 뱉어냈다.

"확인은 끝난 거야?"

"……대충이요."

정말 생각을 읽는구나.

시간을 정지시킨 걸로도 모자라, 이젠 남의 머릿속을 훤히 들여다보다니. 좋아, 백기 들었다. 여기 수건 던졌다고.

"신님."

"이제 믿어주는구나!"

"왜 찾아온 거예요?"

이해할 수가 없었다. 신이 왜 내 앞에 나타난 거지?

'난 무교인데.'

그것도 김혜정일 시절부터 일평생 무교였다. 김혜정과 라테의 삶을 전부 합치면 무교 인생이 근 사십 년…….

"헉, 혹시 저한테 전도하시려고?"

"그럴 리가 있겠어? 네 도움이 필요하다고 했잖아."

"도움? 무슨 도움이요?"

"내 세계의 아윈 헤브림을 막아줘."

아, 그러고 보니 메테오를 날리려고 시도하기 전 저런 말을 들었던 것 같기도 하다. 물론 저것만 들어선 여전히 아무것도 모르겠다.

하나도 이해 안 된다는 표정을 짓고 있자, 내 표정을 읽은 건지 머릿속을 읽은 건지 신이 설명을 시작했다.

"하나씩 이야기해 줄게. 우선……."

신이 들려준 이야기를 정리하자면 이렇다.

우선 내가 모르는 곳에 이곳과 환경이 전부 같은 '평행 세계'가 있다. 그 세계에는 평행 세계답게 아윈도 있고, 페리도트-꺄악-도 있고, 케니스도 있고, 여하튼 이 세계에 존재하는-혹은 했던-사람이 모조리 다 있었다.

단 한 사람. 라테 엑트리만 빼고.

나만 콕 집어 왕따당한 이유가 무엇인가 하니, 알고 보니 그 세계는 다름 아닌 내 빙의로 인해 생겨난 곳이기 때문이란다.

그러니까 본래는 하나의 세계였던 것이, '내'가 빙의하면서 김혜정이자 라테인 나를 '받아들인' 이 세계와 '지워 버린' 평행 세계로 나누어졌다는 거다.

'매정해.'

그런데 나를 지운 그 매정한 세계에 지금 어마어마한 위기가 닥쳤다. 나는 신의 설명 중 마지막 부분, 즉 핵심을 되풀이하기 위해 입을 열었다.

"평행 세계가 지금 멸망하기 직전이라고요?"

"응."

"아윈이 곧 세계를 멸망시킬 예정이라?"

"그래."

"그래서 나한테 그걸 좀 막아달라는 거고."

"맞아."

"어떻게요?"

"내 세계로 와서 아윈 헤브림을 유혹해 줘. 그런 다음에 세상을 멸망시키지 말라고 설득하는 거지."

"아아……."

알겠다. 신이 내 앞에 나타난 이유, 전후 사정을 전부 이해했다.

나는 모든 것을 알게 된 후 고민 없이 대답했다.

"못 해요."

"아니, 왜?"

"왜는 무슨 왜?"

저걸 질문이라고 하나.

"제가 무슨 수로 그 세계 아윈을 유혹해요? 세상을 멸망시키려고 할 정도로 회까닥했다면서요!"

"넌 이 세계의 아윈을 유혹했잖아."

"여기 아윈은 세상을 멸망시키려고 한 적 없어요."

아마도.

"그리고 말은 바로 해야죠. 저는 아윈을 유혹한 적 없어요. 아윈이 절 유혹한 거지."

그렇다. 내가 이 세계에서 한 거라곤 그저 스크롤 찢으면서 여기저기 구경하러 다닌 것뿐이야. 그런 나를 해악한 얼굴과 그보다 더 해악한 미소로 먼저 꼬신 건! 아윈이라고!

"그럼 이번에도 내 세계로 가서 그 세계의 아윈에게 유혹당하면 되겠네."

"자, 신님. 들어봐요."

나는 대답할 가치가 느껴지지 않는 신의 헛소리를 무시하고 사실을 나열하기 시작했다.

"나를 특별 취급하고, 나한테 손끝 하나 못 대는 건 이 세계에 있는 '지금의' 아윈이에요."

"……."

"솔직히 여기 있는 아윈이라도, 시간을 되돌려 과거로 돌아가서 유혹하라고 하면 난 별로 자신 없어요."

나는 먼 과거, 이벨린을 졸졸 따라다니면서 우연히 아윈과 마주치곤 했던 시절을 떠올렸다. 그때 내가 아윈의 손짓 한 번에 저 상공의 먼지가 돼서 사라지는 상상을 몇 번이나 했더라……. 실제로 그 무렵엔 그럴 위험이 다분하기도 했고 말이다. 그땐 그랬지.

아무튼 이처럼 '과거의 아윈'만 해도 내겐 쉽지 않은 존재다.

"그런데 하물며 여태 존재도 몰랐던 다른 세계의 아윈? 심지어 예비 세계 파괴범?"

고개를 내저었다.

"그 아윈을 유혹하라는 건, 나한테는 직설적으로 말해 그저 자살 권유로 들려요. 실제로 유혹한다고 설치다가 오 분 안에 죽을 자신도 있고……."

"죽어도 돼."

"안 되거든요?"

이 미친 신이 남의 목숨이라고! 상대의 정체도 잊고 분노하려는 찰나 신이 말을 이었다.

"살려줄게."

"네?"

"내 세계 아윈 헤브림에게 죽으면, 다시 살려준다고."

"……."

"그럼 유혹할 수 있어?"

나는 당황해서 눈만 깜박거리다가 이윽고 천천히 입을 벌렸다.

"……그런 것도 할 수 있어요?"

"신이잖아."

"저기, 그냥 신님이 직접 아윈을 막는 건 어때요?"

능력치를 보아하니 충분히 할 수 있을 것 같은데. 그러자 신이 고개를 저었다.

"설득해 봤는데, 안 듣더라."

"말로 하지 말고 힘으로 설득해요."

"그건 안 돼. 신은 인간에게 물리력을 행사할 수 없거든."

"네?"

"살릴 수는 있지만 다치거나 죽게 할 순 없어."

"……."

"아, 물론 방법이 절대 없는 건 아닌데……."

"아닌데?"

"그 방법은 쓰고 싶지 않아."

"……아, 네."

결국 고집스러운 신이로다, 이 말이군. 그렇지만 이 문제는 내 쪽에서도 쉽게 물러설 수 없었다.

"아무튼, 부활한대도 무리예요. 한 번 죽었다 살아난다고 해서 바뀌는 건 없어요."

"백 번은?"

"……네?"

"네가 죽으면 최대 백 번까지 되살려 줄게. 이래도 못 하겠어?"

백? 100? 목숨이 100개라고?

무심코 그 정도 목숨이면 레벨 1짜리 캐릭터로 마왕도 물리치겠다고 생각했다가 머리를 흔들었다. 나는 레벨 1짜리 캐릭터보다 약하고, 아윈은 마왕보다 강하지. 그리고 애초에 물리치느니 마느니 하는 문제도 아니다.

"네, 못 해요."

"죽는 순간이 두려워서 그래? 기억하지 못하게 해줄게."

"다양한 능력을 갖고 계시네요. 아무튼 그래도 못 해요."

"아윈 헤브림에게 죽는다는 사실 자체가 싫어? 그럼 나중에 이 세계로 돌아올 때 평행 세계에서 있었던 일을 전부 기억에서 지워줄 수도 있어."

좋게 말해 끈기 있고, 나쁘게 말해 구질구질한 태도의 신을 보며 문득 궁금해져 물었다.

"왜 하필 나예요?"

"그게 무슨 소리야?"

"평행 세계에 없는 건 나뿐이라면서요. 이벨린은 있을 거 아니에요. 이벨린한테 가서 부탁해요."

어쩌면 그쪽이 나보다 더 적임자일지 몰랐다. 그렇지 않나? 비록 지금은 아니라지만, 한때 아윈이 포함된 어장의 주인이었고…….

"이벨린 도트는 결혼했어. 백작 부인이고, 애가 둘이야."

"뭐라고요? 세상에, 언제 그렇게…… 아니, 잠깐."

애가 둘이라는 사실에 놀라 더 중요한 부분을 한발 늦게 알아차렸다.

"백작 부인이요? 황태자비나 공작 부인이 아니라?"

"이 설명을 잊었네. 그 세계가 지워낸 건 너 하나만이 아니야. '원작'도 사라졌어."

"……."

"이 세계보다 훨씬 이전 시점에 소멸했지."

신이 내 눈을 깊게 들여다보았다.

"알 수 있어. 아윈 헤브림에게 특별해질 수 있는 존재는 오직 너 하나야. 라테 엑트리, 부탁할게. 부디 너로 인해 생겨난 세계를 구해줘."

"……죄송해요. 역시 못 해요."

"라테."

"라테든, 라테 엑트리든, 김혜정이든 못 하는 건 못 하는 거예요."

나는 신의 시선을 살짝 피했다가 다시 눈을 마주치고 말했다.

"이건 안 한다거나 하기 싫다는 답과는 구분해야 해요."

하루아침에 멸망하게 생긴 평행 세계와 그 세계에 사는 사람들이 안타깝다곤 생각한다.

하지만, 그래서 뭐? 감정은 불가능한 것을 가능하게 바꿔주는 만능의 마법 같은 것이 아니다.

평행 세계의 아윈을 유혹하는 건, 아무리 따져봐도 나에게는 무리인 일로 느껴졌다. 결과를 뻔히 알면서 괜히 바위에 몸을 던지는 계란이 되고 싶지는 않다. 세상에는 흔히 의지로 할 수 있는 일과 할 수 없는 일이 있다고들 하지. 지금 이 문제는 명백히 후자다.

"제 능력 밖의 일이에요. 뭐라고 더 말씀하셔도 부탁은 못 들어드려요. 그러니 이만 돌아가세요."

신은 침묵했다. 나는 입을 꾹 다물고 앉은 신의 얼굴을 보자마자 상대의 심리를 정확하게 파악했다.

'돌아갈 생각이 없구나!'

그것도 전혀! 아니, 이렇게까지 말했는데도 포기를 안 한다고?

'이 정도면 시간의 신이 아니라 끈끈이의 신 같은 거 아니야?'

일부러 들으라고 한 생각이 고스란히 전해졌을 텐데도 신에게선 아무런 반응이 없었다.

정말 지독하군…….

나는 고집불통 신의 뚝심에 혀를 내두르며 의자 등받이에 몸을 기댔다.

"평행 세계를 지키는 일이 그렇게 중요해요?"

세계를 다스리는 신의 입장에서 너무 당연한 질문을 해버린 건가 생각하는 순간, 답이 돌아왔다.

"그런 것도 있지만…… 나는, 아윈 헤브림이 죄인이 되기를 바라지 않아."

"죄인이요?"

"세상을 멸망시키는 건 중죄거든. 인간의 영혼이 지을 수 있는 가장 큰 죄라고 보면 돼."

"……."

"세상을 멸망시키면, 아윈 헤브림은 죽은 후 환생하지 못하고 신계에서 수천 년간 영혼 상태로 고통받게 될 거야."

나는 입을 살짝 벌렸다가 다시 다물었다. 뭐라고 말해야 할지 알 수 없었다. 수천 년이라니……. 쉽게 상상조차 되지 않는 무게의 시간에 가슴 안쪽이 미미하게 아려왔다. 어차피 저건 전부 평행 세계 아윈의 일이니, 내 세계 아윈과는 아무런 관련이 없다는 걸 알면서도 공연히 마음이…….

"그리고 네 남편도 죗값을 일부 나눠 지게 될 거고."

"네?"

나는 순간 튕기듯 허리를 세워 앉았다. 뭐라고?

"내 남편이…… 네?"

"저쪽 세계와 이 세계가 그랬듯, 각 세계의 아윈 헤브림도 본래는 하나의 존재였으니까."

"……."

"비록 지금은 별개의 영혼이 되었다지만, 나누어진 지 얼마 안 됐으니 한쪽이 홀로는 감당하지 못할 막대한 죄를 지으면 다른 쪽에도 자연히 영향이 갈 수밖에."

"……."

"물론 죄의 무게가 같지는 않아. 내 세계, 즉 평행 세계의 아윈 헤브림이 수천 년간 고통받는다면 네 남편은 수백 년 정도……."

"……말해."

"응?"

"그걸 왜 이제 말해!"

처음부터 그렇게 이야기하든가!

나는 오드를 안은 채로 벌떡 몸을 일으켰다. 내 거친 움직임에 뒤로 밀려난 의자가 응접실 바닥에 넘어지면서 우당탕 소리를 냈다. 나는 결연한 표정으로 신을 똑바로 내려다보았다.

"지금 당장 출발해요. 그 평행 세계!"

"못 한다면서."

"조용히 해요."

"안 한다거나 하기 싫다는 답과는 구분해야 된다면서?"

"조용히 하라니까."

"세상에는 의지로 할 수 있는 일과 할 수 없는 일이 있다고……."

나는 대꾸 자체를 그만두고 아예 들리지 않는 시늉을 했다. 신은 한참이나 나를 놀려먹은 끝에 팔짱을 끼곤 대뜸 한숨을 내쉬었다.

"이럴 줄 알았으면 네 남편 이야기부터 할걸. 쓸데없이 시간 낭비했잖아."

그러게나 말이다.

"내가 네 사랑의 힘을 과소평가했어."

"그 얘기는 그만하고, 상황을 한 번 더 정리할게요."

나는 익숙한 듯하면서도 한편으론 새롭게 느껴지는 시끌벅적한 거리를 둘러보았다.

"지금 여기가 평행 세계의 헤일론 제국 수도 저잣거리. 맞죠?"

"응."

"이곳에서의 내 임무는, 아윈이 세상을 멸망시키지 않게끔 막는 거고요."

"응."

"내가 이 세계에 있는 동안 내 원래 세계의 시간은 멈춰 있을 거고."

"맞아."

나는 마탑 일 층의 빈 침실에 눕혀두고 온 오드를 떠올렸다. 적어도 갑자기 없어진 엄마를 찾을 일은 없겠네.

"내가 여기서 죽으면 백 번까지 되살려 줄 거고……."

"그래."

"아, 한 가지 더. 내가 원래 세계로 돌아갈 때 여기서 있었던 일은 전부 기억에서 지워준다고 했죠?"

"그럴 수 있다고 하긴 했지만, 그러길 바라?"

"당연하죠."

내가 임무에 성공하든 성공하지 못하든, 아윈의 손에 죽었던 기억을 간직해서 좋을 건 하나도 없다. 물론 이 세계의 아윈은 내가 아는 아윈과 전혀 다른, 별개의 인물이긴 하지만……. 그래도 얼굴은 같을 테니까. 괜히, 음, 좀 그럴 수 있잖아.

이미 이 세계 아윈의 손에 한 번 이상 죽을 것을 기정사실화하는 내게 신이 대답했다.

"알겠어. 모든 일이 끝나면 네 기억을 지워줄게."

"실패해도 지워주는 거예요. 성공 보상이라거나 그딴 소리 하기만 해."

"걱정하지 마. 어차피 네가 실패할 일은 없겠지만."

……대체 뭘 믿고 나한테 저런 신뢰를 보내는지 모르겠네. 나는 미심쩍은 눈으로 신을 한 번 쳐다본 후 심호흡을 했다.

"좋아!"

의욕에 차서 척척 걸음을 옮기자 신이 내 뒤로 따라붙었다.

"어디 가는 거야?"

"아윈을 만나게 해줄 아이템 사러…… 알면서 왜 물어요?"

굳이 직접 말로 듣지 않아도 남의 머릿속을 읽어내면 그만인 양반이, 귀찮게.

나는 신과 더는 말을 섞지 않고—좀 전에 신이 나를 놀린 것 때문에 삐져서 그런 건 아니다. 아무튼 아님—길을 찾는 것에만 집중했다. 이 모퉁이에서 왼쪽으로 꺾고, 광장이 나오면 직진했다가 여기서 오른쪽…….

'도착했다!'

나는 화색이 되어 목적하던 가게 앞에 멈춰 섰다. 평행 세계에서도 같은 장소에서 영업하고 있구나. 혹시나 해서 바로 찾아와 봤는데, 덕분에 길을 묻는 데 쓸 시간을 아꼈다.

어쩐지 시작이 순조로운걸. 나는 괜스레 기분이 좋아져 활기차게 가게 문을 열었다.

"어서 오세요, 손님! 어떤 스크롤이 필요하신가요?"

'오랜만이네, 다파라.'

가게에 들어서자마자 정겨운 얼굴이 나를 반겼다. 원래 세계에선 결혼한 이후에는 딱히 스크롤 가게에 찾아갈 일이 없었지…….

나는 가게 입구에서 잠시 추억에 젖었다가 빠져나와, 내 기억 속 모습과 똑같은 얼굴을 한 다파라를 향해 한쪽 눈을 찡긋해 보이곤-다파라가 흠칫한 건 기분 탓일 거다-말했다.

"여기 있는 스크롤 다 보여주세요!"

"마탑에는 무슨 일로 오셨습니까?"

이럴 수가. 스크롤 가게에서의 추억 여행은, 정말이지 아무것도 아니었다.

"방문객님?"

"아."

나는 백발이 성성하고 수염이 희끗한 아로브럭의 모습에 정신이 팔려 있다가 퍼뜩 입을 열었다.

"그게, 큼, 다른 게 아니라…… 이 스크롤이 불량인 것 같아서요."

"불량이요?"

나는 이벨린 없이 아윈과 개인적으로 엮이게 됐던 첫 만남을 떠올렸다.

'그때 계기가 분명 불량 스크롤이었지.'

나는 이미 사용한 공격 마법 스크롤을 아로브럭에게 건네주고 설명했다.

“써봤는데, 이상하게 마법에 힘이 없더라고요. 비실비실하고…….”

“어쨌든 마법이 발동되었다는 겁니까? 그렇다면 불량이라기엔-”

“미세 불량인 거죠.”

‘아예 불량이었다고 거짓말했다간, 들켰을 때 골치 아플 수 있으니까.’

대신 느낌적인 느낌의 미세 불량 작전으로 간다!

“미세…… 불량이라…….”

아로브럭이 고개를 갸웃거렸다. 그래, 이런 주장은 처음 들어볼 테지. 나는 아로브럭이 수상함을 느끼기 전에 재빨리 몰아붙였다.

“마탑처럼 거대한 단체일수록 이런 사소한 일을 철저히 처리해야 한다고 생각해요. 책임자와 직접 대화하게 안내해 주세요.”

“……알겠습니다. 따라오시죠.”

됐다!

이런 말 하기 좀 그렇지만, 솔직히 만만한 아로브럭이 나와줘서 다행이다. 정 안 되면 마탑 입구에 드러누울 각오도 하고 왔는데.

나는 가벼운 걸음으로 아로브럭을 따라 마탑 내부를 이동했다. 참고로 신은 마탑에 오기 전에 갑자기 사라졌다. 어디로 갔는지는 나도 모른다. 나야 홀가분하고 좋지, 뭐.

‘그나저나 이 세계의 아로브럭은 아직 간X프구나.’

지금까지도 저주에서 해방되지 못했다니……. 불쑥 측은해졌다. 이 세계의 아원과 성공적으로 친해지고 나면, 아로브럭의 저주를 풀어달라고 부탁해 볼까?

“이곳에서 잠시만 기다려 주십시오.”

미래의 일을 상상해 보는 사이 응접실에 도착했다. 나는 고개를 끄덕이고 아무 의자를 골라 앉았다. 이어서 아로브럭이 응접실을 나가자, 뒤늦게 급속도로 긴장이 밀려들었다.

'잠깐, 아윈을 만나면 뭐라고 하지? 처음 뵙겠습니다? 안녕하세요? ……어깨를 부딪쳤더니 심장이?'

마지막은 너무 뜬금없나. 어찌 됐든 최대한 괜찮은 첫인상을 남겨야 할 것 같아 머리를 맹렬하게 굴릴 때였다. 꽉 닫혔던 응접실의 문이 생각보다 이르게 다시 열렸다.

"……!"

'아직 첫 만남 대사 못 정했는데!'

가슴이 멋대로 날뛰었다. 지금 이 감정이 긴장인지 낭패감인지, 아니면 의외로 설렘인지 나도 잘 모르겠다. 어쨌든 나는 쿵쾅거리는 가슴을 안고 자리에서 벌떡 일어났다가, 멈칫했다.

잠깐. 문이 열려? 아윈이 '문을 열고' 등장한다고?

어색하다 못해 괴리감이 느껴지는 문장에 뭔가 이상함을 감지하는 순간, 아니나 다를까 활짝 열린 응접실 문 사이로 전혀 기대하지 않았던 얼굴이 나타났다.

"저를 찾으셨다고요."

"아닌데요."

"네?"

나는 바람 빠진 풍선처럼 힘없이 다시 의자에 주저앉았다. 시야 가운데서 붉은 머리카락이 선명하게 존재감을 뽐냈다.

"네가 왜 거기서 나와!"

"예?"

영혼이 담긴 내 한탄에 응접실에 나타난 넘나레드가 고개를 갸웃거렸다.
“스크롤 책임자와 이야기하길 원했다고 들었습니다만.”
“넘나, 아니, 당신이 스크롤 책임자인가요?”
“그렇습니다.”
왜……?
나는 기억을 더듬었다. 분명 과거에는 같은 상황에서 아로브럭이 아윈을 불러줬었다. 그때 뭐라고 했더라? 그래, 스크롤 불량 여부를 정확하게 진단할 수 있는 사람은 아윈밖에 없다고 했는데?
순간 이 세계에서는 아윈이 마탑주가 아닌 건가 생각했다가, 바로 고개를 저었다. 신은 내 앞에서 아윈을 ‘아윈 헤브림’이라고 칭했었다. ‘헤브림’은 오로지 마탑의 수장 자리에 오른 사람의 이름 뒤에만 붙는 성이었다.
‘근데 어째서 아윈이 아니라 넘나레드가…….’
끄응. 혼자 고민해 봐야 답을 알 수 없겠지. 나는 넘나레드를 향해 입을 열었다.
“그럼 책임자분께서 제 스크롤이 불량이었는지 아닌지 확인해 주시는 건가요?”
“아뇨, 그건 못 합니다.”
“……?”
“이미 사용한 스크롤로 이전 상태를 짐작하는 건 굉장히 어려운 일입니다. 한 번 찢은 이상 불량 여부는 거의 알 수 없다고 봐야죠.”
넘나레드가 과거의 아로브럭과 같은 말을 했다. 뭐야, 그럼?
“근데 왜 네가 책임자냐는 표정이시군요. 저는 책임지고 손님의 스크롤을 환불해 드리러 나온 겁니다. 아니면 교환도 가능하고요.”

"아니, 이렇게 쉽게 덥석덥석 환불이나 교환을 해준다고요?"
"안 됩니까?"
"확실하게 따져봐야죠! 정말로 불량이었는지 아닌지! 제가 멀쩡한 스크롤로 사기 치는 사기꾼이면 어떡하려고!"
"사기꾼이십니까?"
"아니요?"
"그럼 환불해 드리겠습니다."
기가 막혀서 넘나레드를 빤히 쳐다보자, 넘나레드가 다시 입을 열었다.
"어떡하길 바라십니까?"
"어떡하긴요, 내가 들고 온 스크롤의 진상을 밝혀야죠."
"진상을 밝히는 작업이 어렵다니까요."
"여기 마탑주님한테는 안 어려울걸요?"
결국 본심이 튀어나왔다. 어쩔 수 없지. 이렇게 된 거 바로 본론을 말할 수밖에.
"네?"
"제가 원한 책임자는 마탑주님이었어요. 마탑주님을 불러주세요."
내가 당당하게 요구하자 넘나레드의 얼굴이 대번에 곤혹스럽게 변했다.
"탑주님은 지금 안 계십니다만……."
"마탑에 없다는 말이에요?"
"그렇습니다."
"어쨌든 불러주면 되잖아요?"
과거 아로브럭이 아윈을 불러줬던 날에도 아윈은 마탑에 없었던 걸로 알고 있다. 워낙 이리 갔다, 저리 갔다 돌아다니길 좋아하는 편이니까. 하지만 아윈은 지구 반대편, 아니, 대륙 반대편에 있어도 마법 한 번이면 다시 마탑으로 돌아올 수 있었다.

그런데 넘나레드가 이상한 소리를 들었다는 듯 미간을 찌푸렸다.

"어떻게요?"

"네?"

"어디에 계시는지 저희도 모르는데, 무슨 수로 부릅니까?"

"……통신 마법구 같은 게 있을 거 아니에요. 그걸로 부르면……."

"없습니다. 저희끼리는 사용하지만, 탑주님께선 따로 소지하고 다니시지 않습니다."

뭐라고?

"잠깐만요. 그러면 만약 탑주님이 부재중인데 마탑에 급한 일이 생겼을 때는 어떻게 해요?"

"저희끼리 알아서 급한 일을 처리합니다."

"그게 막, 마탑의 존망이 걸린 일이라도? 악마가 쳐들어오거나 그래도?"

넘나레드가 갑자기 악마가 왜 나오는지 모르겠다는 듯이 고개를 살짝 기울이며 답했다.

"네."

나는 찰나 말문이 막혀 입을 다물었다.

이 세계의 아윈…… 너무…… 마탑을 방치하는 거 아냐……?

그러나 당황한 나와 달리 정작 넘나레드는 익숙한지 덤덤했다. 나는 머뭇거리다 질문했다.

"혹시 얼마나 기다리면 마탑주님이 돌아오실지 아시나요?"

"글쎄요. 짧으면 몇 시간만 자리를 비우시지만, 길면 몇 달일 때도 있어서."

미치겠네! 몇 달이라니, 그 시간 동안 마탑에서 죽칠 수도 없고…….

아니지. 죽칠까?

"아무튼 탑주님을 불러드리는 건 불가합니다. 그러니 이만 환불과 교환 중에 고르……."

"사실 제 꿈은 어렸을 적부터 마법사였습니다."

"네?"

"스크롤 불량은 핑계였어요. 실은 마탑주님을 만나 입탑 면접을 보는 것이 저의 진정한 목적이었답니다."

나는 빠르게 머리를 굴렸다. 이렇게 된 거, 작전을 바꾼다. 미세 불량 스크롤 작전은 폐기하고, 마탑의 신입 마법사 되기(new!) 작전으로 간다!

'마탑에서 먹고 자고 지내다 보면 언젠가는 아윈을 만나는 때가 오겠지.'

나는 자리에서 일어나 간절하게 넘나레드를 쳐다보았다.

"하지만 지금은 탑주님이 안 계시니, 여기 책임자님께 면접을 부탁드려야겠지요. 책임자님, 부디 성실과 열정으로 똘똘 뭉친 저를 마탑의 견습 마법사로 받아주……."

내 말이 끝나기도 전에 넘나레드가 내 손을 덥석 붙잡았다.

뭐, 뭐야!

나는 나도 모르게 무심코 넘나레드의 목숨을 걱정했다가, 이곳의 아윈은 이런 걸로 넘나레드를 죽일 이유가 없다는 걸 깨닫고 이내 마음을 놓았다.

"흐음……."

"……왜요?"

낮게 신음하는 넘나레드를 나도 모르게 긴장한 채 바라보았다. 왜 남의 손을 붙잡고 저런 심각한 표정을.

"유감이지만, 마법에 재능이 없으십니다."

"……."

"전혀, 요만큼도, 청소하고 남은 먼지만큼도 없네요."

야.

"저희가 마탑을 꽤 깨끗하게 청소하거든요. 시간이 남을 때마다 쓸고 닦고, 그야말로 먼지 한 톨 없이……."

안 물어봤거든?

이어 내 손을 놓아준 넘나레드가 나가는 문을 가리켰다.

"안녕히 돌아가십시오. 마법사의 꿈은 하루라도 빨리 버리시고요."

이런, 망할!

넘나레드는 몰인정하게 나를 마탑에서 쫓아냈다.

마법사가 안 되면 잡일꾼으로라도 받아달라고 자존심도 버리고 매달려 봤지만, 허락은 돌아오지 않았다.

'매정한 빨강!'

가만두지 않겠어. 저주할 테다. 휴가 받아서 놀러 나갔다가 우연히 같은 옷 입고 나온 카르댄밸이랑 마주쳐라! 하필 목적지가 겹쳐서 같은 가게에 들어갔더니 종업원이 눈치 보면서 커플석으로 안내해라! 커플 메뉴가 저렴하다기에 고민 끝에 시켰더니 분홍색 음료 한 잔에 하트 모양 빨대 하나만 꽂혀서 나와라!

'후우.'

지독한 저주를 퍼붓고 났더니 마음이 좀 안정되었다.

'너무 잔인했나.'

어쩔 수 없지. 이건 다 넘나레드 때문이다. 넘나레드가 나를 악마로 만든 거야!

그렇게 넘나레드에게 화풀이를 하다가, 광장 한복판에서 크게 한숨을 내쉬었다.

"이제 어쩐다."

망했다. 불량 스크롤 작전이면 당연히 아윈을 만날 수 있을 줄 알았는데, 설마하니 이렇게 될 줄이야.

'마탑을 방치하는 마탑주라니…….'

이 세계의 아윈은 대체 뭐 하는 자식이지? 나는 의문을 가졌다가, 곧 모든 걸 납득했다. 이 세계의 아윈은 세상을 멸망시키려는 자식이지. 그래, 세계도 멸망시키는데 고작 마탑을 방치하는 것쯤이야…….

'미처 그걸 생각 못 했네.'

막막했다. 어찌 됐든 아윈을 만나야 유혹이든 설득이든 뭐든 시도해 볼 텐데.

계획이 꼬이고 나니 문득 신의 부재가 아쉬워졌다. 나는 허공에 대고 자리에 없는 신을 향한 원성을 토해냈다.

"신 어디 있어!"

"여기 있다."

"꽥!"

아무것도 없던 허공에 갑자기 신의 얼굴이 나타나는 바람에 혼비백산해 뒤로 넘어져 엉덩방아를 찧었다. 나는 어이가 날아가 신을 올려다보았다.

"신이 돼서…… 사람을 막 놀래켜?"

"너는 여자애가 비명이 왜 그러니."

"이젠 비명 지적까지?"

좋아. 해보자는 거지. 여자애처럼 비명을 지르는 건 어렵지 않은 일이다. 나는 벌떡 일어났다가 다시 뒤로 자빠졌다.

"꽥! 나는 여자애다!"

"그래, 내가 실언했다. 미안해."

흥. 나는 재차 일어나 치마를 툭툭 털었다.

"어디에 갔다가 이제 나타나요?"

"네게 도움이 될 만한 걸 좀 만들어봤어."

그러더니 신은 내게 웬 외알 안경을 하나 내밀었다.

"이게 뭔데요?"

"써봐."

"썼어요."

딱히 전이랑 뭐가 다른지 모르겠는데. 안경을 쓴 채 갸웃거리는 내게 신이 이어 말했다.

"그 상태로 사람의 얼굴을 쳐다볼래? 아무나 좋으니까."

"사람이요?"

음, 누굴 쳐다보면 되지. 나는 주변을 둘러보다가 마침 음식을 파는 노점상을 발견했다. 이참에 마실 거라도 좀 살까 싶어 노점으로 다가가자 바로 주인이 알은체를 했다.

"어서 오세요, 손님!"

'어?'

나는 멍하니 노점 주인의 머리 위로 시선을 주었다.

♥3

……저게 뭐지?

"손님?"

"……아, 네. 저기, 과일 주스 한 잔만 주시겠어요?"

주문이 들어가자 노점 주인의 머리 위에 뜬 숫자가 변했다.

♥7

'올랐어!'

"여기요, 손님. 주문하신 과일 주스 나왔습니다."

나는 값을 지불하고 주스를 한 번에 들이켠 뒤, 서둘러 신에게 되돌아갔다.

"어때?"

"대체 뭐예요, 이거?"

"뭔 것 같은데?"

사람의 머리 위에 뜬 하트와 그 옆의 숫자. 사실 보자마자 떠오른 게 있긴 있었다.

"호감도?"

"호감 지수 정도로 명명하려고 했지만…… 뭐, 그것도 괜찮은 이름이네.”

맙소사. 이 외알 안경이, 남의 호감도를 보여주는 아이템이라고?

‘정말 게임 같잖아.’

그것도 무려 미연시 게임!

물론, 일반적인 미연시 게임에는 목숨 100개라는 조건이 안 붙겠지만…….

“미연시 게임? 그게 뭐야?”

“있어요. 궁금하면 나중에 지구에 가서 체험해 보세요.”

그나저나 진짜 신기하다. 나는 여전히 얼굴에 착용한 외알 안경을 만지작거리면서 신에게 물었다.

“어떻게 만든 거예요?”

“내가 사람의 생각을 읽을 수 있잖아. 사실 감정도 함께 읽히거든. 그 능력을 안경에 녹여봤어.”

“와…….”

나는 안경을 매만지던 손을 내렸다. 이렇게 엄청난 아이템이 생겼는데, 성능 확인을 고작 한 번으로 끝낼 순 없지.

난 안경을 쓴 채 발이 닿는 대로 무작정 돌아다니기 시작했다. 그렇게 해서 마주친 사람들의 호감도가 순서대로 ♥1, ♥4, ♥2, ♥0…….

“와, 마이너스도 있네.”

그리고 대망의 ♥-20. 나는 고개를 돌려 방금 막 나를 스쳐 간 사람의 뒷모습에 시선을 주었다.

“……저 사람, 현상수배범 아닐까요?”

저 정도로 사람을 싫어하면, 진작 범죄 하나쯤은 저지르지 않았을까? 그것도 강력 범죄로.

내가 작게 속닥거리자 신이 어깨를 으쓱했다.

"모르지."

"흐음."

이 안경, 잘만 하면 범죄자를 피하는 용도로 쓸 수 있겠는걸. 하여간 유용한 아이템이다. 나는 조금 들뜬 채 마침 눈에 들어온 가게 입구로 다가갔다.

"마지막으로 이 가게에서만 확인해 보고……."

벌컥.

퍽!

"억!"

타이밍이 나빴다. 하필이면 신에게 말을 붙이느라 한눈을 파는 사이 가게 문이 열리고 사람이 나왔다. 나는 모르는 사람의 가슴팍에 얼굴을 박고 뒤로 튕겨 나가 주저앉았다.

"아이고……."

내가 방금 부딪힌 게 정말 사람 가슴이 맞나? 돌 아니야?

'아차, 내 안경.'

부딪히면서 바닥에 떨어진 외알 안경을 서둘러 챙기는데, 그때 내 앞에 웬 장갑을 낀 커다란 손이 불쑥 내밀어졌다.

"괜찮나?"

'응?'

"부주의했군. 내 실책이다. 사람이 있는 걸 확인하고 나왔어야 했는데."

'이 목소리는…….'

묘하게 귀에 익은 울림에 고개를 들자, 생각지도 못했던 얼굴이 시야를 차지했다. 나는 상대의 얼굴을 확인하자마자 입을 떡 벌렸다.

결 좋은 검은 머리에 깊은 남색 눈동자. 창조신이 밤새워 빚고 또 빚다가 '못 해, 때려치워' 하고 열댓 번은 외쳤을 것 같은 완벽한 미남자의 이목구비.

"케!"

"……?"

"……아니, 에스반데 공작 각하?"

케니스 얘가 왜 여기에 있지? 아니, 그야 물론 지금 여긴 수도 한복판이니까 케니스가 이곳에 나타난 게 아주 이상한 일은 아니지만…….

……그래도 왜 여기에 있지?

케니스는 갑작스러운 그의 출몰(?)에 정신을 차리지 못하는 내게 걱정스러운 얼굴로 말을 걸었다.

"어디 크게 다친 건가?"

그리고 나는 내가 한 생각에 혼이 번쩍 돌아왔다.

걱정스러운 얼굴? 케니스가? ……그러니까, 케니스가 이제 막 처음 마주친 신원 미상의 '여성'인 나를 걱정한다?

'눈이 어떻게 됐군.'

조금 전 부딪히면서 받았던 충격이 생각보다 컸나 보다. 나는 내 상태가 정상이 아니라는 사실을 겸허히 받아들이곤 침착하게 외알 안경을 착용했다. 이럴 때는 객관적인 도구의 힘을 빌려야 응당 정확한 판단이 가능하…….

♥10

"으악!"

나도 모르게 비명을 지르며 뒤로 주춤 물러나자, 케니스의 미간에 주름이 졌다. 그러거나 말거나 나는 케니스의 머리 위에서 시선을 떼지 못했다.

호감도 10? 10이라고? 내가 지금까지 확인한 것 중에 가장 높은 호감도가, 왜 케니스의 머리 위에 떠 있지?

"……실례하지."

그 순간, 케니스가 먼저 내 손을 붙잡고 나를 번쩍 일으켰다.

"……!"

덕분에 간당간당하게 유지되던 내 혼은 다시 가출하고 말았다.

케니스가…… 손을…… 내 손을…… 잡았어……!

"아무래도 부딪힌 후유증이 큰 것 같으니, 당장 의사에게 보이는 편이 좋겠군."

"……."

"여기서 가장 가까운 의원이……."

"공작 각하! 서두르셔야 합니다. 이러다 폐하 알현에 늦겠습니다!"

"……이런."

부하 기사의 것으로 추정되는 목소리에 케니스가 짧게 혀를 찼다. 그러더니 잠시 머뭇거리다 내 손을 놓아주고 내게 당부를 남겼다.

"의사에게 진찰받은 후 필히 에스반데 공작저를 찾도록. 내 이름을 걸고 오늘 일을 보상하지."

이어서 돌아선 케니스의 모습이 점점 멀어졌다. 나는 망부석처럼 굳어서 그 광경을 지켜보다가, 이윽고 다급하게 신을 찾았다.

"신님, 신님!"

"응, 나 여기 있어."

"들어봐요. 큰일 났어요. 케니스가……."

나는 말을 하다 말고 입을 다물었다. 당장 이 자리엔 듣는 귀와 지켜보는 눈이 너무 많았다.

"따라와요."

신을 이끌고 으슥한 골목으로 자리를 옮긴 후에야 나는 참았던 용건을 쏟아냈다.

"케니스가 곧 죽을 것 같아요! 어떡하죠?"

"어째서 그렇게 생각하는데?"

"조금 전에 신님도 봤잖아요. 케니스가 어땠는지."

나는 겁에 질렸다. 사람은 흔히 죽기 직전이 되면 다른 사람처럼 변하곤 한다는 말이 있다.

"살날이 오 분도 안 남은 상태 같았다고요!"

맙소사, 잠깐만. 벌써 죽은 거 아니야? 케니스가 사망한다니! 내 친구 케니스가!

"진정해, 라테."

"친구가 죽었을지도 모르는데 어떻게 진정해요? 아, 물론 이 세계의 케니스는 엄밀히 말해 내 친구가 아니지만, 그렇지만……."

"오해하는 것 같은데, 케니스 폰 에스반데는 현재 정신적으로나 육체적으로나 몹시 멀쩡한 상태야."

"뭐라고요?"

"이 세계가 '원작'을 지웠다던 내 설명을 기억해?"

그거야 당연히 기억한다. 고개를 끄덕이자, 신이 말을 이었다.

"이 세계가 원작을 지워낸 시점은 '라테 엑트리'를 지워낸 시점과 같아."

라테 엑트리를 지워낸 시점? 그건 즉 내가 라테로 빙의했을 때란 말이고, 그때부터 원작이 없었다는 건…….

"아."

나는 짧게 탄식했다.

"……없구나."

이 세계의 케니스에겐, 여성 혐오증이 없다. 왜냐면 애초에 케니스의 여성 혐오증은 원작이 여주인공 이벨린의 특별함을 부각하기 위해 만든 설정이었으니까.

본래 그놈의 '설정' 때문에 케니스는 유년기부터 성년이 된 이후까지 줄곧 이성에게 지독한 스토킹에 시달려야 했다.

그런데 그 설정을 만들어낸 원작이 과거에 사라졌다. 내가, 그러니까 라테가 고작 일곱 살일 때, 그리고 케니스도 아직 덜 자란 소년이었을 때.

'그때부터 원작의 설정에서 해방돼서 스토킹에 시달리지 않게 된 거면…… 지금 케니스에게 여성 혐오증이 없는 것도 설명이 돼.'

그렇구나. 이 세상의 케니스는 '여성'을 싫어하지 않는다. 초면의 여성인 내게 호감도 10을 보여주고, 거리낌 없이 손을 내밀고 걱정해 줄 만큼 친절하다.

내가 아는 케니스와는 정말 다른 사람이었다. 완전히.

"……하아."

딱딱한 골목 벽에 등을 대고 미끄러져 주저앉자 머리 위에서 신의 목소리가 들렸다.

"왜 그래?"

또 다 알면서 묻네. 그렇지만 대답해 준다.

"갑자기 실감 나서요. 이 세계가 내가 알던 곳과 다른 세상이라는 게."

저주가 풀리지 않은 아로브럭을 봤을 때도, 답지 않게 스크롤 책임자라는 중책을 맡고 있던 넘나레드를 만났을 때도 미처 실감하지 못했는데. 케니스를 마주치고 나자 이제야 이곳이 얼마나 낯선 장소인지가 피부로 와닿았다.

"있잖아요, 신님."

"응."

"이 세계의 아윈은 왜 세상을 멸망시키려는 거예요?"

문득, 뒤늦게 그 사실이 궁금해졌다. 원작의 소멸은 이 세계 케니스의 인생을 송두리째 바꿔놨다. 그렇다면, 혹시 아윈도 그랬을까? 원작이 사라지면서 삶이 어떤 방향으로든 크게 흔들렸던 걸까?

……그로 인해 세상을 멸망시켜야겠다는 결심을 하게 됐을 정도로?

"글쎄, 왜일까."

"지금 알면서 일부러 대답 안 해주는 거죠?"

"글쎄."

"……좋아요. 내가 만나서 직접 물어볼게요."

나는 다리에 힘을 주고 벌떡 일어섰다. 그러잖아도 신이 다시 나타나면 바로 부탁하려고 했던 것이 있었다. 외알 안경을 받는 바람에 거기에 정신이 팔려 본의 아니게 조금 늦어졌지만.

"신님, 지금 당장 나를 아원이 있는 곳에 데려다줄래요?"

❉

"여기에, 헉, 진짜…… 아원이, 헉, 있다고요?"

나는 무릎을 짚고 멈춰 서서 불신이 가득한 눈으로 정면을 응시했다.

울창한 나무. 무성한 잡초. 가파른 흙길.

산. 산이다.

나는 아원을 만나기 위해 무려 산 중턱에 올라 있었다.

'이 자식, 도 닦나?'

아니, 아니지. 도를 닦는다면 세상을 멸망시키려고 할 리 없지.

……없나?

그때 머릿속에 신의 목소리가 울렸다.

[응. 틀림없이 이 산에 있어.]

한 가지 설명하자면, 신은 언젠가부터 '모습'을 감추더니 목소리로만 나와 소통했다. 이유는 뭐라고 했더라. 신이 육신이 있는 상태로 지상에 너무 오래 존재해선 안 되기 때문이라나? 내 감상을 밝히면, 마치 유령과 대화하는 기분이다.

나는 턱 밑에 맺힌 땀을 닦고 허리를 폈다.

"얼마나 더 가야 해요?"

[조금만 더 가면 돼.]

"아까도 그렇게 말했잖아요."

'무슨 등산 고인물도 아니고!'

정상까지 얼마나 남았냐는 질문에 언제나 '조금만 더 가면 돼' 하고 대답해 주던 등산 마스터 아주머니, 아저씨들이 자연스럽게 연상되었다.

"죽겠네, 진짜."

김라테 체력 왜 이러냐!

그렇지만 나는 투덜거리면서도 다시 꾸준히 발을 움직였다. 불평을 늘어놓긴 했지만, 사실 인근 산에 아윈이 있었던 건 행운이라고 생각한다.

신은 길을 안내해 줬을 뿐, 나를 순간이동 시켜준다거나 하지는 못했다. 혼자서는 마음대로 공간을 뛰어넘을 수 있지만, 나를 데리고서는 안 된다나.

아무튼 그런 탓에 만일 아윈이 저 멀리 어디 다른 왕국에 있었다면 무척 곤란해질 뻔했지. 산에 있어서 다행이야. 그래, 정말 다행인데…….

'진짜 죽겠네!'

그동안 너무나 해이하게 살아왔나 봐. 반성합니다. 돌아가면 반드시 체력을 단련하겠어요.

아니, 그러고 보니 내 체력이 지금 이 수준이 된 건 9할 이상 아윈 탓이다. 어딜 갈 때마다 아윈이 나를 데리고 이동 마법을 써댔으니까……. 내가 내 발로 걸을 일이 없었잖아!

좋아, 이젠 아윈에게서 독립…… 음, 그건 아니지. 이동 마법에서 독립해야겠다. 단련해서 체력짱 안주인으로 다시 태어나겠어!

"후우."

나는 이런저런 생각을 하며 산을 타다가 갈림길을 만나곤 걸음을 멈췄다.

"이제 여기서 어디로 가요?"

한숨 돌리며 신에게 물었는데, 미처 답을 듣기도 전 다른 소란이 귀를 어지럽혔다.

"그래서 내가 어제…… 응?"

"그놈을 한 방…… 어?"

"왜 그러는, 음?"

왼쪽 갈림길에서 잡초를 밟으며 나타난 무리가 나를 발견하곤 멈칫했다. 어림잡아 대여섯 정도 되어 보이는 숫자. 저 체격. 저 외모. 저 복장. 그리고…….

"오늘은 일을 쉬려고 했는데, 이러면 말이 달라지지."

"가진 거 다 내놔."

저 대사!

'산적이구나!'

나는 놀라거나 당황하지 않고 침착하게 품에 손을 넣었다.

가진 거 다 꺼내려고? 아니. 바로 스크롤을 꺼내기 위해서지!

산적 퇴치는 솔직한 말로 내 전문 분야나 다름없었다. 하필 만나도 나를 만나? 이것들아, 잘못 걸렸어.

"그런데…… 닮았……."

"기다리면…… 두목님……."

스크롤을 꺼내 손에 쥐는 사이 산적들이 갑자기 자기들끼리 뭐라 뭐라 떠들기 시작했다.

뭐라는지 모르겠고, 선량한 등산객의 주머니를 터는 이 못된 녀석들아. 심판의 시간이다!

"줄 수 있는 게, 이 스크롤밖에 없다!"

찌익!

후우웅!

숙련된 손놀림으로 스크롤을 찢자 사방에서 강력한 바람이 불어닥쳤다.

“크!”

“뭐, 뭐야!”

“다들 버텨! 꽉 잡아!”

나름대로 산전수전 다 겪은 베테랑이었던 모양인지, 산적들은 바람에 바로 날아가지 않고 가까운 나무를 붙잡고 저항했다.

어쭈, 버텨? 그렇다면 어쩔 수 없지. 손님, 여기 주문하신 몇 배 더 강한 바람 나왔습니다!

나는 스크롤을 여러 장 겹쳐서 추가로 찢었다.

“가진 거라곤~ 이렇게 완전 많은 스크롤밖에 없다~”

어느새 스크롤 주제곡이 되어버린 노래를 흥얼거리는 사이, 산적들이 하나씩 나무를 놓치고 하늘로 날아오르기 시작했다.

“아악!”

“끄악!”

절경이로다.

나는 시야에서 산적들을 말끔하게 치워 버린 후 만족해서 손을 탁탁 털었다. 별것도 아닌 게.

“자, 신님. 어디로 가면 된다고요? 왼쪽? 오른쪽?”

[그게…….]

“오!”

“두목님, 찾으시던 너구리입니다! 너구리!”

"……근데 여긴 왜 이렇게 난장판이지?"

나는 오른쪽 갈림길로 고개를 돌렸다. 새롭게 나타난 산적 무리가 나를 보고 법석을 떨고 있었다.

……어휴.

나는 작게 한숨을 뱉곤 다시 품에 손을 넣었다. 오늘 뭐 산적끼리 정모라도 하는 날인가? 어쨌든 이놈의 산적들 때문에 오늘 여기서 가진 스크롤 다 쓰게 생겼다. 어차피 소지금은 넉넉하니 다시 사면 그만이지만…….

'응?'

나는 스크롤을 꺼내 문양을 확인하다가 멈칫했다. 방금 여러 장을 한꺼번에 써서 전부 소모해 버린 바람 마법 스크롤 외에도 다른 공격 마법 스크롤이 있긴 했다. 다만…….

'……불 마법이네?'

그러고 보면 다파라네 가게에 공교롭게도 바람 마법 스크롤이 몇 장 없었지. 그래서 아쉬운 김에 겸사겸사 옆에 있던 불 마법 스크롤을 같이 왕창 구매했었는데.

'이거, 산에서 쓰면 안 되지 않나?'

산불 조심. 그 네 글자가 머리에 떠오르는 순간, 나는 몸을 돌렸다.

"어어! 도망간다!"

"잡아!"

"거기 서라!"

"너구리! 당장 서라!"

'왜 저렇게 끈질겨!'

나는 왼쪽 갈림길로 들어서서 이를 악물고 뛰었다. 어느 정도 도망치다 보면 포기하고 그만 쫓아올 줄 알았는데, 불행하게도 산적들은 내 생각보다 훨씬 집요했다.

'내가 다른 산적들을 해치운 걸 아는 건가? 그래서 날 잡아서 복수하려고?'

[아니, 그보다는 돈에 눈이 먼 상태인데.]

"헉, 네?"

[요즘 귀족들 사이에서 너구리를 닮은 노예가 유행이라나 봐. 너를 잡아서 팔면 한몫 크게 건질 수 있다고 기뻐하고 있네.]

"이런 미친!"

조금 전부터 너구리, 너구리 하던 게 그 뜻이었냐!

"이 거지 같은 너굴…… 억!"

순간 방심한 탓인지 발이 쭉 미끄러졌다. 나는 예고 없이 마주친 비탈길 아래로 데굴데굴 굴러떨어지기 시작했다.

"아이고! 악!"

풀썩!

내 몸은 실컷 구른 끝에 낙엽에 파묻히고 나서야 멈췄다.

"아이고……."

식겁했다……. 하마터면 이대로 하산하는 줄 알았네. 아니면 벼랑을 만나서 목숨 하나쯤 날려먹거나. 그런 결말은 맞이하지 않아서 그나마 다행이라고 해줘야 하는 걸까.

나는 삭신이 쑤시는 걸 느끼며 우선 몸을 일으켰다.

……그나저나 기분 탓인가? 멈추기 직전에 뭐가 나를 피했던 것 같은데. 얼핏 흰색이 보였는데, 그렇지만 토끼라기에는 너무 큰…….

[축하해, 라테.]

'네?'

저게 뭔 소리야.

그러나 신에게 의문을 전달할 새도 없이, 나를 쫓아온 산적들이 쩌렁쩌렁하게 목소리를 냈다.

"저기 있다!"

아오, 지긋지긋한 것들!

나는 일어선 채로 다리에 힘을 줘봤다. 음, 갓 태어난 새끼 사슴처럼 후들거리는군. 더 뛰는 건 무리겠어.

'결국 이렇게 되는 건가.'

날카로운 긴장감 속에서 나는 마지못해 불 마법 스크롤을 꺼내 들었다.

……괜찮을까? 설마하니 산적과 함께 자폭하는 꼴이 되는 건 아니겠지?

망설여졌지만, 어차피 달리 방법은 없었다. 산적에게 잡혀가거나, 불 마법 스크롤을 사용하거나. 둘 중 하나만 골라야 한다면 역시 후자를 택해야겠지.

나는 비장하게 양손으로 스크롤을 쥐었다. 그런데 그 스크롤을 찢기도 전, 산적들이 내게 다가오다 말고 멈칫거렸다.

"뭐야?"

뭐긴 뭐야. 스크롤이지.

"네놈은 뭐냐!"

응? ……네놈? 설마 저게 이제 와서 나한테 하는 말은 아닐 테고. 그럼 여기에 나 말고 사람이 있다는…….

'아.'

머릿속에 벼락처럼 내가 이 산에 오른 이유가 떠올랐다. 그렇다면 좀 전에 신이 나한테 축하한다고 말했던 게 혹시…….

나는 산적의 시선을 따라 황급히 고개를 돌렸다. 다음 순간, 생각과 호흡이 동시에 멎었다.

설원을 떠올리게 하는 새하얀 은발. 그에 어울리는 순백색의 로브까지.

아윈. ……진짜 아윈이다.

'가만, 그럼 내가 굴러떨어질 때 나를 피했던 게 아윈이었어?'

마지막 깨달음이 뒤통수를 후려치는 찰나, 산적 두목-추정-이 큰 소리로 다시 외쳤다.

"관련 없는 놈이면 빠져라! 거기 그 노란 너구리 계집은 우리가 데려갈 테니!"

노란 너구리 운운에 열 받아 할 겨를은 없었다. 나는 재빨리 머리를 굴려 아윈이 이 상황에서 '빠져야 할' 제삼자가 되지 않을 방법을 생각해 냈다.

좋았어. 이거다.

나는 아윈의 뒤로 몸을 숨기며 있는 힘껏 외쳤다.

"주인님!"

자, 배에 힘 단단히 주고. 이어서 갑니다.

"쟤들이 아까부터 저를! 잡아가려고 해요! 저는 이미! 주인이 있는데!"

"……허, 주인이 있는 노예였다?"

내 외침에 바라는 대로 오해해 준 산적 두목이 즉각 살벌한 목소리로 중얼거렸다. 나는 아윈의 뒤에서 마른침을 삼켰다.

제발 그냥 가지 마라, 아윈. 무시하고 사라지지 마. 부디 이 상황을 성가시고 귀찮은 것이 아닌 흥미롭고 궁금한 일로 여겨주길……!

그때 산적 두목의 목소리가 연달아 들렸다.

"하긴, 요즘 같은 때에 너구리가 주인이 없을 리 없지."

아, 진짜 저놈의 너구리.

"상관없다! 주인이 있으면 죽이고 빼앗으면 그만이지! 얘들아, 쳐라!"

산적 두목의 용감한 명령에 부하 산적들이 일제히 무기를 쥐고 아윈에게 달려들었다.

"……!"

나는 반사적으로 눈을 질끈 감았다.

쾅!

대충 듣기에도 심상치 않은 커다란 폭발음이 지나간 후, 조심스레 눈을 떴다.

"……와."

나도 모르게 작게 탄성이 흘러나왔다.

초토화. 본래 산적들이 있었던 곳의 풍경을 보는데, 딱 저 한 단어밖에 생각나지 않았다.

'내가 만들었던 난장판은 장난이었네.'

바람 마법 스크롤로 산을 헤집어놨던 건 말 그대로 애교였던 거다.

'아, 이럴 때가 아니지.'

나는 초토화된 장소에서 주의를 끊고 바삐 아윈 앞으로 이동했다.

'……근데 이제 어쩌지?'

잠시 사고가 멈췄다. 아윈을 만나기는 했는데, 그래서 이제부터 뭘 어떡하면 좋지?

"큼, 안녕하세요?"

할 말이 없을 때는 우선 인사다. 나는 냅다 저렇게 말하며 아윈을 올려다보았다.

"……."

익숙한 붉은 눈.

그러나 그 눈에는 어떤 감정도 담겨 있지 않았다. 낯선 감각에 전신이 한꺼번에 얼어붙었다.

"아, 그……."

입술까지 얼어버리는 바람에 바로 말을 잇지 못할 때, 아윈이 나를 지나쳐 움직였다.

안 돼! 가지 마!

다급해진 나는 반사적으로 걸음을 옮겨 아윈의 앞을 가로막았다.

'헉.'

그리고 누구보다 내가 제일 놀랐다. 예비 세계 파괴범 무법자를 막아서다니! 절로 쪼그라든 심장이 쿵쿵거렸지만, 다행히 아윈은 제 앞길을 막아선 건방진 행인을 바로 처단하지는 않았다.

휴우-

놀랐다가 안심했다가. 간덩이를 혹사했더니 정신이 바짝 들었다.

그래, 쟨 아윈이 아니야. 아윈의 얼굴을 했지만, 내가 아는 아윈이 아니다. 그러니 어떻게 행동하든, 내게 어떤 태도를 보이든 의외일 것도, 이상할 것도 없다.

나는 이미 아는 사실을 새삼스럽게 머리에 주입하곤 입을 열었다. 마침 굳었던 머리가 다시 돌기 시작해, 내가 앞으로 어떻게 행동해야 할지 판단을 내릴 수 있었다.

"저, 구해주셔서 감사합니다. 은인님이 아니었다면 전 꼼짝없이 산적에게 잡혀가 끔찍한 꼴을 당했을 거예요. 그래서 말인데, 이 은혜를 반드시 갚고 싶으니 이참에 저를 진짜 노예로 받아주시겠어요?"

나의 새로운 작전. 이른바 아윈의 노예 되기!

하필 노예라는 사실이 눈앞을 흐려지게 하지만, 괜찮다. 진짜 중요한 건 '아윈의'라는 부분이니까.

'노예든 뭐든 상관없어. 어쨌든 아윈과 엮여야 돼.'

이대로 아윈이 허무하게 날 두고 떠나 버리면, 또 언제 마주칠 수 있을지 모른다. 실상 나는 지금 아윈의 바짓가랑이라도 잡고서 날 데려가 달라고 매달려야 하는 처지였다.

그렇지만 안 잡는 이유는…… 음…… 괜히 몸에 손을 대면 즉시 죽을까 봐……. 굳이 명을 재촉할 이유는 없잖아? 하하.

대신 말로 매달린다! 나는 양손을 맞잡고 간절하게 어필했다.

"절 노예로 쓰시면 절대 후회하지 않으실 거예요. 제가 이래 봬도 꽤 쓸모가 많거든요. 청소도 잘하고, 요리도, 빨래도, 자수에도 일가견이 있는……."

아앗! 야!

거짓 스펙으로 점철된 내 말이 끝나기도 전에 아윈이 다시 몸을 움직였다.

어쩌지? 어떡하지? 또 가로막으면 이번에야말로 아윈이 나를 황천에 보내줄 것 같은데?

'황천…….'

순간 한 가지 사실이 생각났다. 나는 아윈이 완전히 떠나가기 전에 뱃심을 담아 외쳤다.

"저 안 죽어요!"

말했다.

나름대로 회심의 외침이었는데, 과연 효과가 있었다. 걸음을 멈추고 날 돌아본 아윈이 처음으로 목소리를 냈다.

"뭐?"

"그게, 제가 불사신이거든요. 죽어도 다시 살아나요."

'말해도 되죠?'

[상관없어.]

나는 두근거리는 가슴을 안고 아윈과 눈을 마주쳤다. 그래. 청소, 빨래, 요리, 자수에는 관심을 안 보였을지 몰라도 불사신이라는 이야기에는 반응이 달라지겠지!

"못 믿겠으면, 한번 시험……."

다음 순간, 눈앞이 깜깜해졌다가 다시 멀쩡하게 돌아왔다.

……아니, 완전히 멀쩡한 건 아닌가? 조금 전까지만 해도 나는 분명 아윈의 얼굴을 보고 있었는데, 지금은 웬 하늘이 보이니까 말이다.

나 왜 누워 있지?

"정말이네."

그때 머리 위에서 아윈의 목소리가 들렸고, 난 상황을 파악했다.
'죽었었구나!'
시험해 보라는 말이 끝나기도 전에 아윈이 날 죽인 거야!
'성격 급한 자식.'
여, 역시 무법자는 달라. 하하.
나는 벌떡 일어나 다시 제자리에 섰다. 그나저나 죽고 부활하는 거 생각보다 별거 아닌데? 참 간단해! 이 정도면 인스턴트보다 쉽고 빠르지 않나?
[너 다리 후들거린다.]
'조용히 해요.'
이건 아까 뛰어서 힘들어서 그런 거다. 정말이야.
어쨌든 나는 최대한 태연한 표정을 유지한 채 아윈을 향해 갓 쇼를 마친 마술사처럼 양팔을 활짝 펼쳐 보였다.
"짜잔! 완벽하게 부활!"
"……."
"진짜 불사신 맞죠?"
시험은 한 번에서 끝나는 거겠지? 설마 언제까지 살아나는지 보자고 여기서 날 계속 죽여보는 건 아니겠지?
내심 걱정했지만, 아윈은 단지 생각에 잠겨 있을 뿐 달리 당장 어떤 행동을 하려는 낌새는 없었다.
좋아, 이때다. 나는 기회를 틈타 영업하듯 입을 나불거렸다.
"죽어도 다시 살아난다니, 이렇게 유능한 노예가 과연 세상에 또 있을까요?"
"……."

“요즘은 반려 식물이나 반려동물보다 반려 노예가 더 유행인 거 아시죠? 최고의 반려 노예를 얻을 기회는 지금뿐!”

“흠.”

그때 아윈이 고민을 마친 듯 손을 뻗어 내 목뒤를 잡았다.

“그래. 가자.”

그리고 이어서 순식간에 시야가 바뀌었다.

“……탑주님!”

“탑주님, 오셨습니까?”

……마탑이네.

나는 눈을 깜박이며 바뀐 시야에 들어오는 주변을 살펴보다가, 아윈의 손이 목에서 떨어지는 것을 느끼며 길게 한숨을 내쉬었다.

‘됐다.’

아윈이 나를 마탑에 데려왔다는 건, 진짜 노예로든 뭐든 일단 날 곁에 둘 마음이 들었다는 거겠지. 지금은 이거면 충분했다. 큰 산을 하나 넘은 기분이다.

몸에서 긴장이 썰물처럼 빠져나가자 당장 주저앉고 싶어졌지만, 다리에 힘을 주고 버텼다.

그러고 있을 때, 마탑의 마법사 중 한 명이 아윈과 함께 나타난 내 정체에 관심을 보였다.

“저, 탑주님. 그런데 이분은 누구……”

“반려.”

“예?!”

“허억!”

“바, 반……!”

"반려 노예입니다."

나는 엄청난 오해가 확산되기 전에 재빨리 나서서 아윈의 말을 풀이했다.

하마터면 나도 마법사들과 함께 놀랄 뻔했지만, 여기로 이동하기 직전에 내가 내 입으로 반려 노예 어쩌고 주절거렸던 것이 떠올라 겨우 착각을 면할 수 있었다. 걔는 하필 반려 노예를 저렇게 줄이냐.

"……노예라고요?"

"네. 오늘 장만하셨어요."

신상이란다.

"노예라니……."

"탑주님의……."

마법사들 사이로 직전보다는 얌전한, 그러나 분명히 혼란이 섞인 술렁거림이 번져 나갔다. 아무래도 난데없이 아윈의 노예랍시고 나타난 나를 어떻게 대해야 할지 몰라 곤란한 눈치였다.

"아무 데나 둬."

아윈은 자기 때문에 혼란에 빠진 마법사들에게 성의 없이 저딴 말이나 던지곤 모습을 감췄다.

어디로 갔는지는 알 수 없지만 당장 궁금하진 않았다. 어차피 나는 이제 어엿하게 아윈의 영역인 마탑에 들어온 몸. 더는 조급한 처지가 아니지!

아니, 오히려 꽤 여유 있는 상황 아닌가?

나는 '아윈의' 노예로서 마탑에서 지내게 됐다. 즉, 아윈에게 속한 사람이란 소리.

'견습 마법사나 잡일꾼보다 훨씬 나은 것 같은데.'

넘나레드가 나를 마탑에 받아주지 않았던 것이 이제 와 보니 외려 잘된 일이었단 생각도 들었다.

'카르댄밸과 지독하게 얽히라는 저주는 취소해 줄까.'

"어어어?"

때마침 뒤늦게 자리에 나타난 넘나레드가 나를 발견하고 눈을 휘둥그레 떴다.

"그쪽이 왜 여기……."

"반려 노예님이십니다."

"예?"

"탑주님의 반려 노예님이시니, 언행에 주의를 기울이세요."

"……."

나는 넘나레드가 옆 마법사의 충고에 군말 없이 입을 닫는 것을 보고 한 가지 사실을 깨달았다. 내 서열이 마탑 마법사들보다 높게 책정됐구나……!

"반려 노예님, 저를 따라오십시오. 머무실 곳으로 안내해 드리겠습니다."

그리고 내 이름은 반려 노예님으로 굳어버린 건가. 크게 상관은 없지. 나는 고개를 끄덕이고 순순히 길 안내를 맡은 마법사를 따라 나섰다.

햇볕은 쨍쨍. 모래알은 반짝. 그리고 수상한 초록색 액체는 부글부글…….

"마셔."

나는 아윈이 내민 가늘고 길쭉한 유리병 속 액체와 한참 눈싸움을 하다가 고개를 들고 물었다.

"이게 뭔데요?"

"독."

'젠장!'

한 점의 거짓조차 느껴지지 않는 아윈의 솔직한 답변에 나는 눈을 질끈 감았다.

'이게 벌써 몇 번째야?'

[스물한 번째.]

'물어본 거 아니거든요?'

절로 한숨이 치밀었다.

마탑에서 지내기 시작한 지 오늘까지 정확히 일주일째. 나는 그동안 매일 아윈의 얼굴을 봤다. 다시 말하자면 아윈이 여태 하루도 빠짐없이 꾸준히 나를 찾았다는 뜻인데, 얼핏 들으면 그야말로 장밋빛 이야기 같겠지만 안타깝게도 현실은 크게 달랐다.

"뛰어내려."

마탑에서 눈을 뜬 첫날.

아윈은 아침부터 나를 마탑 꼭대기로 데려가서는 저렇게 명령했다. 당연히 난간 밖으로 뛰어내리라는 말이었고…… 그리하여 난 그날 마탑 꼭대기에서 줄 없이 번지점프를 했다.

한 다섯 번 정도.

마탑에서 뛰어내리는 거로는 내가 죽지 않자—정확히는 계속 부활한 거지만—아윈은 다음 날에 나를 산에 데려갔다.

벼랑 끝이었다.

"뛰어."

나는 또다시 번지점프를 했다. 이번에는 네 번 정도.

그다음엔 맨몸으로 동굴에서 웬 몬스터와 싸웠지. 이건 여섯 번쯤……. 그러고는 들판에서 또 몬스터와 다대일로 결투했던가? 이거는 아마 세 번……. 다음에는 아무것도 없는 허허벌판에 서서 날아오는 메테오 다발로 샤워를 했는데, 이게 두 번…….

그래, 그렇게 스무 번을 죽었다. 그러고 나서 오늘 스물한 번째로 준비된 건, 짜잔! 음독사네요!

"……."

산에서 죽은 걸 포함하면 스물두 번짼가.

나는 어두운 눈으로 아윈의 손에 들린 유리병을 쳐다보다가, 이내 병을 낚아채 내용물을 벌컥벌컥 들이켰다.

크, 쓰다!

……는 거짓말이고, 실제로는 맛을 느낄 새도 없이 눈앞이 깜깜해졌다가 원래대로 돌아왔다.

나는 카펫 위에 드러누워 눈을 깜박거렸다. 곧이어 아윈의 중얼거림이 들렸다.

"정말 안 죽네."

"저기요, 주인님."

일어날 기운도 없다. 나는 누운 채로 아윈을 불렀다.

"왜 나를 그렇게까지 죽이려고 하는 거예요?"

이쯤 되니 아윈이 나를 반려 노예로 받아준 이유를 의심할 수조차 없었다. 누가 봐도 곁에 두고 죽일 방법을 찾으려고 데려온 거잖아!

"남으면 안 되거든."

"뭐가요?"

"살아 있는 사람."

"……이 세상에요?"

"응."

나는 순순히 흘러나오는 대답을 들으며 침을 꼴깍 삼켰다. 이 녀석, 세계 멸망이 목표인 줄 알았더니 실은 인류 말살이 궁극적인 목표였나!

'……하긴, 그럴 만도 한가.'

나는 품에서 주섬주섬 외알 안경을 꺼내 쓰고서 아윈을 쳐다보았다. 아윈의 머리 위에 둥둥 떠 있는 선명한 하트와 숫자가 보였다.

♥-1,000

……처음 저걸 봤을 때는 내 눈이 잘못된 줄 알았지, 진짜. 솔직히 지금도 여전히 받아들이기 어렵긴 하다. 마이너스 천. 아니, 어떻게 호감도가 마이너스 천까지 내려갈 수가 있지?

'저 정도로 사람을 싫어하니, 당연히 사람이 살아 있는 꼴을 못 볼 수밖에.'

통탄스러웠다. 이 세계의 아윈이 중증 인간 혐오자라니, 이런 건 몰랐다고…….

'저거에 비하면 내 세계의 케니스는 여성을 사랑하는 수준인걸.'

그저 안 닿으려고 어떻게든 피할 뿐이지, 죽일 생각은 안 했으니까 말이다. 심지어 이젠 결혼도 했잖아? 그래, 케니스는 여성 혐오가 아니었다. 여성 사랑이었어!

'하아.'

나는 헛생각으로 현실을 외면하다가 다시 속세로 돌아왔다.

"주인님."

그나저나 이 호칭도 이젠 꽤 자연스럽군. 초반에는 솔직히 부를 때마다 조금씩 멈칫거렸는데 말이다.

뭐랄까. 아윈의 얼굴을 보면서 주인님이라고 하려니까…… 뭔가…… 나쁜 놀이를 하는 것 같아서 조금 기분이 그랬다고 할까……? 하지만 그것도 옛말이지. 주인님은 주인님. 나는 노예. 응, 그것이 진실이니까.

"왜 사람이 싫어요?"

"별로 안 싫어해."

거짓말! 그런 말을 하려면 네 머리 위에 뜬 호감도 -1,000에서 0을 두 개쯤은 지우고 다시 말해라!

"안 싫어하는데 왜 죽여요!"

"불필요하니까."

"뭐라고요?"

"딱히 쓸모가 없거든. 사람."

"……."

나는 일순 말문이 막혔다.

……저거 어디서 많이 들어본 논리인데? 그러니까, 음, 주로 외계인이 하는 주장 아닌가? 인간이 지구를 망치고 있어! 지구를 위해 싹 청소해야 해! 뭐 이런 식으로.

'그렇지만 자기는 외계인도 아니면서…….'

같은 사람끼리 왜 이러는 거야. 나만 빼고 다 무가치 폐기물이라 이건가. 아니, 물론! 아윈의 눈엔 자길 뺀 나머지 사람은 다 생긴 것도 좀 그렇고! 무력도 좀 그렇고! 다소 모자라게 보일 수는 있어! 그래도 전부 죽이려고 할 것까지는 없지 않나?

나는 알 수 없는 아윈의 사고방식에 미간을 살짝 찌푸린 채로 물었다.

"사람을 다 죽인 다음에는 뭐 할 건데요? 아무도 없는 세상에서 주인님 혼자 살 거예요?"

"글쎄."

"……."

"그건 그때 가서 생각해 봐야지."

얘가 심지어 대책도 없네!

그러나 저 답변에 화가 나거나 어이가 없어지기보단, 순간 가슴 한쪽이 살짝 아려왔다. 뭔가…… 자기가 사는 문제에조차 딱히 관심이 없다는 의미로 들려서.

'그러고 보면, 정말 모든 일에 무심하긴 해.'

지난 며칠간 지켜본 아윈은, 세상을 멸망시키는 일 외에는 그 무엇에도 흥미나 관심이 없는 사람 같았다.

마탑은 방치하지. 딱히 기호랄 것도 없는 것 같지. 매일 하는 거라곤 그저 마탑 지하에서 뭘 하는지 모르게 시간을 보내는 거랑 날 죽이려고 노력하는 것뿐…….

'……갑갑하다, 진짜.'

무슨 수로 이 아윈의 마음을 돌려서 세상의 멸망을 막을 수 있을까.

'정신 차리라고 쥐어 팰 수도 없고.'

나는 아윈에게 솜방망이 노예 펀치를 날렸다가 아까운 목숨을 추가로 날려먹는 상상을 하며 몸을 일으켰다. 상체만 일으켜 앉아 그 자세로 아윈을 빤히 올려다보다가 말했다.

"주인님, 우리 살림 합칠까요?"

아윈이 무슨 참신한 헛소리냐는 듯 눈썹을 살짝 올리는 것을 보면서 말을 이었다.

"지금 저희가 마탑에서 지내긴 하지만, 잠도 따로 자고 밥도 따로 먹잖아요?"

"근데?"

"같이해요, 전부. 잠도 같이 자고 밥도 같이 먹고 취미 생활도 같이 하고……."

너한테 취미 생활이 있다면 말이지만.

"왜 그래야 하는데?"

"그렇게 하면 주인님이 저를 더 밀접하게 관찰할 수 있잖아요. 그럼 절 죽일 방법을 찾기가 더 쉬워지지 않을까요?"

그리고 나는 그사이에 어떻게든 너와 친해질 방도를 찾고 말이지.

"흐음……."

"지금 이대로면 평생 저를 죽일 방법을 못 찾을걸요."

당연히 거짓부렁이다. 난 이제 78번만 더 죽으면 끝이다. 이 속도라면 약 한 달쯤 걸리겠군.

'그 전까지 기필코 아윈과…… 짱친이 된다!'

유혹하는 건 아무리 생각해도 역시 무리야. 그러니까 칭구칭긔 전법으로 간다!

"뭐, 좋아. 그렇게 하자."

아윈의 말이 떨어지기 무섭게 시야가 변했다.

"이제 여기서 지내."

……아니, 하다못해 짐 챙길 시간이라도 좀 주지 않으련? 짐이라고 해봐야 사실 마탑에서 제공해 준 옷 몇 벌과 스크롤이 전부긴 하지만.

나중에 가서 챙겨 와야겠다. 나는 아윈의 침실에서 고개를 끄덕거렸다.

"넵."

"아윈 보고 싶다."

마탑 이 층 복도 창가에 서서 밖을 내다보며 멍하니 중얼거렸다.

"오드도 보고 싶어."

말하다 보니 감정이 북받쳤다.

"흑, 둘 다 나 없이 잘 지내고 있을까?"

[잘 멈춰 있겠지.]

"아, 빠져요."

이 눈치 없는 신이, 감상에 젖을 시간도 안 주네.

나는 그렇게 투덜거린 후 복도 벽에 등을 대고 주저앉았다. 의욕이 빠져나간 어깨가 둥글게 축 처졌다.

"내가 너무 오만했나 봐요."

[아니야.]

"아니긴? 신님도 현실을 봐요."

이 세계 아윈과 온종일을 함께하기 시작한 지도 벌써 열흘이 지났다. 나는 그동안 아윈과 친해져서 아윈의 사상을 바꿔놓기 위해 나름 최선을 다했다. 다양한 사례를 들어가며 은근슬쩍 '사람'의 좋은 점을 설명했고, 내 세계의 아윈이 웃긴 걸 좋아했던 게 떠올라 혼신의 개그도 여러 번 선보였다.

그래서 그 결과는?

♥-1,000

오늘 아침에 확인했던, 한 치의 미동도 없는 아윈의 호감도가 떠오르자 눈앞이 깜깜해졌다.

망했다. 그것도 아주 폭삭.

"오만했던 게 맞아요. 못 한다고 말하면서도 속으로는 사실 어떻게든 되지 않을까 생각했으니까."

나는 사실을 인정했다. 내가 이 세계의 아윈을 무슨 수로 꼬시냐고 펄쩍 뛰면서도…… 그래, 내심은 다른 마음을 품었었다. 노력하면 되겠지. 적어도 아윈의 곁에 계속 얼쩡거리면서 시간을 보내고 얼굴을 마주하다 보면 어느샌가 정이 쌓이겠지. 그런, 지금 생각하면 제법 터무니없는 낙관적인 기대를 했던 것 같다.

실상은 벌써 보름이 넘게 지났는데도 아윈의 호감도를 단 1조차 올리지 못했는데.

"……나, 이만 원래 세계로 돌아갈까요?"

이제야 객관화가 되는 기분이다. 자신감이 지하를 뚫고 내려갔다. 제대로 마주한 냉정한 현실의 온도는 쓸쓸하다 못해 피부가 시릴 만큼 차가웠다.

춥다. 너무 추워. 누가 여기 패딩 좀 가져다줘! 주는 김에 핫 팩도! 수면 양말도! 전기장판도! ……귤도!

[돌아가고 싶어?]

"더 있어 봐야 소용없을 것 같아서요."

[벌써 포기하지 마. 아직 50번이나 더 살아날 수 있잖아.]

다시 말하면, 보름 조금 넘는 사이에 50번이나 죽었다는 말도 된다.

"그 50번의 목숨도 어차피 금방 사라질 것 같은데요."

[앞으로도 계속 지금까지와 같을 거라는 보장은 없잖아.]

"글쎄요."

신은 나름대로 내 기운을 북돋아주려는 것 같았지만, 애석하게도 무엇 하나 마음에 와닿는 말은 없었다.

나는 망했어! 난……! 그저 오만했던 패배자야!

"애초에 세계 멸망을 막는다니, 나 같은 소시민에게는 너무 과중한 임무였던 거예요."

[마탑의 안주인이 소시민은 아니지.]

"그건 내 세계에서나 그랬던 거고요."

이곳에서의 나는 단지 시한부 불사신이라는 조건이 붙은 아윈의 반려 노예일 뿐…….

객관화를 마치고 나니 굉장히 울적해졌다. 원래도 울적했지만 지금은 더 울적해. 나는 시선을 떨어뜨린 채 손가락으로 바닥에 '끝장'이라는 글자를 적다가 문득 고개를 들었다.

"있잖아요, 신님. 케니스와 황태자에게 아윈을 막아달라고 부탁해 보는 건 어때요?"

왜 이 생각이 지금에서야 떠올랐을까?

아윈이 인간의 범주를 훌쩍 넘어선 무력을 지닌 먼치킨이긴 하지만, 그건 케니스와 황태자도 마찬가지였다. 그렇잖아도 원작에선 세 사람의 전투력이 거의 비슷하다는 언급이 있었지.

이 세계는 아주 예전에 원작이 사라졌다지만, 그래도 저런 기본 설정 정도는 어느 정도 유지되고 있지 않을까? 최소한 케니스와 황태자 둘이서 손을 잡는다면 아윈 한 사람을 막을 정도는…….

[케니스 폰 에스반데와 론드미오 드 헤일론은 아윈 헤브림을 못 막아.]

론드미오. 그러고 보니 황태자가 저런 이름이었지. 다시 봐도 그냥 로미오를 네 글자로 늘린 느낌이 나는 것이 남자 주인공의 이름치고는 참 성의 없는……. 이게 중요한 게 아니라.

"왜요?"

[아윈이 작정하고 숨으면 과연 그 두 사람이 그를 찾아낼 수 있을까?]

"신님이 어디에 있는지 알려주면 되잖아요."

[3 대 1을 하라는 말이네.]

"……비겁한 게 대순가요? 세계를 구해야 하는데."

[뭐, 네 말이 맞아. 하지만 내가 합세해도 달라지는 건 없을걸. 아

윈 헤브림이 어디에 있는지 알아도 거기까지 이동하는 건 또 다른 문제니까.]

"아, 그건 그러네요."

나는 쉽게 납득했다. 표현이 좀 그렇지만, 솔직히 아윈이 치사한 싸움에는 최강자긴 하지.

상성이란 게 그렇다. 최고의 마법사가 마음먹고 이동 마법을 남발하면서 싸우면 과연 누가 감당할 수 있을까?

……역시 끝장이다. 대안이랍시고 떠올렸던 게 전혀 대안이 아니었어.

나는 바닥에 '진짜 끝장'이라는 글자를 찍찍 끄적였다.

[약해지지 마, 라테.]

"이런 상황에서 그렇게 말해도……."

"반려 노예님!"

나는 신에게 대꾸하다 말고 고개를 돌렸다. 복도 저편에서 익숙한 얼굴이 해맑은 표정으로 내게 가까워지고 있었다. 나는 자연스럽게 머리에 떠오른 이름을 뱉어냈다.

"예일로."

"여기서 뭐 하세요?"

지척까지 다가온 예일로가 내 앞에 풀썩 쪼그려 앉았다.

이름, 예일로. 나이, 미상이지만 아마 젊음. 성별, 남자. 직업, 마탑 신입 마법사.

특이 사항, 노란 머리.

'그리고 나한테 첫날부터 호감도 50이라는 수치를 보여줬지.'

아마 같은 노란 머리에게 동지 의식이라도 느낀 게 아닐까? 사실

나도 예일로를 보자마자 괜히 반갑고 익숙하고 그랬으니 말이다.
나는 해님처럼 얼굴이 활짝 편 예일로에게 대답했다.
"사색에 잠겨 있었어요."
"여기서요?"
"네, 딱 좋아요. 아늑하고, 운치 있고, 마침 지나가던 아는 사람이 말 걸고."
"하하."
녀석. 참 실없기도 하지. 첫 만남 때부터 그랬지만 내가 무슨 말만 하면 거의 자동 반사로 웃네. 저게 바로 호감도 50의 힘인가.
'차라리 예일로의 호감도를 모조리 아윈에게 줄 수 있다면…….'
음, 그래 봐야 -950이 될 뿐이군.
"저기, 반려 노예님. 저 궁금한 게 있는데요."
"네."
"혹시 탑주님과는…… 어떤 관계인가요?"
나는 답이 너무나 명확한 질문에 의아해져서 예일로를 쳐다보았다. 너 방금 나를 반려 노예님이라고 부르지 않았니?
"주인과 노예 관계요."
"그게 전부인가요?"
나도 전부가 아니었으면 좋겠다. 너는 왜 갑자기 나타나서 남의 가슴을 후벼 파고 그래?
"전부인데요."
"그렇구나. 그럼…… 혹시 노예 계약은 언제쯤 끝나는 거예요?"
"날짜는 나도 몰라요. 길면 삼 주쯤 남았으려나."
내게 주어진 목숨 백 개를 모조리 소진하게 될 날을 어림잡아 계산해 보았다. 후, 슬프군.

"그래요? 그러면 저기, 그날 저랑……."

"조심해요!"

그때 누가 다급하게 외치는 소리가 들리는가 싶더니, 바로 이어서 나와 예일로가 있는 자리에서 폭발이 터졌다.

쾅!

폭음이 귀를 어지럽혔다. 나는 반사적으로 납작 엎드렸다가 이내 일어나선 깜짝 놀랐다.

"예일로!"

"반려 노예님…… 괜찮……."

예일로가 누가 봐도 나를 대신해서 충격을 받아낸 모양새로 신음하고 있었다. 나는 너덜너덜해진 예일로를 보며 속으로 크게 탄식했다.

이걸 어째! 난 죽어도 살아나지만, 얘는 목숨이 하난데……!

"죽지 마요, 예일로!"

"걱정 마세요. 이런 거로 안 죽……."

겨우겨우 버티는 기색이던 예일로가 기절했는지 옆으로 스르르 쓰러졌다. 나는 그런 예일로 너머로 비로소 이쪽을 공격한 상대의 정체를 확인할 수 있었다.

얼핏 사람과 비슷한 체구. 하지만 눈 하나, 머리에 돋아난 뿔 두 개, 정체 모를 꼬리…….

"악마다! 어떤 미친놈이 악마를 소환했어!"

마침 머릿속에 떠오른 말을 누군가가 정확히 뱉어냈다. 나는 놀라서 굳은 채 악마를 응시했다.

'이 세계에도 악마가 있었어?'

아니, 없는 게 이상한 건가. 하긴. 평행 세계이니 가만히 생각해 보면 내 세계에 나타났던 악마가 이 세계에 존재하는 건 당연했다.

그때 주변에 있는 마법사들이 차마 나서지 못하고 우왕좌왕하며 소리치는 말들이 들렸다.

"우리끼리는 무리야. 누가 가서 넘나레드 님을 불러와!"

"넘나레드 님은 아침에 탑을 비웠는데……."

"카르댄벨 님은?"

"같이……."

"에이 씨, 메모리아 님! 메모리아 님은 계시지? 빨리 불러와!"

"알겠어!"

이런 와중에 마법사들이 위급 상황에서 넘나레드, 카르댄벨, 메모리아를 찾는 걸 보고 괜히 마음이 따뜻해졌다. 원래도 실력자인 건 알았지만, 이 세계에서는 더욱 인정받고 있구나……!

근데 비솟이랑 아로브럭은 안 찾네. 두 사람, 더 분발하길.

키잉!

"……!"

그 순간 내 쪽으로 천천히 팔을 뻗은 악마의 손에 검은 기운이 모여들기 시작했다. 51번째 목숨은 아윈이 아니라 악마 때문에 날리게 되는 건가…….

'가만, 근데 예일로는 어쩌지?'

저 공격을 맞으면 나랑 예일로가 같이 죽는 거 아닌가? 나는 부활하겠지만, 예일로는 이대로 영영 끝일 텐데.

창창한 나이에 벌써 죽는다니 불쌍하지 않나? 신한테 내 남은 목숨 중 하나만 예일로에게 주면 안 되냐고 말해볼까?

아, 그런데…….

무섭다.

나는 내 몸을 잠식한 긴장감과 공포를 선명하게 느끼며 악마를 바라보았다.

왜 무섭지? 죽는 건 이미 익숙하다고 생각했는데. 죽을 때의 기억이 내게 전혀 남지 않는다는 것도 아는데, 왜…….

악마라서? 상대가 과거 멋대로 내 몸을 바꿔놓았던, 나와 내 주변을 위협했던 존재라서?

모르겠다. 혼란스럽다.

그처럼 정신없는 찰나, 문득 머릿속에 한 사람의 부재가 스쳐 지나갔다. 이전에는 내가 죽던 순간에 항상 곁에 있었지만, 지금은 없는 사람.

"……아윈."

콰앙!

조금 전보다 훨씬 커다란 폭음과 함께 눈앞이 깜깜하게 물들었다.

푹신하다. 이 느낌은 분명 장인이 최선을 다해 제작한 최상급 침대의 감촉…….

응? 침대? 눈을 번쩍 뜨고 내가 누워 있는 곳을 더듬었다. 뭐야, 진짜 침대잖아.

'나는 복도에서 죽었는데?'

죽은 자리에서 부활해야 하는데, 왜 장소가 바뀌었지?

"이상해."

순간 익숙한 목소리가 귀를 스쳤다. 나는 튕기듯 일어나 앉아 옆을 돌아보았다.

"아윈?"

아니, 아니지. 호칭 실수했다. 다시.

"……이라는 완벽한 이름을 가진, 주인님?"

자연스러웠겠지?

아윈은 침대에서 조금 떨어진 위치에 서서 팔짱을 낀 채 나를 가만 응시하다가 재차 입을 열었다.

"왜 그랬어?"

"네?"

"왜 내 이름을 불렀냐고."

……젠장, 자연스러웠다고 생각했는데!

"그게, 조금 전엔 실수였어요. 말이 잘못 나간 거예요. 저는 절대 주인님의 존함을 함부로 입에 담으려고 한 게……."

"말고."

내 말을 자른 아윈이 바로 이어서 말했다.

"외눈박이 덩어리한테 뒈질 뻔했을 때, 내 이름을 불렀던 이유가 뭐야?"

……외눈박이 덩어리? 그게 뭔데?

나는 잠시 그렇게 의문을 품었다가, 곧이어 저 말이 다름 아닌 악마를 가리키는 표현임을 알아차렸다.

아. 그러니까 아윈의 말을 곱게 다시 해석하면, 내가 악마에게 죽

을 뻔했을 때…….

가만, 근데 이거 말이 좀 이상하지 않나? '죽을 뻔'했을 때? 나는 악마에게 죽을 뻔했던 게 아니라 그냥 죽었었을 텐데.

[너 안 죽었어, 라테.]

'네?'

[악마에게 공격당하기 직전에 아윈 헤브림이 나타나서 널 구했거든. 넌 기절했다가 지금 막 깨어난 거야.]

뭐라고?

머릿속에 또렷하게 울린 신의 목소리에 즉각 나의 넋과 얼이 가출 선언을 했다. 듣고 나니 여기가 아윈의 침실이란 건 알겠는데…….

아윈이 나를 구해? ……왜?

"못 알아들었어? 다시 말해?"

그때 아윈의 독촉이 귀를 때렸다. 나는 멀리 가지 못한 얼과 넋을 얼른 붙잡아 머리에 욱여넣곤 우선 입을 열었다.

"아, 그건……."

악마에게 죽기 직전에 아윈의 이름을 불렀던 이유가 뭐냐고? 그게, 그 이유는…….

'뭐지?'

나도 모르겠다.

악마와 대치한 상태에서 내 입으로 '아윈'이라고 내뱉었던 것은 기억이 난다. 하지만 그게 전부였다. 왜 그랬던 건지는 지금 와서 생각해 보려고 해도 딱히 떠오르는 것이 없었다. 애초 그때 워낙 경황이 없었기도 했고. 아무래도 별 이유랄 것 없이 무의식중에 말이 튀어 나갔던 것 같은데…….

나는 답을 기다리는 아윈을 보며 잠시 망설이다가 대답했다.

"그냥 불렀어요."

"그냥?"

"……네."

너무 솔직했나. 그렇지만 저게 사실인걸.

아윈은 내 답을 듣고 말없이 미간을 살짝 좁혔다. 나는 아윈의 미끈한 미간 가운데 잡힌 주름을 보며 문득 어떤 사실을 상기했다.

이 세계의 아윈은, 정말 안 웃는다. 얼마나 안 웃냐면, 내가 이 세계로 온 후 아직 한 번도 아윈이 웃는 걸 보지 못했을 정도로.

'내 남편은 걸핏하면 웃었는데.'

내 세계의 아윈은 웃음이 후했지. 오죽하면 내가 한때 아윈의 얼굴을 보고 '해악하다'고 외치면서 도망 다녔을까.

이 세계의 아윈과 내 세계의 아윈은 얼굴과 이름이 같지만 이처럼 달랐다.

'너희 공통점이 있긴 하니?'

잘생긴 거 빼고. 마법 초천재인 거 빼고. 마탑주인 거 빼고. 무법자인 거 빼고. 생명 경시가 하늘을 찌르는 거 빼고. 언어 사용이 아름다운 거 빼고. 성격 제멋대로인 거 빼고. 흰옷이 어울리는 거 빼고. 다리 긴 거 빼고. 어깨 넓은 거 빼고. 가슴팍 단단한 거 빼…… 아, 이건 내가 비교할 수 없지.

……음, 이렇게 놓고 보니 생각보다 많을지도.

한참 생각에 잠겨 있을 때 아윈의 목소리가 들렸다.

"사람은 보통 죽기 전에 자길 구해줄 상대를 찾을 텐데."

"네, 뭐…… 보통 그렇죠?"

"근데 날 불렀다고?"

"왜요?"

"이상하잖아. 이해가 안 되는데. 왜 나를 널 구해줄 존재라고 생각했던 거지?"

아하, 녀석. 그 부분이 궁금했구나! 그런데 이를 어쩌지? 그 부분은 나도 궁금해서 대답해 줄 수가 없는걸!

'나도 내 무의식한테 묻고 싶네. 이 세계의 아윈이 날 구해줄 거란 생각은 솔직히 안 했을 텐데.'

어쩌다 보니 정말로 아윈이 악마에게서 내 목숨을 구해주긴 했다. 하지만 맹세하건대, 그건 결코 내가 미리 기대하거나 예상했던 결과가 아니었다. 솔직히 나로서는 아직도 안 믿겼다.

아윈이 나를 구했다니. 실은 그냥 죽었다가 장소만 바뀌어서 부활한 건데, 신이 내게 희망을 품게 하려고 거짓말을 한 건 아닐까……?

[아니거든? 난 신이야! 거짓말 같은 거 안 해! 못 해!]

'그 정도로 안 믿긴단 뜻이었어요.'

어쨌든 그러하다. 내 입장에선 내가 아윈을 부른 이유보다 아윈이 나를 구해준 이유가 더 궁금하단 말이지.

'단순 변덕이었겠지?'

나는 답을 고민하는 척하면서 은근슬쩍 품에서 외알 안경을 꺼냈다. 그러곤 재빠르게 얼굴에 걸쳐 아윈의 머리 위만 잠깐 확인한 후 바로 다시 벗었다.

♥-1,000

변덕 맞네. 하하, 역시!

하긴, 당장 오늘 아침에 확인했던 호감도도 변함없이 -1,000이었으니까…….

에라. 기대 안 했어. 호오오옥시 하는 생각 같은 거 절대 안 했다고.

나는 외알 안경을 침대에 대충 던져놓은 뒤 아윈을 향해 입을 열었다.

"주인님은 주인님이니까요."

"뭐?"

"반려 노예는 원래 모든 위기 순간에서 꼭 주인님을 찾는답니다."

"……."

"신뢰, 믿음, 충성……. 응, 그것이 반려 노예이니까."

문제. 상대방이 나도 모르는 걸 질문합니다. 그냥 모른다고 말하기 곤란할 때, 뭐라고 대답하면 좋을까요?

정답! 리빙 포인트: 그럴 때는 입에서 나가는 대로 아무 말이나 주절거리는 것이 좋다.

의외로 효과적인 방법이다. 왜냐면 너도 정답을 모르고 나도 정답을 모르니까, 딱히 내 헛소리에 반박이 들어올 일이 없거든.

주의 사항: 객관적, 업무적 정보가 필요한 사안에는 사용하지 말길 바랍니다. 그럴 때는 그냥 검색 엔진을 이용하거나 모른다고 답하고 상사에게 깨지도록 하세요!

"……."

지금은 리빙 포인트를 적용하기 적절한 상황이었는지, 아윈은 내 말에 별달리 반발하거나 이의를 달지는 않았다. 대신 속내를 알 수 없는 표정으로 나를 빤히 보더니 갑자기 물었다.

"넌 내가 안 무서워?"

"네?"

"무섭지 않냐고."

"……제가 왜 주인님을 무서워해야 하는데요?"

짚이는 이유가 몇 가지 있긴 한데. 첫째, 날 오십 번이나 죽여서. 둘째, 무법자 마탑주라서. 셋째, 곧 세계를 멸망시킬 예비 세계 파괴범이라…….

그러나 막상 아윈의 입에서 나온 건 내가 상상했던 그 어떤 답도 아니었다.

"난 괴물이잖아."

"……."

"넌 사람이고."

어……. 난 선생이고, 넌 학생……!

'이게 아닌가.'

그건 그렇다 치고, 나는 기분이 조금 묘해져서 아윈을 들여다보았다. 외모, 성격 그 두 가지 외에 이 세계 아윈과 내 세계 아윈의 공통점을 방금 막 찾아냈다.

'이 아윈이나, 우리 아윈이나 자기 자신을 괴물이라고 여기는 건 같구나.'

나는 과거 원래 세계에서도 아윈에게 비슷한 질문을 받았던 적이 있다. 뭐라고 했더라. 그래, 너도 내가 괴물 같냐고 했었지. 지금 생각하니 아주 비슷한 질문은 아니긴 한데…… 어쨌든 '괴물'이란 표현은 같으니까!

그래서 그때 내가 아윈에게 뭐라고 대답했냐면, 착한 괴물이라서 괜찮다고 말했던 기억이 난다. 그리고 아윈이 생각보다 그 답을 마음에 들어 해서, 포상(?)으로 이마 스킨십을…….

아니, 그만. 여기까지만 상상하자. 이 주책맞은 추억 팔이 어디까지 가는 거람, 크흠.

뭐, 아무튼 그랬다. 나는 과거에 했던 대답을 지금 여기서도 다시 써먹을까 고민하다가, 순간 다른 생각이 떠올라서 곧장 입을 열었다.

"저 사람 아닌데요?"

"뭐?"

"죽어도 다시 살아나는 사람 봤어요? 저도 괴물이에요."

그렇지. 이 세계에서 나는 지금 불사신이다. 실은 이제 목숨이 오십 개밖에 안 남기는 했지만, 그거라도 어디야? 남들은 하나인 목숨을 수십 개나 가졌는데, 평범한 사람으로 치부되는 건 이상하지.

그래, 난 학생이 아냐. 나도 선생이었어! 그것도 평교사가 아니라, 교감이나 교장 선생쯤 된다고!

"오히려 엄밀히 따지면 주인님보다 제가 더 괴물이죠. 주인님은 한 번 죽으면 끝이지만, 전 아니잖아요."

이런, 이런. 나…… 괴물력에서 아윈을 이겨 버린 걸까나?

괴물 일짱의 권좌, 무법자 아윈을 누르고 이 노란 빗자루 머리 영애가 차지해 버렸다, 인가?

"정리하자면 주인님은 작은 괴물, 전 큰 괴물."

"……."

"주인님이 무섭지 않냐고요? 으응, 전혀. 큰 괴물이 과연 작은 괴물을 무서워할까요? 이치에 맞으려면 그 반대가 되어야 하지 않을지…….”

앗, 잠깐. 방금 저 대사는 조금 지나쳤나?

괴물 일짱 자리를 차지했다는 상황 설정에 지나치게 도취되어 그만 말이 이성의 검수를 거치지 않고 멋대로 튀어 나가고 말았다.

나는 뒤늦게 입을 꾹 다물고 아윈의 반응을 관찰했다. 다행히 아윈은 내 말에도 눈에 띄게 심기가 상한 낌새는 아니었다.

그저 뭐랄까, 약간 얼이 나간 것처럼 보였다.

왜 저런 얼굴이지? ……설마 노예의 도발에 화가 나는 수준을 넘어서 어이가 출가해 버린 건!

‘아냐, 그럴 리 없어.’

응. 비약이다. 내 발언이 살짝 아슬아슬했던 것은 인정하지만 저 정도로 선을 넘은 건 아니었다고. ……아니었을 거다.

아윈은 계속해서 침묵을 지켰다. 자리에 깔린 정적이 지속될수록 내 마음에 피어난 불안도 따라서 조금씩 덩치를 키웠다.

왜, 왜 말을 안 하는 건데……? 사람 불안하게……. 그러지 마라…….

에잇. 이럴 바엔 내가 먼저 화제를 돌린다!

나는 불길한 상상과 정적을 깨부수기 위해 서둘러 입을 열었다.

“저, 주인님. 근데 예일로는 지금 어때요? 많이 다쳤어요?”

복도에서 악마에게 공격당할 때 나와 함께 있었던 예일로가 생각나서 물었는데, 아윈은 내 말에 눈살을 살짝 찌푸리더니 역으로 내게 질문했다.

“그게 뭔데?”

좋아. 다른 질문을 하자. 예일로의 근황은 내가 나중에 따로 확인해 보는 걸로 하고, 지금은 패스.

"아무것도 아니에요. 그보다 다른 게 궁금해졌는데, 주인님, 아까는 어디에 다녀오셨던 거예요?"

말을 꺼낸 김에 설명하자면, 아윈은 오늘 아침 일찍 나를 마탑에 내버려 두고 혼자 외출했었다. 그랬다가 악마에게서 날 구해주면서 막 화려하게 돌아온 참이었다.

아윈은 내 질문에 순순히 답을 주었다.

"데스 산맥."

"데스 산맥이요? 그것참 살벌한 이름이네요. 어디에 있는 건데요?"

"오클린 왕국 서쪽에."

"오클린 왕국이면…… 여기서 엄청 멀지 않아요?"

"별로."

별로라기엔 무려 바다를 건너야 하는…… 아, 하긴. 어차피 아윈은 이동 마법 한 번이면 어디든 갈 수 있을 테니 바다를 건너는 거나 산을 건너는 거나 별것 아니겠지. 그 어떤 장소든 아윈에게는 고작 옆 동네처럼 느껴질 거다.

'그래도 지금 나처럼 세계를 건너오는 건 못 하겠지만.'

이 세계의 아윈이나 내 세계의 아윈이나 말이지.

나는 무심코 그런 생각을 한 후 질문을 이어갔다.

"데스 산맥에는 왜 가셨던 거예요?"

"모로나 잡으러."

"모로나? 몬스터예요?"

"응?"

“모로나는 왜 잡으려고 했는데요?”

“독이 필요해서.”

“독이 왜…….”

나는 물음표 살인마처럼 쉬지 않고 질문을 만들어 나가던 걸 뚝 멈췄다. 화제를 완벽하게 전환하기 위해선 새 주제로 길고 긴 대화를 나누는 것이 좋다지만…….

그래도 답이 명확한 질문까지 구태여 할 필요는 없겠지. 나는 침대에서 벗어나 아원에게 다가가 손을 내밀었다.

“주세요.”

“뭘?”

“독이요. 저 먹이려고 구해 온 거잖아요.”

아침부터 부지런히 어딜 나갔다 오나 했더니만, 역시나 이런 결말이로군.

아원은 내 말에 왠지 모르게 멈칫하더니, 이내 품에서 작은 유리병을 꺼냈다.

저게 바로 모로나인지 메로나인지 하는 몬스터의 독인가. 나는 기분 탓인지 어디서 많이 본 것 같은 친숙한 빛깔의 연두색 독을 뚫어지게 보다가 문득 생각했다.

‘저것만 마시고, 그냥 원래 세계로 돌아갈까?’

아원이 나를 죽이기 위해 바다 건너 출장까지 다녀오면서 구해 온 독을 보고 있자니, 새삼 막막한 내 처지가 실감되었다.

시간이 지나도 이 상황은 바뀌지 않을 테지. 51번 죽나, 100번을 전부 죽나 딱히 달라질 건 없을 거다.

……그렇다면 굳이 여기서 더 시간을 낭비하지 말고 하루라도 빨

리 돌아가는 게 차라리 더 나은 일이 아닐까?

'그래. 집에 가자.'

아윈이 보고 싶다. 오드도 보고 싶다.

그밖에 다른 사람들도 이따금 아른거릴 만큼 그립다.

'세계 멸망을 막는 건 이대로 실패하는구나.'

실패라는 말을 인지하자 마음이 무겁게 가라앉았다.

아윈을, 내 남편을 지키지 못했다. 지금 이 순간 다른 무엇보다 그 사실이 가장 가슴을 아프게 했다.

죽은 뒤 아윈이 영혼 상태로 고통받을 때…… 내가 그 옆에 있어 줄 수는 없을까? 아니면 내 영혼이 그 죗값을 대신 가져오는 건?

신에게 부탁해 볼까. 지금은 살아 있는 상태니까 이른 부탁이 되려나. 하기야, 당장 나와 소통하는 신은 내가 있던 원래 세계가 아니라 지금 이 세계를 다스리는 신이니까. 죽고 나서 영혼 상태로 내 세계의 신을 만나면, 그때 가서 신에게 매달려 보는 것도 괜찮을 것 같고…….

참, 예일로. 떠나기 전에 예일로의 근황을 알아보고 가야 하나? 악마에게 공격당할 때 나를 보호해 주기도 했으니 아무래도 그게 예의일까. 하지만 어차피 내 세계로 돌아가면 잊을 사람인데, 그렇게 생각하면 굳이 근황을 알아야 할 필요가 있을까 싶기도 하고…….

'모르겠다. 빨리 독이나 내놔라.'

나는 아윈을 향해 손바닥을 펼쳐 보인 채 재촉했다.

작별 선물로 원샷하고 떠나줄 테니 얼른 줘. 내가, 어? 바다를 건너 몬스터까지 때려잡은 성의를 봐서 그 독까지는 마셔준-

"어?"

나는 당황해서 눈을 커다랗게 떴다.

모로나의 연두색 독이 담긴 유리병은 내 손에 들어오지 않았다. 대신 카펫 위로 떨어졌고, 이어서 아윈의 발에 밟혔다.

콰직!

나는 아윈의 발밑에서 유리병이 산산이 깨어지는 소리를 똑똑하게 들은 뒤, 멍하니 고개를 들고 물었다.

"뭐 하세요?"

기껏 외지에 나가 구해 온 독을 제 손으로, 아니, 제 발로 박살내 버린 아윈은 정작 태연한 표정이었다.

"너 이제 이런 거 먹지 마."

"네?"

"남이 주는 것도 먹지 말고, 내가 주는 것도 함부로 입에 집어넣지 마. 안 줄 거지만."

"……무슨 말이에요?"

"죽지 말라고. 앞으로."

입이 저절로 벌어졌다.

"왜, 왜요?"

"너 사람 아니라며."

"……."

"괴물이잖아. 그러니까 안 죽어도 돼."

아, 아니, 잠깐만. 대체 이게 무슨 상황이야, 지금?

너무나 갑작스러운 데다 전혀 예상하지 못했던 전개에 머리가 일순 제대로 기능하지 못했다. 나는 메두사라도 만난 양 돌로 변해 버린 머리를 안고 입술만 달싹이다가 겨우 목소리를 냈다.

"그럼 전 이제부터 어떡해요?"

"뭘 어떡해?"

"짐 싸서 마탑에서 나가요?"

"왜 나가?"

"주인님이 절 마탑에 데려온 건 저를 옆에 놔두고 관찰하면서 죽일 방법을 찾기 위해서였잖아요. 근데 제가 안 죽어도 되면…… 마탑에 있을 이유도 사라진 거 아니에요?"

"아."

아윈이 내 말에 잠시 생각에 잠겨 턱을 몇 번 쓰다듬더니 입을 열었다.

"나가고 싶어?"

"아니요?"

나도 모르게 대답했다.

불과 조금 전까지 나는 독을 원샷하고 여기서 떠날 생각을 하고 있었다. 아윈을 유혹하고 설득하는 건 진작 포기했고, 마탑에 당연히 어떤 미련도 남아 있지 않았는데…… 정말 나도 모르게.

"그럼 나가지 마."

"……."

"계속 있어. 여기."

그렇게 말한 아윈이 입꼬리를 살짝 올려 웃었다. 덕분에 나는 이 세계에 온 이후 처음으로 이곳의 아윈이 웃는 얼굴을 목격했다.

……아, 저런 얼굴로 웃는구나. 저렇게. 내가 아는 얼굴과 완전히 같은 것 같기도 하고, 어떻게 보면 조금쯤은 다른 것 같기도…….

"헉, 잠깐만요."

제정신이 돌아왔다. 메두사의 저주가 풀렸다. 머리가 제대로 구르기 시작하자마자 현 상황이 객관적으로 인식되었다.

"주인님, 정말 잠깐만요. 잠시만 거기 계세요! 어디 가지 마세요!"

이 자리에서 내가 당장 뭘 확인해야 하는지 깨닫고 침대로 달려갔다.

'안경!'

내가 분명 외알 안경을 이쯤에 던져놨는데. 침대가 넓어서 잘 보이지가…… 아, 찾았다!

나는 안경을 수평도 제대로 맞추지 않고 얼굴에 붙이듯 대강 쓴 뒤 뒤로 돌았다.

쿵, 쿵.

심장이 뛰는 소리가 들렸다.

사실, 지금 그 어느 때보다 가슴이 희망에 부풀어 있긴 하지만, 냉정히 말해 아윈의 호감도가 오른 상태일 거란 보장은 없다. 사람은 한 번씩 변덕을 부리곤 하는 존재니까. 아윈은 심지어 호감도 -1,000인 상태에서 단순 변덕으로 내 목숨을 구해주기도 했다.

그러니 내게 더는 죽지 말라고 한 것도, 마탑에 있으라고 한 것도, 웃는 얼굴을 보여준 것도…… 전부 호감도와는 관련 없는 무의미한 변덕일 수도 있다.

그렇지만, 그래도 만약, 정말 만에 하나 아윈의 호감도가 올랐다면. -1,000에서 아주 조금이라도 변했다면 나는…….

[내가 뭐라고 했어, 라테?]

"……."

[포기하지 말라고 했잖아. 아직 이르다고.]

안경을 받쳤던 손을 천천히 내렸다.

[내 말이 맞지?]

눈을 깜박거렸다. 몇 번을 깜박여도 시야에 들어오는 숫자에는 변동이 없었다.

♥0

멍하니 벌어진 입술 새로 내가 듣기에도 잔뜩 얼빠진 목소리가 새어 나왔다.

"……세상에."

Side Part 1 : 그 원작이 사라지고 나서

"스승."

타브오너는 그를 부르는 목소리에 정신이 퍼뜩 들었다.

"다 했어."

"……어, 그, 그래. 이리 주렴. 어디 보자꾸나."

타브오너는 고작해야 그의 명치 정도밖에 오지 않는 작은 아이가 내민 종이를 미세하게 떨리는 손으로 받아 들었다.

종이의 정체는 스크롤이었다. 평균 한 뼘 길이의 종이에 특수한 염료로 마법을 새겨, 종이를 찢을 때 일회성으로 마법이 발동되도록 만든 것.

일반적으로 스크롤은 마법을 최소한 십수 년은 수련한 중견 마법사만이 만들 수 있다고 알려져 있었지만…….

'완벽해.'

타브오너는 마른침을 삼켰다. 아이가 제작한 스크롤에는 그 어떤 하자도 없었다. 마탑에서 수십 년을 구른 노련한 마법사들이 만든 것과 비교해도 손색이 없는…… 아니, 오히려 그보다 더 뛰어난 수준이었다.

"됐어? 이제 뭐 해?"

"……오늘의 마법 수업과 과제는 여기서 끝이다. 이만 거처로 돌아가 쉬거라."

"알겠어."

아이는 내심 아쉬워 보이는 기색이었으나 퍽 고분고분했다.

타브오너는 멀어지는 아이의 뒷모습에 시선을 고정했다. 그는 점점 작아지는 동그란 은색 뒤통수를 묵묵히 주시하다가, 이내 눈을 질끈 감았다.

'내가 미쳤지! 진짜 미쳤던 거야!'

마탑의 열네 번째 주인, 타브오너 헤브림. 그는 약 반년 전, 우연히 들어선 빈민가 골목에서 한 아이와 마주쳤다.

아이는 빈민가에서 자고 나란 처지답게 작고 깡마른 데다 꾀죄죄했지만, 동시에 놀랍게도 몸 안에 그 누구도 절대적인 양을 가늠하지 못할 막대한 양의 마나를 품고 있었다.

"이, 이럴 수가! 어떻게 저 몸 안에 저런 마나가……!"

세간에서 백 년에 한 번 나올까 말까 한 천재라고 불렸던 타브오너는 한눈에 아이에게 숨겨진 힘을 알아보았고, 이내 생각했다. 이건 운명이라고.

타브오너는 살날이 오 년 남짓밖에 남지 않은 상태였다. 이유는 불치병이었다.

"내가 죽기 전, 이 아이를 통해 인간의 한계라 여겨졌던 마법의 벽을 부수고 새로운 경지를 보겠다."

마치 무언가에 홀린 듯 그 일념만이 그때의 타브오너를 지배했다. 타브오너는 그렇게 빈민가에서 그날 처음 만난 아이에게 손을 내밀었다.

그리고 정확히 반년이 지나, 그 일을 뼈저리게 후회했다.

"내가 왜 그랬지? 정말 왜 그랬던 거지? ……귀신에라도 씌었던 건가?"

타브오너 헤브림은 스스로를 잘 알고 있었다. 그는 자신의 이름 뒤에 따라붙는 '헤브림'이라는 성을 좋아했고, 그 이상으로 최강이라는 칭호를 사랑했다.

최강. 세상에 그보다 아름다운 울림이 존재할까?

타브오너는 타인이 그를 최강의 마법사라고 칭할 때마다 행복해졌다. 그야말로 영혼이 살찌는 기분이 들었다.

그는 평생 최강으로 남길 원했다. 더 솔직해지자면, 죽어서도 기록을 통해 영원히 최강으로 기억되는 것이 소원이었다.

그런데…….

'어쩌자고 저런 괴물을 주워 온 거야! 마법을 배운 지 이제 고작 반년 만에 마탑에서 나 다음으로 강해진 놈을!'

고개를 숙인 타브오너가 흰머리가 희끗희끗 섞인 제 머리를 마구

잡이로 헝클어뜨렸다.

타브오너는 스스로를 이해할 수 없었다. 정확히는 근 반년간의 자신이 이해되지 않았다. 그동안의 자신은 마치 딴사람 같았다. 평소에는 얼씬도 하지 않던 빈민가에 구태여 기어들어 가 웬 애를 줍질 않나, 그 애를 마탑에 데려와 먹이고 입히고 재우고 마법을 가르치질 않나…….

그러다가 어느 날 갑자기 정신이 번쩍 들었다. 지금에서 떠올리길, 그건 무척 기묘한 기분이었다. 흡사 최면에서 깨어나는 느낌이었다고 해야 하나.

"그래, 난 그날 빈민가에서 귀신에 씌었던 거야. 더럽고 불결한 곳이니 그런 귀신 한둘쯤 있었다고 해도 놀라울 건 없지."

타브오너는 곧 차분해졌다. 하루아침에 예고 없이 제정신이 돌아오고 나서 일주일이 지났다. 한동안은 매일매일 지독하게 혼란스럽고 스스로가 의아했지만, 이젠 괜찮았다.

어차피 전부 지난 일. 이제 와 그가 해야 할 일은 과거의 일로 후회하는 것이 아니라, 이미 벌어진 상황을 수습하는 것이었다.

'죽이자.'

타브오너는 아무렇지 않게 살인을 계획했다.

'가만히 두면 저 빈민가 놈은 늦어도 앞으로 일 년 안에는 나를 추월할 거야. ……절대 내 눈으로 그 꼴을 볼 순 없지.'

이제 막 열한 살에 불과한 어린아이를 죽이는 일이었지만, 죄책감은 전혀 들지 않았다. 타브오너 헤브림은 원래 그런 인간이었다. 다시 강조하지만, 지난 반년간의 그가 유독 이상했던 것이다.

타브오너는 독을 준비했다. 성인 남자는 물론이고 멧돼지나 범 따위의 맹수도 두어 방울이면 죽음에 이른다는 맹독이었다.

'소란 피우지 않고 조용히 처리하기 위해선 역시 이 방법이 최선이지.'

그러나 결과적으로 타브오너의 그 선택은 그가 저지른 최악의 실수가 되었다.

아이가 타브오너에게 거둬지기 전까지 지냈던 뒷골목 빈민가는 평범한 사람은 상상조차 할 수 없을 만큼 척박한 환경이었다. 그저 눈을 떠서 잠들 때까지 하루의 최우선 목표가 생존인 곳.

아이는 그런 곳에서 열 살이 될 때까지 살아남았다. 자연히 저를 향한 타인의 적의와 살의에는 짐승보다 예민하게 반응했다.

"커헉!"

타브오너는 선홍색 피를 토하며 카펫 위로 무너지던 순간에야, 그가 준비한 아이의 물잔과 본인의 물잔이 바뀌었다는 사실을 알아차렸다.

"말도 안 돼……. 어, 어떻게……."

아이는 바닥에 쓰러져 꿈틀거리는 타브오너를 내려다보며 물었다.

"왜 나를 죽이려고 한 거야?"

아이는 정말이지 궁금했다. 목숨이 노려지는 건 아이에게 제법 익숙한 일이었다. 지금껏 남이 아이를 죽이려고 했던 적은 숱하게 많았다. 하지만 그때는 매번 그럴 만한 이유가 있었다. 가령 아이가 죽는 순간 남이 차지할 수 있게 되는 육포 한 조각, 빵 한 덩어리 같은 것.

그런데 지금은?

아이는 한때 마탑이 낙원과 비슷하다고 생각했다. 따뜻하고, 안전했고, 풍족한 음식과 얼지도 오염되지도 않은 물이 항상 있었다. 아무리 생각해도 타브오너가 아이를 죽여서 얻을 것은 없었다.

심지어 상대는 아이의 양육자고 스승이었다. 처음이자 유일하게 아이에게 손을 내밀었고, 많은 것을 가르치고 베풀어준.

"……."

타브오너는 말문이 막혔다. 당연했다. 그는 양심도 없고 죄책감도 느끼지 못했지만, 대신 자존심은 강했다.

차마 아이에게 네가 훗날 나보다 강해질 것이 무서워서, 너를 죽이고 내가 최강으로 남으려고 이런 짓을 계획했노라고는 입이 찢어져도 답할 수 없었다.

"……너를 죽이려 한 이유? 그것이, 쿨럭, 알고 싶더냐?"

그리하여, 삶의 마지막 순간. 타브오너는 열한 살짜리 아이를 상대로 자신의 알량한 체면을 지키기 위해 전신에 남은 모든 힘을 짜내 주절거렸다.

"무척 간단한 이유지."

"……."

"바로…… 네가 괴물이니까."

"괴물?"

"그래! 쿨럭, 네 가슴에 손을 얹고…… 생각해 봐라. 정녕 네가 다른 사람과…… 같다고 생각하느냐?"

"……."

"너도, 헉, 알고 있을 테지. 너는 사람이 아냐. 괴물이다. 사람과…… 섞여서는 안 돼."

"……."

"나는 이 세상 사람들을 대표해서 너를 죽이려 했던 것뿐……."

타브오너의 말이 끊겼다. 기침 소리도, 헐떡거리는 힘겨운 숨소리도 더는 들리지 않았다.

아이는 차갑게 식어가는, 과거 그의 스승이었던 인물의 시신 앞에서 오랜 시간 침묵했다.

무척 오랜 시간.

❈

십여 년의 세월이 흘렀다.

아이, 아윈은 이십 대 중반으로 자랐고, 그사이 마탑의 열다섯 번째 주인이 되어 아윈 헤브림이라는 풀 네임을 얻었다.

아윈은 타브오너가 죽자마자 바로 마탑을 떠났다가, 몇 년 후 다시 돌아와 당시 탑의 수뇌를 모조리 죽이고 공석으로 유지되었던 수장 자리를 차지했다. 그리고 그날 이후 현재에 이르기까지 마탑에 칩거하여 마법 연구에만 매진했고, 그 결과…….

"됐다."

마침내 거의 완성해 냈다.

"이만하면 곧 성공하겠는데."

세계를 멸망으로 몰아넣을 저주 마법을.

타브오너가 죽고 세상 곳곳을 배회하던 시절, 아윈은 타브오너의 유언을 계속해서 곱씹었다. 그리고 결론을 내렸다.

타브오너의 말이 맞았다. 그는 사람이 아니었다. 사람이라기에는 남과 너무 달랐다.

"너는 사람이 아냐. 괴물이다. 사람과 섞여서는 안 돼."

아윈은 타브오너의 유언에 동의했고, 생각했다. 사람과 괴물은 공존할 수 없다. 그럼 둘 중 누군가는 사라져야 한다.

누가 사라져야 하지? 그야 더 쓸모없는 쪽이 없어져야겠지.

그렇다면 어느 쪽이 더 쓸모없나? 답은 간단했다. 단연, 사람이었다.

아윈이 봐온 '사람'은 한없이 약했고, 또 악했다. 괴물인 그와 비교해서 더 나은 점이 눈을 씻고 찾아봐도 없었다.

아윈은 별달리 어떤 쓸모가 느껴지지 않는 '사람'을 그가 존재하는 공간에서 지워내기로 했다.

결정을 내리기까지 오랜 고민이나 망설임 따위는 굳이 필요하지 않았다. 오히려 아윈은 이 결정이 그에게 있어 무척 자연스럽고 당연한 것이 아닌가 생각했다.

"나는 이 세상 사람들을 대표해서 너를 죽이려고 했던 것뿐……."

타브오너가 단지 그가 사람이라는 이유로 괴물인 아윈을 죽이려고 했던 것처럼. 아윈 또한 그렇게 할 뿐이다.

이후 아윈은 '사람'을 제거할 방법에 대해 생각했고, 수년의 시간이 흘러 사람의 터전인 '세상'을 멸망시키는 것이 가장 쉽고 빠른 길이라는 결론을 내렸다.

세상은 무척 넓은 데다 복잡했다. 사람이 작정하고 흩어져서 숨어버리면, 제아무리 아윈이라 해도 그들을 하나씩 전부 찾아내서 죽이는 일은 불가능에 가까웠다. 그래서 아윈은 애초에 누구도 숨을 수 없게, 단 한 명의 사람도 생존할 수 없게 세상 그 자체를 파괴할 마법을 연구했다.

다만 그 결론에는 당연하다면 당연하게도 한 가지 문제점이 있었다. 바로 세상이 무너지면, 사람뿐 아니라 아윈이 살아갈 곳도 없어진다는 점이다.

그러나 아윈은 그 부분에 대해서는 깊게 생각하지 않았다. 어쩌면 대수롭지 않게 여겼다는 것이 좀 더 정확한 표현일 것이다.

'어떻게든 살겠지. 못 살면, 뭐, 죽든가.'

스스로 선택한 일에 따라붙는 결과이기 때문일까, 아윈은 죽음이 크게 두렵지 않았다. 사실 돌이켜 보면, 빈민가에서 구르던 시절에도 본능에 따라 행동했던 것뿐 그에게 삶을 향한 강렬한 집착 같은 것은 처음부터 없었는지도 모르겠다.

이제 와 아윈이 집착하는 것은 오로지 하나였다.

사람의 말살.

그건 마치 괴물인 그에게 주어진 일종의 사명 같아서, 반드시 해내야 하는 일로 느껴졌다.

어느새 세상을 망자의 터전으로 바꿔놓을 강력한 저주 마법의 완성을 눈앞에 둔 아윈은 종종 자연을 돌아다니기 시작했다. 스스로도 제 행동의 이유를 정확히 정의 내릴 수는 없었지만, 대략 짐작되는 것은 있었다. 아마 처참히 파괴되기 전 마지막으로 멀쩡한 모습을 눈에 담아두고자 하는 의도가 아닐까.

흡사 작별 전 상대에게 살갑게 손을 흔들어 인사해 주는 것처럼, 세상이 멸망할 날이 가까워질수록 아윈은 점점 강이나 바다, 산 따위에서 자주 시간을 보냈다.

그날도 그랬다. 마법이 완벽하게 완성되리라 예상되는 날까지 대략 보름밖에 남지 않은 날이었다.

아윈은 해가 하늘의 중심을 차지했을 때쯤 산에 올랐다. 중턱 부근의 아무 데나 자리를 잡고 앉아, 머잖아 새까맣게 시들어 생명의 빛을 잃을 싱그러운 초목과 재처럼 부서져 본래의 성질을 상실할 단단한 바위 등을 시야에 담았다.

"아이고! 악!"

가까운 경사로에서 웬 사람이 굴러 내려온 것은 그때였다.

"……?"

사실 처음에는 노란 덩어리로 보였다. 두 번째 봤을 때가 되어서야 저 노란 것의 정체가 머리카락이고, 사람이 비탈길을 구르는 중이라는 사실을 알아챘다.

어쨌든 아윈은 굴러떨어지는 사람과 충돌하기 직전, 상대를 슬쩍 피했다. 아윈이 있던 곳은 마침 평지였던지라 상대는 그를 지나쳐서 조금 더 구른 뒤 멈췄다.

"아이고……."

이후로는 별로 대단할 것 없는 일들이 벌어졌다.

이어서 나타난 산적. 산적과 대치하자마자 난데없이 아윈을 '주인님'이라고 부르며 그의 뒤로 숨은 노란 머리 사람. 노란 머리 사람의 거짓말에 넘어가 산적들이 아윈에게 덤벼들어 명을 재촉한 것까지…….

별것 아닌 일이었다. 하나같이 그랬다.

아윈은 산적들을 정리한 후 그대로 산에서 떠나려고 했다. 산적에게서 벗어나기 위해 그를 써먹은 노란 머리 사람을 구태여 어떻게 해야겠다는 생각은 별로 들지 않았다. 어차피 근시일 안에 사람은 전부 죽을 것이다. 굳이 번거롭게 하나둘씩 미리 죽여 수를 줄이려고 할 필요는 없었다. 산적은 먼저 덤비기에 처리했을 뿐이다.

아윈은 노란 머리 사람이 그에게 뭐라고 주절거리든 무시하고 자리를 뜰 심산이었다.

"저 안 죽어요!"

그 말을 듣기 전까지는.

헛소리로 치부할 수도 있었다. 그런데 이상하게 발이 멈췄다. 아윈은 자기 자신이 불사신이라고 당당히 주장하는 노란 머리 사람을 그 자리에서 실제로 죽여보았고, 이내 놀랐다.

"정말이네."

노란 머리 사람은 언제 죽었냐는 듯 멀쩡하게 되살아났다. 스스로 주장했던 내용대로.

'곤란한데.'

아윈이 바라는 건 '사람'이라는 종 자체가 소멸하는 것이다. 그러기 위해선 이 땅에 살아 있는 사람이 단 하나라도 남아 있어선 안 됐다.

아윈은 고민했고, 이어 예고 없이 등장한 이 골칫거리를 시간을 들여 해결하기로 했다.

"……탑주님!"

"탑주님, 오셨습니까?"

"저, 탑주님. 그런데 이분은 누구……."

"반려."

노란 머리 사람은 아윈의 노예가 되길 자처했다. 이유는 알 수 없었지만, 죽일 방법을 찾기 위해선 그러잖아도 곁에 두고 보아야 했으므로 아윈은 노란 머리 사람을 순순히 노예로 삼아 마탑으로 데려왔다.

그리고 일주일이 지났다.

아윈은 노란 머리 사람을 죽이기 위해 최선을 다했고, 상대는 더럽게 안 죽었다.

아니, 더 정확히 말하면 죽기는 쉽게 픽픽 잘 죽는데 그때마다 오뚝이처럼 자꾸만 부활했다.

"정말 안 죽네."

아윈의 근심은 차츰 깊어졌다. 불사신이라더니 진짜였나. 어디서 갑자기 이런 게 튀어나온 거지. 이대로 영영 이걸 죽이지 못하면, 내 계획은 어떻게 되는 걸까.

노란 머리 사람의 처치를 고민하느라 아윈은 한동안 마법 연구도 소홀히 했다. 덕분에 저주 마법의 완성 날짜가 조금 늦어졌다. 물론 저주 마법이야 어찌 됐든 시간을 들이면 무조건 완성이 될 것이다. 하지만 눈앞의 이 노란 머리 사람은 정말이지 골칫거리였다.

"주인님, 우리 살림 합칠까요?"

그쯤 노란 머리 사람이 아윈에게 꽤 괴상한 제안을 했다. 같은 공간에서 잠도 같이 자고, 밥도 같이 먹고, 여하튼 종일 시간을 함께 보내자고. 선뜻 이해할 수 없는 제안이었으나 뒤에 따라붙은 이유는 마음에 들었다.

"그렇게 하면 주인님이 저를 더 밀접하게 관찰할 수 있잖아요. 그럼 절 죽일 방법 찾기가 더 쉬워지지 않을까요?"

"흐음……."

"지금 이대로면 평생 저를 죽일 방법을 못 찾을걸요."

그건 안 되지.

그리하여 아윈은 단순한 노예가 아닌 밀착 동거인을 두게 되었다. 아침에 같은 침대에서 눈을 떠서 함께 아침 식사를 하고, 하루를 보낸 뒤 다시 같은 침대에 누워 눈을 붙였다.

그러면서 아윈은 틈틈이 갖은 방법으로 착실하게 노란 머리 사람을 죽여보았다. 계속 실패했지만. 그런 와중 상대와 워낙 가깝게 지내서 그런지 상대방에 대해 전에는 보이지 않던 것들이 보였다.

가령 폭발에라도 휘말린 것 같은 저 노란 개털 머리는 놀랍게도 막 씻은 후에도 그대로라거나. 실없이 자주 웃는 편인데, 웃을 때 왼쪽에 파이는 보조개가 오른쪽 것보다 약간 더 깊다거나. 식사할 때 보면 피망을 꼭 거르곤 하는데, 우습게도 초록색 피망은 기를 쓰고 골라내면서 노란색 피망은 색이 마음에 들기라도 하는지 그냥 먹는다거나.

"에슐라…… 오드…… 우응, 아윈……."

그리고 또, 자다가 한 번씩 뒤척이면서 잠꼬대를 하는데 처음 듣는 이름들 사이에 왠지 모르게 아윈 제 이름이 끼어 있다거나…….

이상했다. 노란 머리 사람은 정말 이상한 존재였다.

너구리를 닮았고, 빗자루-그것도 새것 말고 쓰던 것-같은 머리에, 초록색 피망을 안 좋아하고, 균형이 엉망인 보조개를 가진 데다, 이따금 정체를 알 수 없는 외알 안경을 꺼내 쓰고 그를 쳐다보곤 한다.

참고로 외알 안경은 노란 머리 사람에게 별로 안 어울렸다. 취향이라면 간섭할 마음까지는 없지만.

'취향?'

아니, 잠깐. 취향이니 뭐니 그런 생각은 왜 한 거지. 그래 봐야 그가 죽여야 할 '사람'인데. 개미를 밟기 전에 개미의 취향에 대해 생각하는 사람이 있나? 나무를 자르기 전에, 산짐승을 사냥하기 전에 그런 생각을 해보는 사람은?

없다. 조금 전의 자신은 제법 이상했다. 아무래도 노란 머리 사람에게 이상함이 옮았나 보다.

'이 의미 없는 소꿉장난도 그만둬야겠군.'

벌써 열흘 동안 상대와 한 공간에서 시간을 보냈지만, 상대를 죽일 수 있는 힌트 같은 건 전혀 얻지 못했다. 아윈은 헛짓거리로 판명된 동거 생활에 이만 종지부를 찍기로 결정하고, 아침 일찍 노란 머리 사람을 곁에서 떼어놓고 탑을 비웠다.

오후에 목적했던 것을 가지고 탑으로 돌아왔을 때, 아윈은 생각지도 못했던 광경을 목격했다.

마탑 이 층 복도에 나타난 악마. 그 악마와 대치한 노란 머리 사람. 그리고 악마의 공격이 자리를 덮치기 직전, 상대의 입에서 나온 제 이름.

"……아윈."

콰앙!

폭발음이 공간을 울렸다. 아윈은 뒤늦게 정신을 차렸다.

정신이 들었을 때는, 악마는 이미 흔적도 남기지 않고 소멸한 뒤였고 그의 품에는 노란 머리 사람이 기절해서 축 늘어져 있었다.

"타, 탑주님!"

"탑주님께서 악마를……!"

순식간에 주변을 장악한 술렁임 속에서 아윈은 잠시 굳어 있었다. 스스로도 제 행동을 이해할 수 없었기 때문에.

"……."

그런 와중에도 아윈의 품에 안긴 신체는 따뜻했다.

명백히 살아 있는 사람의 몸. 목덜미에 퍼지는 고른 숨과 맞닿은 육신을 통해 전해지는 규칙적인 박동에 어째서인지 아윈은 점차 편안해졌다.

아윈은 잠깐 더 자리를 지킨 후, 이내 장소를 옮겼다. 마탑 꼭대기에 있는 자신의 침실로 온 그는 노란 머리 사람을 침대에 눕혔다. 그러곤 근처에 서서 노란 머리 사람이 깨어나기를 기다렸다.

아윈은 궁금증이 생겼다. 반드시 그것을 해소하고 싶었다. 그러기 위해서는 노란 머리 사람이 의식을 찾아야만 했다.

얼마나 시간이 흘렀을까.

"이상해."

알 수 없는 갑갑함이 주가 된, 복잡한 심경이 담긴 한 마디를 아윈이 저도 모르게 뱉어냈을 때 노란 머리 사람이 침대에서 벌떡 몸을 일으켰다.

"아윈?"

"……."

"……이라는 완벽한 이름을 가진, 주인님?"

막 깨어난 노란 머리 사람이 뭐라고 하는지는 아윈의 귀에 제대로 들어오지도 않았다.

깨어났다. 드디어.

아윈은 정신을 차린 노란 머리 사람을 보며 작은 안도와 희열을 동시에 느꼈다.

안도, 희열.

무엇 하나 바로 수긍되는 감정은 아니었으나 이유는 가져다 붙일 수 있었다. 마침내 궁금증을 해소할 수 있어서 기쁜 것이겠지. 틀림없이 그럴 거다.

"왜 그랬어?"

"네?"

"왜 내 이름을 불렀냐고."

아윈은 시간을 끌지 않았다. 바로 그가 궁금했던 것을 입에 담았다.

노란 머리 사람은 악마에게 죽기 직전에, 다른 사람도 아닌 아윈의 이름을 불렀다. 그것이 이해되지 않았다. 아무리 생각해도 의아했다.

아윈은 그 자신이 노란 머리 사람에게 어떤 존재인지 잘 알고 있었다. 수십 번이나 목숨을 앗아 간 자. 그를 정의하는 말은 단지 그것뿐일 텐데.

"그냥 불렀어요."

"그냥?"

"……네."

그러나 노란 머리 사람에게서 답을 들어도 의문은 도통 해소되지 않았다.

"주인님은 주인님이니까요."

"뭐?"

"반려 노예는 원래 모든 위기 순간에서 꼭 주인님을 찾는답니다."

"……."

"신뢰, 믿음, 충성……. 응, 그것이 반려 노예니까."

질문을 반복해서 좀 더 상세하게 답을 들었음에도, 아원은 개운해지지 못했다. 오히려 묘하게 답답한 심정만이 더해졌다. 주인과 반려 노예라니, 솔직히 그런 것이 무슨 의미가 있다는 거지.

아원은 '주인과 노예'보다 그와 노란 머리 사람을 좀 더 명확히 구분 지을 말을 알고 있었다.

"넌 내가 안 무서워?"

아원의 지난 경험과 상식에 따르면 노란 머리 사람은 그를 두려워해야만 했다. 왜냐면…….

"난 괴물이잖아."

"……."

"넌 사람이고."

힘의 차이 때문에 나를 죽이려 드는 것까지는 못 한다 해도, 무서워하고 겁내고 기피해야지.

그게 옳으니까. 사람과 괴물의 관계는, 그래야만 하니까…….

"저 사람 아닌데요?"

"뭐?"

"죽어도 다시 살아나는 사람 봤어요? 저도 괴물이에요."

아원이 생각이 잠시 멈췄다.

"오히려 엄밀히 따지면 주인님보다 제가 더 괴물이죠. 주인님은 한 번 죽으면 끝이지만, 전 아니잖아요."

머리가 멍해졌다. 전혀 익숙하지 않은 기분이었다.

"정리하자면 주인님은 작은 괴물, 전 큰 괴물."

"……."

"주인님이 무섭지 않냐고요? 으응, 전혀. 큰 괴물이 과연 작은 괴물을 무서워할까요? 이치에 맞으려면 그 반대가 되어야 하지 않을지……."

괴물. 괴물이라고. 사람이 아니라, 괴물.

심지어 그보다, 더한…….

아윈은 침묵했다. 말을 하지 않은 것이 아니라, 할 수 없었다. 일순 말을 하는 법을 잊을 만큼 그는 얼이 나가고 말았다.

스스로를 괴물이라고 주장하는 노란 머리 사람의 말은 설득력이 있었다. 그렇지. 맞아. 생각해 보면, 죽었다가 다시 살아나는 사람은 없지. 그런 건, 그렇다, 저도 하지 못하는 건데…….

아.

단단하게 잠겨 있던 자물쇠가 부서지는 느낌이 들었다. 혹은 겨우 버티던 둑이 무너져 바닷물이 넘쳐 밀려오는 그림이 연상되기도 했다.

어찌 됐든 개운했다. 기분이 맑아졌다.

아윈은 그의 앞에 있는 노란 머리 사람을 다시 보았다. 그러자 전과는 사뭇 달라진 감상이 그를 지배했다. 무척이나 기묘한 감상이었다.

그 혼자뿐이던 세상에 다른 존재가 발을 들였다. 처음으로.

방대하지만 고독했던 세계의 구성원이 하나에서 둘로 변했다.

"너 이제 이런 거 먹지 마."

"네?"

"남이 주는 것도 먹지 말고, 내가 주는 것도 함부로 입에 집어넣지 마. 안 줄 거지만."

아윈은 산 몇 개를 쥐 잡듯이 뒤져 백오십 마리의 몬스터를 잡아 겨우 구한 독을 주저 없이 발로 밟아 깨뜨렸다.

그의 마음속에서 새롭게 정의된 노란 머리 사람은, 아니지, 더는 사람이 아니지. 어쨌든 상대는 이제 죽을 필요가 없어졌다.

아니, 죽지 않았으면 좋겠다. 다치는 것도 싫다. 상상해 봤는데 심기가 뒤틀리면서 마음에 안 들었다.

아원은 상대의 무사를 바라게 되었다.

"그럼 전 이제부터 어떡해요?"

"뭘 어떡해?"

"짐 싸서 마탑에서 나가요?"

덧붙여, 상대가 그의 눈앞에서 보이지 않게 되는 것도…….

"나가고 싶어?"

"아니요?"

"그럼 나가지 마."

"……."

"계속 있어. 여기."

그 또한 싫었다. 상상하는 순간 기분이 바닥을 쳤다. 반대로 상대가 줄곧 그의 곁에 있을 것을 가정하자 바닥을 찍었던 기분이 언제 그랬냐는 듯 꽤 높게 반등했다.

"헉, 잠깐만요. 주인님, 정말 잠깐만요. 잠시만 거기 계세요! 어디 가지 마세요!"

반등한 기분이 아원의 얼굴에 드러나자, 찰나 넋이 나간 것처럼 보였던 상대가 갑자기 난리 법석을 일으켰다. 아원은 그러거나 말거나 상대를 지켜보았다.

이제 와 가만 보니, 노란 머리 상대가 혼자 열심히 뭘 하는 걸 구경하는 재미도 제법 있었다.

'저 이상한 건 또 쓰네.'

아윈은 팔짱을 낀 채 고개를 살짝 기울였다.

침대로 후다닥 뛰어갔던 상대가 그길로 외알 안경을 찾아 쓰고선 바보처럼 입을 벌리고 그를 쳐다보고 있었다.

웃겼다. 약간.

아윈은 재차 옅게 웃었다.

저 외알 안경은…… 그래, 취향이라면. 좋아서 쓰는 거라면 간섭하지 말아야지.

다시 한번, 관대해진 마음으로 그처럼 생각했다.

외전 10 부활하는 들러리양 (2)

마탑에 악마를 소환했던 마법사가 퇴출됐다.

마탑에서만 쫓겨나는 것이 아니라 영영 마법계에 발을 들이지 못하게 되었다는 것 같은데, 여하튼 사건 주동자를 퇴치하면서 악마 등장은 그렇게 단순 해프닝으로 종결되었다.

'예일로가 무사해서 다행이야.'

아윈이 타이밍 좋게 마탑에 돌아와 악마를 빠르게 처치해 줘서 그런지, 악마 사건은 아무런 사망자도 내지 않았다. 예일로는 다치긴 했지만 목숨에는 지장이 없는 상태였다.

나는 처소에서 치료 겸 휴식 중이라는 예일로에게 쾌유를 기원하는 뜻으로 꽃을 보냈고, 답신으로 꽃과 하트가 잔뜩 그려진 편지를 받았다. 아무래도 예일로는 편지 여백을 꾸미는 걸 좋아하는 성미인 듯했다. 다꾸에 제법 소질이 있을 것 같다. 중요한 건 아니지만.

그래. 진짜 중요한 건…….

“주인님.”

얘지.

“응.”

나는 내 맞은편에 앉아 식사하는 중인 아윈을 빤히 쳐다보았다. 오늘 아침, 난 저 완벽한 얼굴 위에서 ♥70을 봤다.

70!

여성좋아맨(?)이 된 이 세계의 케니스보다 무려 일곱 배나 높고, 내게 강렬한 노란 머리 동료 의식을 느끼는 예일로보다도 20이나 높다!

‘저게 고작 나흘 만에 오른 수치라니.’

저래도 되는 거야?

‘하긴, 한 번에 1,000이 오르기도 했으니까…….’

−1,000에서 0이 된 걸 생각하면……. 그때를 생각하면 지금도 꽤 얼떨떨하다.

한편으론 사실 억울하기도 했다. 나도 괴물이라는 말 한마디에 이런 엄청난 결과가 나타날 줄 알았다면, 진작 그렇게 말했을 텐데! 산에서 처음 만났을 때 ‘주인님’이 아니라 ‘안녕, 괴물 동지’라고 말할걸!

……뭐, 이제 와 그런 생각을 해봤자 별 의미는 없지만.

어쨌든 중요한 건 현재다. 지나간 건 지나간 대로 두고, 현 상황에 집중해야지. 나는 아윈의 빛나는 이목구비에 잠자코 시선을 두고 있다가 입을 열었다.

“우리, 식사 끝나고 나서 놀러 갈까요?”

이 세계의 아윈이 나를 죽이려는 시도를 그만두고, 그것도 모자라서 내게 상당히 높은 호감도를 보여주게 된 건 확실히 무지막지하게 잘된 일이다. 분명한 청신호였다. 내가 원래 세계로 돌아가려던 결정을 곧장 취소하고 이곳에 남기로 마음을 바꿔먹었을 정도로.

하지만 그렇다 해서 당장 모든 일이 해결된 건 아니었다. 일단 아윈은 단지 나를 '괴물'이라고 여겨서 내게 유해진 것뿐이니까. '사람'을 싫어한다는 점에는 딱히 변동이 없을 거란 말이지.

'세계를 구하려면 저것부터 어떻게 해야 해.'

아윈이 사람을 덜 싫어하게 될수록 세상을 멸망시키지 말라는 설득이 먹힐 확률도 올라갈 거다.

그때 아윈이 내 제안에 되물었다.

"어디로?"

나는 남몰래 침을 꿀꺽 삼켰다. 아무리 싫어하는 거라도, 계속 보고 부딪치다 보면 저절로 조금씩 익숙해지겠지. 사람은 보통 익숙한 것에 저도 모르게 정을 붙이게 마련이고…….

그래. 이른바 '익숙함에 속아 구린 것을 잊자' 작전이다!

나는 마음속으로 작전명을 재차 다짐처럼 되뇐 다음 아윈을 향해 입을 열었다.

'사람이 많은 곳. 아주 많은 곳. 그리고 기왕이면 밝고 활기차고 즐거운…….'

"파티?"

"그래."

아윈은 기대했던 것보다도 훨씬 순순히 승낙의 말을 뱉었다. 덕분에 나는 내심 살짝 당황해서 잠시 말문이 막혔다.

'이렇게 쉽다고?'

적어도 왜 그런 곳에 가려고 하냐는 질문 정도는 받을 줄 알고 이런저런 핑곗거리를 생각해 뒀는데…….

'필요 없어졌잖아.'

……뭐랄까. 내가 '사람'에서 '괴물 동지'로 신분 상승(?)을 이룬 이후부터, 아윈은 종종 내게 다른 사람을 떠올리게 했다. 이름과 생김새는 같지만, 엄연히 별개의 인물인 그 다른 사람.

"왜?"

말없이 아윈을 뚫어져라 쳐다보는 시간이 길어지자, 아윈이 내게 물었다. 그 바람에 막 외출을 선언하고 밖으로 한 발자국 내디딘 정신을 덥석 붙잡을 수 있었다.

나는 머리를 비울 겸 고개를 흔들었다.

무슨 생각을 하는 거야? 쓸데없는 연상이다. 이 세계의 아윈이 내 남편과 닮은 모습을 보이든 말든, 그런 게 지금 뭐 중요하다고. 한눈팔지 말자. 난 내가 해야 하는 일만 하면 그만이다.

"아무것도 아니에요. 그보다, 파티 정말 기대되네요!"

마탑에는 인재가 많았다.

예를 들면, 아윈의 명령 한마디에 즉각 현재 사교계의 파티 현황을 신속 정확하게 정리 및 작성해서 가져온 마법사도 그중 한 명이라고 볼 수 있겠지. 이 사람은 조별 과제에서 영웅이 될 싹이다.

나는 그런 생각을 하며 기나긴 파티 목록을 죽 훑어본 끝에, 서어바이버 자작가에서 열리는 가면무도회를 선택했다.

'얼굴을 가리는 편이 낫겠지. 괜히 파티에 참석하자마자 모세의 기적이나 썰물을 목격하는 것보다는…….'

이 세계의 아윈이 귀족들 사이에서 어떤 존재인지 아직 나는 모른다. 하지만 내 세계에서도 아윈은 기본적으로 공포의 대상이었으니…….

나는 파티장을 꽉 채운 수많은 사람이 아윈이 등장하자마자 웅성이며 양측으로 갈라지거나, 또는 사방으로 흩어지는 모습을 상상하곤 고개를 내저었다.

안 돼. 난 지금 아윈에게 사람의 좋은 점을 보여주려고 하는 거라고. 그러니 저런 꼴은 반드시 차단해야 한다!

'그런 점에서 누가 누군지 알 수 없는 가면무도회는 최적의 장소지.'

나는 아윈과 나란히 가면을 쓴 채 무도회 장소인 서어바이버 자작가에 도착했다.

가면무도회의 또 한 가지 좋은 점은, 익명성을 중시해서인지 입장할 때 신분 확인을 거의 하지 않는다는 점이다. 의상만 그럴듯하게 갖춰 입고 가면 언제나 열린 문이랄까. 아닌 경우도 있겠지만, 보고 듣기론 과반수가 그랬다.

나는 아윈과 내 의상을 확인했다. 나는 이 세계로 넘어올 때 입고 있었던 원피스, 아윈은 간편한 외출복. 내 원피스는 이래 봬도 꽤 값나가는 거고, 아윈의 복장이 약간 마음에 걸리긴 하는데…….

"……입장하십시오."

문지기는 아윈의 옷에는 눈길도 별로 주지 않고 내 머리카락을 한참 쳐다보며 망설이다가 문을 열어주었다.

……아하! 마음에 걸려야 하는 건 따로 있었군! 젠장. 뭐, 그래도 어쨌든 입장했으니까 됐다.

나는 아윈과 함께 무도회장으로 들어섰다.

"와."

내부는 내가 생각했던 것보다 더 화려했다. 반짝이는 샹들리에와 근사한 조각들. 각양각색의 가면과 드레스, 연미복을 차려입은 사람들과 경쾌한 음악.

'호화 음식까지!'

저긴 바로 주방장의 피땀눈물이 제물로 바쳐진 자리렷다. 나는 은근슬쩍 아윈을 데리고 그 자리로 이동해 샴페인을 한 잔 쥐었다. 아윈에게도 같은 거 한 잔 건네고, 원샷.

캬! 여기 샴페인, 엄청 맛있는데?

내 몫의 잔을 깔끔하게 비우고, 아윈의 샴페인도 약간 줄어든 것을 확인하곤 입을 열었다.

"어때요?"

"뭐가?"

"샴페인 맛."

"셔."

……상큼하다고 생각했는데!

"혹시 신 거 싫어해요?"

"글쎄."

"아니면 의외로 신맛을 좋아하는 편인가?"

"생각해 본 적 없어서 모르겠는데."

이 녀석…… 으음, 하긴. 곁에서 며칠씩 시간을 보내면서 진작 알고 있었던 사실이긴 하지. 얼핏 모든 걸 다 가진 것처럼 보이는 이 젊고 강한 미모의 마탑주는 정작 파고들어 보면 없는 게 꽤 많았다. 이를테면 기호도 없고, 취향도 없고, 취미도…….

'가만, 취미는 사람 싫어하기인가?'

그렇다면 내가 오늘 그 취미를 부숴주겠어!

새삼 이곳에 온 목적을 상기한 후 나는 단단히 마음먹고 주변을 둘러보았다. 좋아, 마침 저곳에 다정한 커플이 있군! 여자가 남자에게 다가가 귓속말을 속닥이는 것이 누가 봐도 아름다운 커플!

나는 아원을 쿡 찌르곤—이제 아원은 내가 이런 행동을 해도 봐준다. 괴물 만세—턱짓으로 커플이 있는 곳을 가리켰다.

"저기 좀 봐요. 저 두 사람, 연인인가 봐요. 사랑이 여기까지 느껴지는걸요. 어쩜 저렇게 아름다운……."

철썩!

"꺼져, 이 개새끼야! 따라오지 마!"

"착각도 유분수지! 내가 널 왜 따라가, 이 밥맛없는 여자야!"

말을 잇다 말고 난 뻣뻣하게 굳었다. 개새끼의 뺨을 때린 밥맛없는 여자가 몸을 획 돌려서 무도회장을 빠져나갔다. 홀로 남은 개새끼 또한 씩씩거리다가 곧 돌아서서 자리를 이탈했다.

아름다운…… 아름…….

'다, 다른 사람! 다른 커플!'

저게 어찌 된 일이야. 여자가 남자에게 다가갔던 건 뺨을 때릴 추진력을 얻기 위해서였나? 귀에 속삭인 말은 저주의 한마디? 혹은 너의 뺨을 갈기겠다는 선전포고?

어찌 됐든 곤란했다. 내가 아원한테 보여주려고 했던 건 저런 게 아니라고!

'아, 찾았다.'

나는 분주히 눈동자를 굴리다가 눈을 빛냈다. 비슷한 디자인의 드레스를 차려입은 여성 둘이서 하하호호 정겹게 이야기를 나누고 있었다.

그렇지, 사랑보단 우정이지. 연인은 원래 위태로운 거야!

"주인님, 그쪽이 아니라 사실 저쪽이었어요. 저 두 사람, 친구인 것 같은데 굉장히 사이가 좋은……."

"꺄악! 이거 놔, 이 미친 계집애야!"

"너나 놔! 네가 먼저 잡았잖아!"

"그러게 왜 내 드레스를 따라 하고 난리야!"

"따라 한 건 너겠지, 이 자의식 과잉이!"

"악! 내 머리털!"

"……."

왜……? 왜죠?

분명 너희 조금 전까지만 해도 하하호호 하고 있었잖아. 틀림없이 사이좋아 보였잖아. 그런데 왜 내가 말을 시작하자마자 갑자기 서로 머리채를 쥐어뜯는 건데. 어째서!

'아니야, 아직 포기 못 해.'

우정은 다른 곳에서도 얼마든지 찾을 수 있다. 그렇고말고. 때마침 저기에 어깨동무를 한 남자 두 명이 있네!

"앞서 두 상황은 잊어주세요. 진정으로 깊은 우정을 나누는 친구는 바로 저곳에……."

퍽!

내 말이 끝나기도 전에 한 남자가 다른 남자의 얼굴에 주먹을 날렸다.

아, 죽빵을 치네……. 우정이 아니라 주먹을 나누네…….

"어쩌고!"

"저쩌고!"

왜 싸우는지는 궁금하지도 않다. 나는 거친 주먹다짐을 시작한 남자들이 소리치는 말을 모조리 한 귀로 흘리며 그들에게서 시선을 거뒀다.

'망했네.'

암담했다.

이게 뭐야. 여기 무도회장 맞아? 사실은 정글 아냐? 왜 파티가 아니라 서바이벌이 펼쳐지는 건데?

"큭."

그때 머리 위에서 웃음소리가 들렸다. 안 봐도 아윈이었지만 굳이 고개를 올려 확인했다.

아오, 정답.

"왜 웃어요?"

"웃겨서."

"뭐가요. 설마 내가?"

"응. 헛짓하려다 실패하고 축 처진 꼴이 웃기네."

"헛짓이 아니라…… 이 씨."

결과적으로 헛짓이 되었으니 반박할 말이 없다.

'사람들의 밝고 아름다운 모습을 보여주려 했는데, 오히려 반대가 되다니…….'

아니, 애초에 장소 선정이 잘못됐던 건가? 가면무도회는 얼굴을 가릴 수 있잖아. 신분도 드러나지 않고, 생각해 보니 평소에 참아왔던 막장 짓을 저지르기에 최적의 장소다.

'이만 나가야 하나?'

나는 바보 같은 내 실수에 망연자실해 있다가, 이내 새롭게 의지를 다졌다. 이대로 실망해서 처져 있기만 하다가 무도회장을 등질 수는 없다. 기껏 이곳까지 와서 한 게 신맛 샴페인 마시기가 전부라면 너무 허무하잖아.

"주인님."

최소한 추억이라도 하나 남겨야 덜 억울하겠다는 생각이 드는 순간, 나는 아윈에게 손을 내밀었다.

"우리 춤출래요? 파티잖아요."

다른 '사람'과 추라고 해봐야 절대 안 하겠지. 그러니 내가 파트너가 되겠다. 사람이 아닌 괴물 동지와 쌓는 추억이지만 효과가 아주 없지는 않을 거다.

일단, 음, 사람이 바글거리는 장소에서 쌓은 추억이니까……!

내가 최대한 긍정적으로 사고를 전개하는 사이, 내 손을 가만 응시하던 아윈이 입을 열었다.

"춰본 적 없는데. 춤."

나는 아윈을 올려다보는 채로 눈을 깜박거렸다.

"……춤을 춰본 적이 없다고요?"

"어."

"한 번도?"

아윈이 가볍게 고개를 끄덕였다. 그 덕에 나는 살짝 당황했다.

살면서 지금까지 춤을 한 번도 안 춰봤다니…….

'정말 세계 멸망 외에는 아무것도 관심이 없었구나!'

저 정도로 뚝심 있는 삶이라니, 한편으론 대단하다.

그나저나 어쩐다. 이렇게 되면, 파티장에서 춤으로 추억을 쌓는 건 포기해야 하는 건가?

'아니.'

싫다. 단념은 이제 질렸다. 순순히 물러나고 싶지 않다. 그리고 방법은 있어!

나는 결연한 눈빛으로 아윈의 손을 덥석 잡았다. 가면 때문에 표정을 알 수 없는 아윈은 내 갑작스러운 행동에 놀란 건지 찰나 움찔했다. 하지만 나한테 잡힌 손을 빼지는 않았다.

난 가면 사이로 드러난 아윈의 눈을 집요하게 들여다보며 말을 꺼냈다.

"춤 배웁시다."

"뭐?"

"제가 알려 드릴게요. 여기서 배워서, 여기서 춰요."

헛소리처럼 들릴 수 있겠지만, 의외로 이건 헛소리가 아니다. 일단, 내 세계의 아윈은 춤신춤왕이었다고! 무려 저택 꼭대기에서 허공을 밟으며 춤을 췄던 날, 잔뜩 겁먹어 졸아붙은 나를 아윈이 무척 자연스럽게 리드했던 기억이 난다. 그래, 그때의 아윈은 마치 댄스 세계 서열 1위 같았지.

'원래 춤에 재능이 있는 거야.'

이 세계의 아윈이나 내 세계의 아윈이나, 육신은 같으니 타고난 재능도 비슷하지 않을까? 거기다 나는 남을 가르치는 걸 그리 못하는 편이 아니다. 아니, 오히려 한때는 전문 분야였지.

할 수 있다. 자, 즉석 댄스 교습과 실전, 츄라이! 츄라이!

"춤 별거 아니에요. 제가 이끄는 대로 따라오시면 되고……."

주변을 흘끔 확인했다. 다행히 험한 정글에서도 춤을 추는 사람은 있었다.

"헷갈릴 때는 주위 사람을 보면서 비슷하게 따라 해도 되고요."

"……."

"쉽죠? 정말 별거 아닌 것 같죠? 이참에 춤 그까짓 거 확 정복해버려야겠단 마음이 샘솟죠?"

춤의 제왕 타이틀을 얻기 위한 험난한 여정을 시작하고 싶죠? 아, 이건 너무 갔나.

그때 마침 파티장에 흘러나오는 음악이 좀 더 잔잔한 것으로 바뀌었다. 느리고 감미로운 선율에 내심 쾌재를 불렀다. 이 정도 박자의 곡이라면, 훨씬 할 만하지!

나는 아윈의 기색을 면면히 살피다가 이내 조심스럽게 이끌었다. 아윈은 별다른 거부 없이 내 하찮은 힘에 이끌려 왔다.

'……기분 묘하네.'

문득 그런 기분이 들었다. 내가 아윈에게 뭔가를 알려주고, 아윈을 리드하는 순간이 오다니. 비록 지금 이 아윈은 내가 몇 년씩 부딪혀 온 아윈과는 다른 사람이긴 하지만…….

"……."

자연스럽게 몇 걸음 내디뎌 탁 트인 공간으로 이동했다. 나는 아윈과 손을 잡은 채 춤곡에 맞춰서 천천히 몸을 움직이기 시작했다.

'역시 춤신춤왕의 싹.'

사실 아주 약간쯤은 걱정했으나, 그 걱정은 곧 부질없는 것이 되었다. 아원은 정말 춤을 처음 춰보는 사람이 맞나 의심될 정도로 내 움직임을 잘 따라왔다.

심지어 춤이 진행될수록 실시간으로 점점 숙련도가 느는 것 같았다. 그 증거로, 아원에게 점차 생겨나는 여유가 같이 춤을 추는 내게 고스란히 전해졌다.

나는 춤을 막 시작할 때보다 확연히 느슨해진 분위기를 느끼곤 입을 열었다.

"전에 춤춰본 적 없다는 거, 거짓말이죠."

"그런 거짓말을 왜 해?"

"그냥 해본 말이에요. 처음치고 너무 잘 춰서요. 역시 만능 주인님. 완벽한 주인님!"

앗, 나도 모르게 입이 알아서 아첨을.

난 이제 괴물 동지라 굳이 아첨 같은 거 안 해도 딱히 아원에게 밉보일 일이 없는데 말이다. 나 자신, 아부 멈춰!

"……."

근데 막상 아부를 멈추니까 또 할 말이 없었다.

나는 파티장에 흐르는 감미로운 선율에만 집중해서 묵묵히 춤을 추다가, 어느 순간 아원과 간격을 바짝 좁혔다. 춤 동작 중 하나였다. 이렇게 마치 붙을 것처럼 밀착했다가, 다시 멀어지는…….

퍽!

"억!"

멀어져야 하는 순간에 무언가가 등을 둔탁하게 쳤다. 덕분에 균형이 훅 무너져 나는 '붙을 것처럼'을 넘어서 아원에게 그냥 붙어버렸다.

아이고……. 대체 뭐가 친 거지? 사람인가?

'헉, 잠깐.'

아윈의 앞에서 모르는 뭔가-아마 다른 사람으로 추정되는-에 맞았다. 그 사실이 머릿속에서 정리되는 찰나 입이 저절로 급박하게 움직였다.

"죽이지 마세요!"

그러면서 더불어 아윈의 가슴팍을 꽉 끌어안기까지 했다. 그리고 나는 한발 늦게 내 행동의 문제점을 인식했다.

아니, 가만. 내가 지금 누구한테 뭘 하고 있는 거야? 얘는 내 남편이자 내 세계의 무법자가 아니잖아. 그러니까 구태여 나를 밀친 누군가를 응징할 이유가 없는…….

'으악, 쪽팔려.'

부끄러워! 민망해!

내가 왜 이런 건지 나도 모르겠다. 최근 며칠 이 세계의 아윈이 나한테 부쩍 친절했던 바람에, 무의식이 이상한 착각을 하고 만 건가.

인간 핫 팩이 된 것처럼 얼굴이 홧홧해졌지만 최대한 아무렇지 않은 척하며 아윈의 가슴팍에서 떨어졌다.

그때였다.

"왜 죽이지 마?"

"네?"

"저게 죽으면, 네가 싫어?"

저거? 나는 아윈의 말에 무심코 뒤를 돌아보았다.

아, 뭐가 날 쳤던 건지 알았다. 무도회장에서 아까 주먹다짐을 벌였던 남자 둘이 자기들끼리 치고 구르다 어느새 지척까지 와 있었다. 나만 친 게 아니라, 꽤 다방면으로 피해를 끼치고 있군.

나는 남자 둘이서 이리 치고 저리 치고 하며 다수의 피해자를 생산해 내는 것을 보다가 다시 아윈을 쳐다보았다.

"……혹시 저 사람들, 죽이고 싶어요?"

"응."

"왜, 왜요? ……'사람'이라?"

하지만 이 세계의 아윈은 아직 내 앞에서 사람을 죽인 적이 없었다. 나 빼고, 첫 만남에 부딪혔던 산적 빼고.

어쨌든 그 나름대로 그럴 만했던 상황을 제외하고는 전혀 살생을 하지 않았다. 그건 아마 어차피 나중에 한꺼번에 쓸어버릴 거 미리 번거롭게 야금야금 죽일 필요가 없다고 생각해서 그랬던 것 같긴 하다만…….

아무튼, 그랬는데 그 생각이 왜 지금은 바뀐 거지?

"글쎄. 그냥 마음에 안 들어."

"……."

"생긴 것도 거지 같고."

그건! 널 제외한 모두가 마찬가지일 텐데!

나는 어떻게 해야 당장의 참사를 막을 수 있을까 고뇌하며 허둥지둥하다, 불현듯 아윈이 조금 전에 했던 말을 떠올렸다.

"……주인님."

"왜?"

"저 사람들이 죽으면, 제가 싫으냐고 물어보셨잖아요."

"응."

"싫다고 하면…… 안 죽일 거예요?"

아윈의 붉은 눈과 시선을 마주했다. 아윈은 잠깐 망설이는 것 같았지만, 금세 대답했다.

"어."

나는 곧장 입을 틀어막았다. 맙소사.

'괴물 동지가 이렇게까지 엄청난 자리였다니……!'

놀러 가자는 말을 곧이곧대로 들어주고, 손가락으로 찔러도 봐주는 것까지는 알았지만, 설마하니 사람을 죽이고 살리는 문제에도 간섭할 수 있을 줄은……!

무심코 머리 위를 더듬었다. 나 혹시 감투 같은 거 쓰고 있는 거 아냐?

"뭐 해?"

"……스트레칭이요."

침착하게 팔을 내리고 마른침을 삼켰다.

'이거 할 만하겠는데?'

뭐가 할 만하냐고? 당연히, 세계 멸망을 막는 것 말이다.

물론 지금 당장 죽여도 안 죽여도 그만인 사람 둘을 살려주는 것과 평생의 목표였던 세계 멸망을 단념하는 것. 그 둘의 무게가 아윈에게 있어 전혀 같지 않으리라는 건 나도 충분히 알고 있다.

그렇지만 꾸준히, 시간을 들여서 설득한다면 아마 언젠가는…….

"이거 놔! 건방지게, 감히 내가 누군 줄 알고!"

그때 소란이 들렸다.

고개를 돌리자 무도회장에 나타난 경비들이 문제의 주먹다짐 콤비를 제지하는 모습이 보였다.

"당장 놓지 않으면 아버지께 이 무례를 알리겠다! 고작 자작가 따위가 내 가문에 대항할 수 있을 것 같아?"

그런데 문제가 생긴 것 같았다. 주먹다짐 콤비 중 한 명이 자기가 금수저라고 주장하기 시작한 것이다.

"그러고 보니 저 머리 색은 혹시……."

"저런. 서어바이버 자작께서 꽤 곤란하게 되셨는걸요."

"이곳에서 과연 누가 저 영식을 막을 수 있을지……."

그리고 그 주장은 허풍이 아니었던 모양인지, 곳곳에서 상대의 정체를 알아보는 사람들이 나오기 시작했다.

'저런.'

나는 내심 혀를 찼다. 이 무도회장, 짧은 시간 안에 대체 몇 번이나 풍파에 휘말리는 거람…….

내 의견인데, 서어바이버 자작은 앞으로 파티 및 무도회 개최를 포기하거나 아니면 개명을 하는 편이 좋겠다.

응, 그래. 개명이 정답인 것 같아.

"흥!"

그사이 경비병이 당황한 기색으로 우선 금수저 남자를 놓고 물러섰다. 속박에서 풀려난 남자가 코웃음을 치며 제 옷소매를 탁탁 터는 순간이었다.

"악!"

자리에 새롭게 나타난 누군가가 경비병을 대신해 남자의 팔을 뒤로 꺾어 제압했다.

"너 이 새끼, 누구야!"

새 등장인물은 말로 자신의 정체를 밝히는 대신 묵묵히 가면을 벗었다. 동시에 주변이 크게 술렁였다.

"에스반데 공작 각하!"

"각하께서 왜 이곳에……."

새로운 인물의 정체에 다들 놀랐는지 무도회장 여기저기서 숨을 들이켜거나 탄성을 내뱉는 등의 소리가 들렸다.

"헉."

참고로 이건 내가 낸 소리다. 나도 놀랐거든.

'케니스?'

여기서 갑자기 케니스가 나타날 줄이야!

부쩍 흥미진진해진 상황에 내면의 구경 본능이 깨어났다. 이것 참, 팝콘이 없어서 아쉬운걸. 나는 잠시 관람자로서 자리를 지키며 케니스와 금수저 남자에게 시선을 주었다.

그런 와중 혹시 내가 한눈을 파는 사이 아윈이 대형 사고를 치는 일이 없게, 아윈의 옷소매를 꼭 붙잡는 것도 잊지 않았다. 아윈은 굳이 내게 잡힌 소매를 빼내거나 하지 않고 얌전히 있었다.

하여간, 괴물 동지에겐 참 친절하다니까.

"큭, 아무리 공작 각하라도 제게 이럴 권한은 없습니다! 이 일을 아버지가 아신다면……."

"후작은 이미 알고 있을걸."

"예?"

"애초 내가 이곳에 온 이유가 후작의 부탁을 받아서거든."

"뭐, 뭐라고요?"

"망나니 아들이 사고를 치는 현장을 꼭 좀 적발해 달라고 하더군."

"무슨……!"

"간곡히 부탁하기에 미처 거절하지 못하고 왔지. 이제 내게 이럴 권한이 충분하다는 걸 알겠나, 게로다 헤일?"

금수저 남자의 이름은 게로다 헤일이었다. 별로 안 궁금했지만 어쨌든 새로운 사실을 알았다.

"거, 거짓말……!"

"거짓말인지 아닌지는 이제부터 후작저에서 직접 확인하도록."

그러더니 케니스는 그와 함께 나타난 기사들에게 게로다의 신병을 넘겼다. 게로다는 기사들에게 양팔을 붙들려 순식간에 무도회장에서 끌려 나가 사라졌다.

와우. 깔끔한 해결!

"공작 각하, 정말 헤일 영식 때문에 무도회에 참석하신 건가요?"

"뵙게 되어 영광입니다. 저는 어렸을 때부터 줄곧 에스반데 공작 각하를 존경……."

"헤일 후작님과 친분이 있으셨군요. 실은 저희 아버지께서도 얼마 전부터 공작 각하를 간곡히 뵙고 싶다고……."

케니스는 게로다의 일을 해결하자마자 사람으로 이루어진 벽에 갇혔다. 음, 사람이 바글거리는 장소에 나타난 인기남의 최후란 결국 저런 것이군. 나는 사람들에게 둘러싸여 제대로 보이지도 않는 케니스를 등졌다.

'이만 갈까.'

건방진 금수저의 결말을 봤으니 더는 무도회장에 남아 있을 이유가 없었다. 딱히 춤을 이어서 출 만한 분위기도 아닌 것 같고…….

"영애?"

그래, 가자. 아윈에게 슬슬 퇴장하자고 말해야겠다. 가만, 근데 이대로 퇴장하면 마탑으로 돌아가는 건가?

"영애."

어쩐지 아쉬운데. 하지만 그렇다고 달리 갈 장소가 있는 것도 아니니…….

"영-"

쾅!

헉, 뭐야!

나는 깜짝 놀라 뒤로 돌아섰다. 언제 왔는지 나와 몇 걸음 떨어지지 않은 곳에 서 있는 케니스가 보였다.

그리고 진짜 문제는, 케니스가 검을 세워서 자기 얼굴 앞을 가로막은 상태고 그 검에서 흰 연기가 피어오르고 있다는 점인데…….

"일행이 꽤 과격하군."

케니스의 중얼거림을 듣는 순간 입이 딱 벌어졌다.

설마 했는데, 역시 아윈 네가 공격했냐! 조금 전의 '쾅'은 그럼 케니스가 아윈의 공격을 막으면서 난 소리였고!

미치겠네. 이게 대체 무슨 일이야? 옷소매를 붙잡고 있었는데도 사고를 치다니. 이럴 줄 알았으면 아예 아무것도 못 하게 끌어안고 있을 걸 그랬나.

당황한 머리가 멋대로 굴러가며 아무 생각이나 해댔다.

나는 아윈에게 바짝 붙어 속삭였다.

"저 사람한테 마법 썼어요?"

"어."

"왜요?"

"저 새끼가 널 건드리려고 했어."

"네?"

건드리다니? 나도 모르게 목소리가 커지는 찰나 케니스의 말이 들렸다.

“손을 뻗은 건 내 무례였으니, 사과하지.”

“…….”

“하지만 수상한 의도는 아니었다는 걸 알아줬으면 좋겠군. 아는 사람인 것 같아서 인사를 나누려 했을 뿐이다.”

“…….”

“오해는 풀렸나?”

“어, 네. 풀렸을 거예요.”

나는 아윈을 대신해서 냉큼 대답했다. 그러니까 아윈이 지금 나한테 접근한 케니스를 경계해서 공격했다는 거지? 괴물 동지를 감싸주는 이 감동적인 우애에 기뻐해야 하나 말아야 하나.

“그나저나, 역시 맞았군.”

케니스는 검을 허리춤의 검집에 꽂아 갈무리하더니 내게 눈길을 주며 입을 열었다.

“왜 공작저에 방문하지 않았지?”

“네?”

“분명 몸이 좋지 않아 보였는데, 의사에게 진찰은 받은 건가?”

아. 나는 조금 늦게 케니스가 하는 말을 알아들었다.

‘나랑 저잣거리 가게 문 앞에서 부딪혔던 이야기를 하는구나!’

그걸 기억하고 있었다고?

아니, 그보다 지금 가면을 쓰고 있는데 나를 어떻게 알아본…….

음, 아냐. 됐다. 이건 어쩐지 답을 알겠다. 슬퍼지니까 굳이 내 입으로 말하진 않겠어.

어쨌든 케니스가 나와 있었던 과거의 짤막한 해프닝을 기억하는 것도, 그것 때문에 나한테 일부러 말을 건 것도 전부 뜻밖의 일이었다. 그리고 아윈이 그런 케니스를 공격한 건 뜻밖인 걸 넘어서 환장할 일이고 말이지.

케니스의 기색을 살폈다. 다행히 케니스는 아윈의 선빵을 더 문제 삼으려는 의사는 없어 보였다.

휴, 좋았어. 얼른 대답하고 빨리 튀자.

"신경 써주셔서 감사합니다, 공작 각하. 하지만 저는 그때나 지금이나 무척 멀쩡……."

"너 뭐야?"

어? 잠깐만.

"뭔데 내 반려 노예한테 자꾸 말 걸어."

야, 아윈! 악! 넌 또 왜 갑자기 시비를 걸고 그래!

"노예?"

그때 기분 탓인가, 차갑게 가라앉은 것처럼 들리는 케니스의 목소리에 고개를 돌렸다.

"사람을 노예로 부리는 건 제국에서 불법일 텐데."

하하, 맙소사. 기분 탓이 아니네!

"그래서?"

"당장 그 영애를 놓아줘라. 그리고 돌아가서 노예 문서를 불태우겠다고 내게 맹세해."

"싫은데."

"싫다고? 그럼 나도 더는 얌전히 말로만 할 순 없지."

케니스가 허리춤에서 검을 다시 빼 들었다. 날카로운 검신 끝이 정확히 아윈을 겨눴다.

"눈앞에서 범죄가 횡행하도록 두고 볼 순 없으니, 널 여기서 처단하고 영애를 풀어주겠다."

망했다. 왜 일이 이렇게 된 거지?

그야말로 미쳐 돌아가는 상황에 머리도 입도 굳어버렸다. 천방지축 어리둥절 빙글빙글 돌아가는 정글의 하루…….

그 순간, 아윈의 손에 하얀빛이 모여들었다.

그걸 보자마자 정신이 번쩍 들었다. 다른 사람도 아니고 검술 영역 최강 천재 케니스와 마법 영역 최강 천재 아윈이 격돌한다고? 그랬다간 무도회장만 날아가는 데서 끝나는 게 아니라, 재수 없으면 이참에 세계가…….

'안 돼!'

그런 사태만은 기필코 막아야 한다는 생각이 뇌세포를 자극했다. 머리가 풀 파워로 가동했다. 입이 벌어졌다.

"여보!"

"……."

"다, 당신도 참."

나는 삐걱삐걱 움직여 어색한 동작으로 아윈에게 팔짱을 꼈다. 그 상태로 말을 이었다.

"노예라니, 그, 그런 농담…… 은 우리끼리 있을 때만 하기로 했잖아…… 요."

"……농담?"

케니스가 내 말을 작게 되풀이했다. 나는 케니스를 향해 다급하게 고개를 끄덕였다.

"네. 저, 저희 부부끼리 곧잘 하는 짓궂은 장난이랍니다."

"……."

"처음 듣는 분들은 쉽게 오해를, 크흠, 하시곤 하죠."

젠장…….

내 필사의 임기응변은 나의 거대한 괴로움과 맞바꿔 효과를 보였다. 케니스는 그대로 굳어버린 듯했고, 아윈의 손에 모였던 흰빛도 어느새 사라졌다.

……하아.

난 나의 갑작스러운 노예 플레이(!) 고백에 꽤 큰 충격을 받은 것 같은 케니스를 외면하고 아윈을 재촉했다.

"피곤하니 이만 집에 돌아가요. 여, 여보."

만에 하나 아윈이 내 말을 받아주지 않으면 어쩌나 가슴을 졸였는데, 마음이 놓이게도 아윈은 그저 순순히 대답했다.

"……그래."

곧이어 아윈과 나를 둘러싸고 있던 장소가 바뀌었다.

가면무도회장에서 퇴장해 마탑으로 돌아온 다음 날.

아윈과 케니스가 기어이 충돌해 세상이 반으로 뽀각 하고 쪼개지는 악몽에 밤새 시달리다가 일어난 나는 식당에서 아침 식사를 마치자마자 생각했다.

'무도회 기각.'

파티도 기각. 어쨌든 귀족 사교계는 모조리 기각.

'다른 장소를 물색하자.'

가면무도회에서 쓰디쓴 실패를 맛봤지만, 내 계획은 아직 변하지 않았다. 반드시 아윈을 사람이 북적이는 장소에 데려가서 좋은 것 위주로 보고, 듣고, 겪게 할 거다. 그렇게 해서 '사람'을 향한 아윈의 혐오를 어떻게든 낮추고 말 거라고!

좋아. 마침 적합한 장소가 새로 떠올랐다.

나는 식당에서 빠져나와 곧바로 아윈을 찾아 나섰다. 왜인지 아침부터 아윈이 보이지 않아 마법사들에게 물어야 했지만, 다행히도 아윈은 마탑 안에 있었다.

나는 마탑 후원에서 아윈을 발견하고는 목청 높여 상대를 불렀다.

"주인님!"

"……."

"주인님?"

아윈은 내 부름에 나를 쳐다보았지만, 대답을 하진 않았다.

뭐지? 의아해하며 말이 없는 상대에게 접근하던 도중, 마침내 아윈의 입이 열렸다.

"여보라며?"

"네?"

"어제는 여보라고 하더니, 다시 주인님이 됐네."

그건……!

아윈은 순간 말문이 막혀 굳은 나를 무심히 바라보다가 피식 옅게 웃음을 흘렸다.

"그냥 한 말이야."

"……."

농담이라고? 우리, 이제 농담까지 주고받는 사이가 된 건가?

아윈은 평평한 돌 위에 앉아 있었다. 척 보기에 평수가 제법 되는 돌이었다. 나는 눈치를 살피다 아윈에게 다가가 은근슬쩍 옆자리에 앉으며 입을 열었다.

“말하는 걸 깜박했는데, 전부 주인님을 위해서 그랬던 거예요. 어제는.”

“날 위해서?”

“괜히 싸움이 났다간 주인님이 다칠지도 모르니까…….”

아니, 이건 아윈 입장에선 너무 터무니없는 말인가?

물론 케니스가 상대였던 만큼 가능성이 아예 없는 말은 아니지만, 아윈은 케니스의 무력을 정확히 모를 테니까…….

“……가 아니라, 쓸데없이 귀찮아질지도 모르니까 그런 일을 미연에 방지하고자―”

“내가 다치면 싫어?”

“네?”

“싫냐고.”

나는 눈을 깜박거렸다. 아윈과 시선이 마주치니, 문득 내가 아윈에게 꽤 붙어 앉아 있다는 자각이 들었다. 나도 모르게 엉덩이를 움직여 살짝 간격을 띄우면서 대답을 뱉었다.

“좋지는 않죠?”

“왜?”

“그야…… 주인님이니까요? 반려 노예는 원래 주인님이 다치는 걸 싫어해요.”

“…….”

“주인님도 제가 다치면, 기분이 별로 좋진 않을 거 아니에요?”

아윈이 괴물 동지를 보호하기 위해 케니스를 경계해서 공격했던 걸 떠올리며 말했다. 말을 꺼내자마자 아윈의 미간이 대번에 와락 일그러졌다.

"기분 더러워."

"네, 그래요. 저도 비슷하답니다."

나는 아윈의 주름진 미간을 쳐다보며 무심코 손을 들었다가 멈칫했다.

……나, 뭐 하려고 한 거지? 지금? 설마 아윈의 미간을 눌러서 주름을 펴준다거나…… 그러려고 한 건가?

그런 건 내 세계의 아윈에게나 하던 행동인데.

당황해서 무심결에 주먹을 꽉 쥐었다. 그러곤 당장 주먹 쥔 손을 어떻게 해야 할지 몰라 망설이다 일단 눈에 들어온 아윈의 어깨를 두드렸다.

"……."

"……."

"뭐야?"

"어, 어깨 아프지 말라고……."

"안 아파."

"넵."

후다닥 손을 내렸다. 어색해 죽겠네. 아, 이럴 게 아니라 빨리 찾아온 용건을 말해야겠다.

"주인님, 사실 드릴 말씀이 있어서 온 건데요."

"뭔데?"

"어젠 무도회장에 놀러 갔으니까, 오늘은 축제에 놀러 가지 않을래요?"

그렇다. 축제. 이게 바로 파티를 대체해 떠올린 '사람이 바글거리는 밝고 활기찬 장소' 2탄이다!

아윈은 내 눈을 잠시 들여다보다가 짤막하게 답했다.

"그러든가."

마탑 내 조별 과제의 영웅, 자료조사 및 정리의 왕이 이번에도 이름값―그 마법사의 이름은 피피티이였다―을 해냈다. 나는 낮부터 축제가 진행 중인 한 도시의 거리에 아윈과 나란히 도착했다.

"와아."

저녁이나 밤에 열리는 축제는 주로 화려한 불빛이 거리를 꾸미는 메인 장식이었는데, 낮 시간대에 오니 색색의 꽃이 길가에서 그 역할을 대신하고 있었다.

'이것도 예쁜걸.'

뭐가 더 낫다고 우위를 정할 수가 없다.

"저쪽으로 가봐요."

나는 아윈을 데리고 축제 거리를 열심히 돌아다녔다. 거리는 축제 구경을 나온 사람들로 북적였지만, 그렇다고 발 디딜 틈조차 없는 정도는 아니었다.

이만하면 딱 좋은걸?

그렇게 얼마나 돌아다녔을까. 정신을 차리니 어느새 내 양손에는 솜사탕과 과일 사탕이 각각 들려 있었다.

핫, 언제 먹을 걸 두 개나 샀지. 난 손에 쥔 솜사탕을 물끄러미 응시했다. 하필 솜사탕이 흰색이었다. 뭔가 생각났다.

"주인님, 이거 주인님 같아요."

"어딜 봐서."

"흰색이잖아요."

"내가 흰색이야?"

당연한 걸, 보면 모르나?

나는 고개를 끄덕이면서 설명을 덧붙였다.

"우선 머리 하얗고."

"……."

"옷도 희잖아요."

그러고 보니 아윈은 산에서 나랑 처음 마주쳤을 때도 흰색 옷을 입고 있었다.

"흰옷 좋아해요?"

"모르겠는데."

"맨날 모른대. 자주 입으면 좋아하는 거 맞아요. 원래 사람은 무의식중에 호감이 가는 걸 자꾸 찾게 마련이라……."

잠깐, 여기서 문제. 방금 내 말에 존재하는 문제점을 찾으시오. 점수 2점.

"그리고 사람만 그런 게 아니라 괴물도 보통 그렇죠!"

"……."

"제가 같은 괴물이라서 잘 알아요. 하하."

후우. 거참, 뭔 말을 하기 참 힘드네.

"아무튼, 다음에는 검은 옷도 입어봐요. 잘 어울릴 것 같은데. 흰

색도 머리 색과 어우러져서 보기 좋지만 원래 패션의 정수는 블랙 앤 화이트라서…….”

말실수할 뻔했던 걸 가리기 위해 주절거리는 거냐고? 응, 정답이다.

“시간이 나면 다음에 아예 같이 옷 가게에 가서 검은 옷을 골라보는 것도…….”

나는 말을 이어가다 말고 멈칫했다. 아윈의 어깨너머로 보이는, 저 멀리서부터 이쪽으로 점차 가까워지는 한 사람이 이상하게 낯이 익었다.

‘어디서 봤더라?’

분명히 봤는데. 아는 사람까진 아니지만, 묘하게 익숙한…….

‘아.’

생각났다. 외알 안경을 처음 얻었던 날에 길에서 우연히 마주쳤던 인물. 머리 위로 호감도 −20을 띄우고 다녀서, 내가 혹시 범죄자는 아닐까 의심했던…….

그 순간 아윈과 부쩍 가까워진 상대가 품에 손을 넣는 것이 보였다. 머리가 명령을 내리기 전에 몸이 먼저 움직였다.

“위험해요!”

손을 뻗어 아윈을 내 쪽으로 확 끌어당겨 안으면서 몸을 돌려 상대에게서 숨겼다.

“꺄악!”

“으악! 뭐야!”

그런 직후 등 뒤에서 터져 나온 비명들이 귓가를 스쳤다. 아윈을 부둥켜안은 채로 뒤를 돌아보자마자 탄식이 흘러나왔다. 설마 했던 상대가 정말로 품에서 칼을 꺼내 사방팔방 휘두르고 있었다.

저 미친놈이, 진짜 범죄자였잖아!

"컥!"

그러나 다행히도 '호감도 -20'이 저지른 무차별 칼부림은 금세 진압되었다. 마침 이 자리에 축제 구경을 나온 용병이 있었던 것이다. 잔뼈 굵은 중년의 용병은 날뛰는 상대를 순식간에 제압한 뒤 자기 신분을 밝히며 주변에 경비대를 불러달라고 요청했다.

'휴우.'

큰일로 번지지 않아서 안심이다. 보아하니 크게 다친 사람도 딱히 없는 것 같고…….

'아차.'

불쑥 양팔로 감싼 단단한 몸의 감촉이 느껴졌다. 뒤늦게 내가 아직 아윈을 끌어안은 상태라는 걸 알아차렸다.

"큼. 주인님, 괜찮아요?"

당연히 괜찮겠지만…….

아윈을 놓아주고 물러서면서 나는 꽤 머쓱해졌다. 아니, 난 또 저기서 왜 굳이 나서서 아윈을 감싼 거람. 물론 내가 지금 아윈을 대신해 칼 한 방 맞는 것 정도는 할 수 있긴 하지. 목숨도 많고. 그렇지만 내가 안 감쌌다고 해서 아윈이 저 어설픈 칼부림에 당하지는 않았을 텐데.

끙, 다시 생각해도 영 오버액션을 했다. 할리우드야, 조만간 찾아갈 터이니 신예 액션 배우를 맞이할 준비를 해라.

나는 그처럼 생각하다가 이내 깜짝 놀랐다.

"헉."

내 손에 있던 과일 사탕이 갑자기 어디로 갔는지 안 보인다 했더니, 다름 아닌 무려 아윈의 옷에 달라붙어 있었다.

'껴안을 때 붙었구나!'

으, 으아아. 나는 조심스레 아윈의 의복에서 과일 사탕을 떼어내곤 어색하게 웃었다.

"……이만 마탑으로 돌아갈까요?"

이 옷을 입고서 계속 거리를 돌아다닐 수는 없을 테니까 말이다.

아윈은 무슨 생각을 하는지 모를 표정으로 나를 한참 쳐다보다가 고개를 끄덕였다.

축제 구경이 막을 내렸다.

❖

가면무도회와 축제 이후, 나는 며칠간 의기소침했다. 그럴 수밖에 없었다.

'왜 이렇게 재수가 없지?'

기껏 데려간 가면무도회는 정글이었고! 다음으로 같이 간 축제에서는 대뜸 범죄자가 칼을 들고 날뛰질 않나!

'훈훈하고 아름다운 모습만 보여줘도 모자랄 판에…… 이것들아…… 자칫하면 너희 다 죽게 생겼다고…….'

인간들아, 정신 좀 차려줘. 으엉. 으엉…… 우엉…… 우엉 차…… 우엉 차는 0칼로리…….

"반려."

그때 슬퍼하는 내 앞에 며칠 내내 두문불출했던 아윈이 나타났다.

솔직히 말하면 그새 세계를 멸망시키러 갔을까 봐 걱정 많이 했는데, 그건 아니었던 모양이다. 다행이었다.

"바람 쐴래?"

"네?"

음, 아무래도 아윈은 '네?'와 '네'를 구분하지 못하는 것 같은 느낌이 든다. 못 하는 게 아니라 안 하는 건가.

어쨌든 '네?'라고 말을 꺼내기 무섭게 시야가 변했다. 바람이 뺨과 손등, 발목을 스쳤다.

어느 틈에 나는 아윈과 함께 마탑의 꼭대기에 서 있었다.

"이리 와."

순간 아윈이 마음이 바뀌어서 다시 나를 죽이려고 하는 건가 했는데, 그러진 않았다. 아윈은 과거 어느 날처럼 내게 난간 밖으로 뛰어내리라고 하는 대신, 그저 난간에 걸터앉아 나를 옆자리에 앉혔다.

'뭐지……?'

별안간 탁 트인 허공을 보고 앉아 눈을 깜박거리고 있으려니, 뒤이어 한 가지 의문이 추가로 떠올랐다. 아윈이 원래부터 나를 '반려'라고 불렀었나?

'아니, 아닌데.'

기억을 더듬자마자 바로 아니라는 답이 튀어나왔다. 어딜 내놔도 크게 빠지지 않는 내 준수한 기억 저장소-뭐. 불만 있으면 따로 연락 바람-를 걸고 장담하건대, 아윈에게서 저 호칭을 들은 건 여태 단 두 번뿐이었다.

첫 번째는 아윈이 나를 마탑에 데려왔던 첫날에. 두 번째는 지금.

그리고 첫 번째 때는 내 정체를 묻는 마법사들에게 대충 대답하면서 말했던 것이니, 직접 나를 보면서 저 호칭을 쓴 건 이번이 처음이긴 한데…….

'뭐, 그렇게 세세히 따질 만큼 거창한 호칭은 아니지만.'

그도 그렇다. 사전적인 의미로 본다면 거창한 호칭이 맞겠지만, 아윈에게 있어 '반려'는 그저 반려 노예를 두 글자로 줄인 것뿐일 테니까.

응, 틀림없이 그렇겠지.

"……."

나는 마탑 꼭대기 난간에 아윈과 나란히 앉아서 발장구를 쳤다. 그나저나 얘는 말이 없네.

'바람 쐬자고 하더니, 정말 바람만 쐬자는 말이었나?'

계속, 여기서 이대로 쭉? 언제까지……?

하여간 모르겠다. 새삼스러운 이야기지만, 아윈은 걸핏하면 상대가 의중을 읽어내기 힘든 행동을 하곤 했다.

지금도 봐라. 말도 없이 사라져선 며칠 내내 코빼기도 비추지 않더니, 갑자기 다시 나타나선 한다는 것이 단지 침묵의 바람 쐬기라니…….

'아니면 이걸 허멍이라고 해야 하나.'

허공 보면서 멍 때리기.

'또는 마멍.'

마탑 꼭대기 전경 보면서 멍 때리기.

바람 쐬기든 허멍이든 마멍이든, 여하튼 이 행동의 의미를 짐작하기 어려운 건 매한가지다. 나는 추측이나 추리를 포기하곤 그냥 묵묵히 바람을 맞았다.

눈을 감으니 얼굴을 스치고 지나가는 바람이 한결 선명하게 느껴졌다. 높은 곳이라 그런지, 바람이 참 청량하고, 시원하고…….

"푸엥치!"

그리고 춥네!

아이고, 역시 높은 곳은 춥다. 고산지대 출신 나물이 괜히 강인하고 싱싱한 게 아니야. 킁.

아윈은 내가 재채기를 하자마자 내게 시선을 고정했다. 이곳에 온 이후 처음으로 아윈이 침묵을 깼다.

"기다려."

"네?"

아윈은 저 말을 남기곤 곧바로 자취를 감췄다가 십 초 정도 후에 같은 자리에 도로 나타났다. 다만 빈손이 아닌 채로.

"입어."

나는 다소 얼떨떨하게 아윈이 내미는 로브를 받아 들었다.

'재채기해서 신경 써준 건가?'

넉넉한 크기의 로브는 꽤 두꺼웠다. 겨울용일까. 어쨌든 따뜻해 보였다. 나는 일단 순순히 로브에 팔을 꿰어 넣으며 아윈을 힐끔거렸다.

뭐랄까…… 기분이 조금 묘했다. 생소하다고 할까. 아니면 신선한 기분?

예전에 내 세계에서는 비슷한 상황에서 아윈이 옷을 가져다주는 대신 내 주변에 불덩이를 띄워줬었는데…….

'잠깐, 지금 무슨 생각 하는 거야? 비교 멈춰!'

좋아. 멈췄다. 나는 로브를 완전히 걸치고 매무새까지 점검했다. 두꺼운 로브는 정말 따뜻했다.

"큼. 고마워요, 주인님."

"응."

"근데 이거 혹시 주인님 옷이에요?"

"맞아."

헉.

"깨끗하게 입겠습니다. 맡겨주세요."

내 다짐에 아윈이 입술 끄트머리를 살짝 올리는 것이 보였다.

……웃은 건가?

'왜?'

별로 웃을 만한 대화나 상황은 아니었던 것 같은데……. 알 수가 없네. 어쩌면 내가 잘못 봤을 수도 있다. 아윈의 얼굴은 그새 평상시처럼 무표정해져 있었다. 나도 모르게 아윈의 입매를 좀 더 살피다가 정면으로 고개를 돌렸다. 그 상태로 폭이 넓은 로브 소매를 만지작거리는데, 아윈의 목소리가 들렸다.

"기억나?"

"뭐가요?"

"여기서 뛰어내렸던 거."

야, 그걸 말이라고 하니. 너 같으면 태어나서 처음으로 줄 없이 번지점프에 도전했던 기억을 잊겠어?

"나요."

"어땠어."

"어땠냐고요? 글쎄요, 좀……."

짜릿했나……?

"무서웠어?"

"네?"

"뛰어내릴 때, 무서웠냐고."

"……아뇨, 별로?"

"죽을 때는. 아팠어?"

"안 아팠는데요."

앞에서도 몇 번 말했던 것 같지만, 아프기는커녕 아무런 느낌도 없었다. 그런데 뜬금없이 저런 건 왜 묻는 거지. 나는 내심 고개를 갸웃거렸다.

'해보고 싶나?'

나름대로 그럴듯한(?) 결론에 도달한 찰나였다. 아윈이 나를 보며 대뜸 말했다.

"쳐."

"어, 네?"

"치라고."

치라니, 뭘?

순간 자연스럽게 머릿속에 '치다'라는 동사와 어울리는 사물들이 하나씩 떠올랐다. 피아노, 드럼, 장구…….

참, 그러고 보니 내가 한국에 있을 때 장구를 제법 잘 쳤었는데. 특히 중학교 음악 수업 때. 그 시간엔 내가 장구만 두들겼다 하면 어김없이 주위에서 박수갈채가 쏟아지곤 했었다.

덩기덕 쿵더러러러 쿵기덕 쿵더러러러…….

음, 멋진 추억이야.

아니, 근데 지금 여기엔 장구는 물론이고 그밖에도 '칠' 만한 게 아무것도 없지 않나? 있는 거라고는 단지 아윈과 나뿐…….

'아.'

눈을 큼지막하게 떴다. 뒤늦게 아윈의 말을 알아들었다.

"설마, 지금 저한테 주인님을 때리라는 말이에요?"

피아노, 드럼, 장구가 아니라 널 치라고?

"그래."

"……!"

"뭐 해? 알아들었으면 얼른 쳐."

아, 아니. 뭐야? 왜 쳐?

하지만 갑작스러운 요구에 당황한 와중에도 지난 노예 생활-흑흑-에 적응한 내 몸은 아윈의 재촉에 충실히 반응했다. 나는 우선 주먹을 쥐고 면적이 넓어서 눈에 잘 들어오는 아윈의 가슴팍에 펀치를 날렸다.

퍽, 하는 둔탁한 소리가 나면서 주먹에 충격이 전해지자마자 정신이 퍼뜩 들었다.

'너무 세게 쳤나?'

정말로 치라는 게 아니라 치는 시늉만 하라는 뜻이었을지도 모르는데. 이렇게 진심을 다해 치다니……!

저지른 후 한발 늦게 아윈의 눈치를 보며 주먹을 내리자, 아윈이 한쪽 눈썹을 찡그렸다.

"이게 다야?"

"……."

제, 젠장. 이게 다라서 미안하다아악!

"살살 친 거예요."

사실 전력 펀치였지만…….

"세게 쳐."

잠깐, 또 치라고? 나는 혼란스러운 심정으로 아윈의 얼굴을 응시했다. 왜 이래?

'서, 설마!'

덜컥 나쁜 생각이 들었다. 최근 며칠 어딜 갔는지 안 보인다 했더니, 혹시 그동안 평범하지 않은 곳에서 이상한 취미를 배워 온 건……!

'싫어!'

아윈이 세계 멸망 말고 다른 것에 흥미를 가지길 바라긴 했지만, 절대 이런 건 아니었다. 나는 스스로 떠올린 가정에 충격을 받아 찰나 아무 행동도 말도 하지 못하고 굳어버렸다.

그때 그런 내 무반응을 보며 무슨 생각을 했는지 아윈이 말을 덧붙였다.

"맨손으로 세게 치기 힘들어?"

"……네?"

"그럴 수도 있겠네. 넌 부활하는 것 말고는 아무것도 못 할 만큼 약하니까."

아니, 저기요. 맞는 말이긴 한데 그걸 그렇게 막, 듣는 사람 슬퍼지게 서슴없이…….

"칼 쓸래?"

"네?"

"긴 것보다 작은 칼이 다루기 편하겠지."

"네?"

"급소는 내가 알아서 피할 테니 마음대로 찔러."

"네? ……아니!"

미친놈이, 지금 뭐라는 거야!

나는 깜짝 놀라 황급히 아윈의 어깨를 붙잡았다. 붙잡은 이유는, 아윈이 정말 칼을 가지러 갈까 봐 무서워서다.

나는 아윈의 양어깨를 단단히 붙든 채 떨리는 목소리로 말을 꺼냈다.

"혹시…… 요즘…… 삶이…… 뭐 마음에 안 든다거나……."

"……."

"그래도 그렇지! 어떤 상황에서든 주인님의 몸을 좀 더 소중히……."

"복수하고 싶지 않아?"

"뭐라고요?"

"내가 널 수십 번이나 죽였잖아. 나한테 갚아주고 싶은 마음, 없어?"

일순 말문이 막혔다. 이 상황에서 저 주제가 나올 줄은, 정말이지 생각조차 하지 못했다.

"똑같이 갚으라고 하고 싶지만, 난 죽으면 다시 못 살아나니까."

"……."

"그러니까 대신 치고 때리고 찔러. 하고 싶은 만큼 실컷."

나는 아윈을 멀거니 쳐다보다가 겨우 입술을 움직였다.

"왜요?"

"뭐가 왜."

"어차피 지난 일인데, 그냥 없었던 일로 치부하고 무시해도 되잖아요. 왜 내 복수를 받아주겠다는 건데요?"

복수할 마음 같은 건 당연히 전혀 없지만, 저게 너무나 궁금해져서 물어봤다. 아원이 바로 대꾸했다.

"그러다 네가 떠나면?"

"……."

"내 잘못 때문에 네가 내 옆에서 없어지는 걸 상상해 봤는데……."

뜸을 들인 이후 아원의 목소리가 한결 낮아졌다.

"좆같았어. 두 번은 상상하고 싶지 않을 정도로."

"……."

"넌 사람을 좋아하지? 이유는 모르겠지만. 사람이 죽는 걸 싫어하잖아."

홀린 듯 무심결에 고개를 끄덕였다. 아원의 말이 이어졌다.

"안 죽일게."

"……."

"나한테 복수도 하고, 좋아하는 '사람'도 계속 봐. 안 죽이고 전부 멀쩡하게 놔둘 테니."

심장이 뛰는 소리가 들렸다. 크고, 빠른 박동이었다. 누구의 것인지 알 수 없었다.

"그렇게 하면, 내 옆에 평생 있을래?"

불현듯 깨달았다. 이건 나한테서 나는 심장 소리였다.

뭐지? 지금 이게 정말 내 심장 소리라고? 이렇게 큰 게? 이렇게 정신없고, 이렇게…….

헉.

나는 정신을 번쩍 차렸다. 아원이 한 말이 이제야 머릿속에서 차곡차곡 정리되었다.

'맙소사.'

깨달았다. 왜 지난 며칠 내내 아원을 볼 수 없었던 건지.

어디로 갔었는지는 모르겠지만, 어쨌든 아원은 그동안 혼자서 갈등했던 거다. 나와…… 세계를 멸망시키는 것을 두고서.

어느 쪽이 더 중요한지, 무엇을 더 포기하고 싶지 않은지 고민했겠지.

'그 결론을 오늘, 지금 내린 거고.'

아원은 나를 택했다.

정확히는 나와 '평생 함께하는 것'을 골랐다. 나를 영영 곁에 둘 수만 있다면, 세계를 멸망시키지 않겠다고 말한 것이다.

"……."

나는 아원을 보며 말없이 입술만 달싹거리다가 서둘러 품에 손을 넣었다. 현재 이 상황이, 아원의 말들이 좀처럼 믿기지 않는다는 생각이 들자마자 자연스럽게 떠오른 도구가 있었다.

나는 외알 안경을 쓰고 아원의 머리 위를 응시했다.

♥1,000

……툭.

외알 안경을 받친 손이 힘없이 아래로 떨어졌다.

내가, 지금, 대체 뭘 보고 있는 거지?

"반려."

그때 아원이 나를 불렀다. 그래, 저 호칭도 이제 더는 단순히 '반려 노예'의 줄임말로는 들리지 않는다.

"네, 네?"

의도치 않게 말을 더듬으며 대답하는 내 얼굴에 아원이 시선을 주었다. 정확히는 외알 안경이 걸쳐진 오른쪽 눈가를 쳐다보았다.

"궁금했는데, 그 안경은 뭐야?"

"아, 이건……."

나는 무심결에 재차 손을 올려 안경을 만지작거렸다. 아원이 이 안경의 정체를 알고 싶어 할 줄은 몰랐다. 이전까지는 딱히 관심을 보인 적이 없었으니까.

'하긴, 이 상황에서까지 안경을 꺼내 쓰고 있으니 궁금해질 만도 한가…….'

나는 방금 아원에게 고백을 들었다.

……응, 고백이지. 확실히 그랬어. 평생 자기 옆에 있으라는 말이 고백이 아니라면 뭘까. 고추 티백 아니고, 고사리 티백 아니고, 고투더 백투더 홈 아니고. 진짜 고백이다.

'미치겠네.'

얼굴에 열이 올랐다. 머리가 복잡했다. 일단은 일생일대의 고백을 받자마자 웬 안경을 꺼내서 얼굴에 쓴 내 행동에 대해 설명부터 해야겠지.

'그런데 뭐라고 해야 하지? 호감도 측정 안경이라고 곧이곧대로 털어놓는 건…….'

싫다. 나도 모르게 생각했다.

'그건 내가 처음부터 네 호감도를 올릴 목적으로 너한테 접근했던 거라고 실토하는 격이잖아.'

내 입으로 저렇게까지 말하지 않아도, 그렇게 해석되겠지. 그간의 내 행동이 분명히 그랬으니까. 그게 사실이고, 진실이긴 한데…….

모르겠다. 알리고 싶지 않다. 왠지 저 사실을 아윈에게 숨기고 싶었다.

"그게, 이 안경은……."

머뭇거리는 와중, 문득 아윈의 얼굴이 눈에 들어왔다. 조명 하나 없는 야외에서도 자체적으로 빛을 내뿜는 해악한 이목구비. 입이 저절로 움직였다.

"미모요."

"미모?"

"미모 점수를 알려주는 안경이에요."

저질렀다.

'미모 점수는 뭔 미모 점수! 말이 되냐!'

입, 입! 이 주둥아리!

그러나 그만 허무맹랑한 헛소리를 꺼내 버렸다고 생각한 나와 달리, 아윈은 내 말에 흥미가 생긴 기색이었다. 내 얼굴에 있는 외알 안경을 계속해서 빤-히 보기에 혹시나 해서 물었다.

"……써볼래요?"

"응."

저렇게 빠르게 긍정할 줄은!

'미모 점수가 궁금한가……?'

그야 물론 나도 내가 아윈 얼굴이면 궁금할 것 같긴 한데.

'그렇지만 지금 여기엔 거울이 없잖아.'

안경을 쓰고 이동 마법으로 거울을 보러 다녀오는 건가?

상상하니 어째…… 웃긴 것 같기도…….

이런저런 생각을 하면서도 나는 우선 순순히 외알 안경을 벗어서 아윈에게 건네주었다. 아윈은 안경을 받아 얼굴에 쓰더니 그 상태로 나를 가만 쳐다봤다.

왜 거울이 아니라 나를 저렇게 보나 하는 생각이 든 직후, 바로 알아차렸다.

'내 머리 위에도 호감도가 뜨겠구나!'

그, 그러네. 그렇지. 당연한 건데 왜 지금에야 생각했지?

나는 아윈의 시선이 내 머리 위로 향하는 것을 보며 손가락을 꼼지락거렸다. 내가 남의 호감도를 읽고 다닐 때는 아무렇지 않았는데, 막상 내 호감도가 읽힌다고 생각하니 괜히 멋쩍어서 가만히 있기가 어려웠다. 이것이 바로 내로남불?

"몇이에요?"

고민하다 아윈에게 은근슬쩍 물었다. 이 와중에 또 궁금하기는 했다. 난 과연, 이 세계의 아윈에게 어느 정도의 호감을 지니고 있는 걸까.

"하트 옆에 붙은 숫자, 맞아?"

"맞아요."

"530."

"오백……! 헉!"

무의식중에 자리에서 펄쩍 뛰어오르는 바람에 몸이 균형을 잃었다. 나는 하마터면 그대로 난간 아래로 떨어질 뻔했다가 아윈이 잡아줘서 멀쩡히 자세를 고쳐 잡을 수 있었다.

사, 살았다. 이로써 아윈이 나를 총 두 번 살려준 셈인가.

아니, 그보다! 믿을 수가 없다. 나는 새로운 충격에 발을 담근 채 아윈을 붙잡고서 확인했다.

"530? 정말? 정말이에요?"

"왜? 너무 낮아?"

"낮은 게 아니라……."

……높다. 지나치게.

입을 가렸다. 언제부터? 어느 시점부터 아윈을 향한 내 호감도가 500이 넘었을까. 설마 처음…… 만났을 때부터는 아니겠지? 그때 얘는 엄연히 말해 나와 초면이었는데.

'그리고 저 손에 50번이나 죽었지. 그런데 호감도가 500?'

아윈의 머리 위에서 본 호감도 1,000보다 이쪽이 더 놀랍다. 아니, 아니지. 사실 둘 다 놀랍다. 둘 다 말이 안 되는 건 마찬가지야. 왜 한순간에 이런 일이…….

"난 몇인데?"

그때 아윈의 목소리가 들렸다. 생각을 잠시 중단하고 눈을 깜박였다.

"네?"

"내 머리 위에 뜨는 숫자는 몇이냐고."

"1,000인데……."

핫. 바로 대답하느라 실수로 솔직하게 말했다.

아윈은 외알 안경을 미모 측정 안경으로 알고 있다. 내 미모 점수가 530인데, 아윈이 1,000이라니! 아윈이 생각하기에도 그건 뭔가 이상했는지, 아윈에게서 떨떠름한 목소리가 새어 나왔다.

"뭐?"

"그게요, 사실 최고 점수가 천-"

"너 왜 이렇게 낮아."

"네?"

"왜 530밖에 안 나와?"

"……."

"싸구려 같은데. 이딴 잡동사니 그만 쓰고 버려."

"네, 넵……."

아윈이 돌려준 잡동, 아니, 외알 안경을 얌전히 받아 들고 품에 갈무리했다. 구태여 손으로 만져보지 않아도 열기가 느껴질 만큼 얼굴 전체가 뜨끈뜨끈했다.

와, 와아. 인간 핫 팩 2탄. 나는야 사실 발열 불사신…….

"그래서, 대답은?"

"어, 네?"

순간 찬바람 한 줄기가 뜨거운 뺨을 스쳤다. 시원해서 기분 좋다는 감상이 저절로 드는 찰나 아윈의 말이 이어졌다.

"내 곁에 있을 거냐고 물어봤잖아."

"……."

"있을 거야?"

"아……."

……그렇지. 그래. 저걸 대답해야 하지. 아직 저 말에 아무런 답도 하지 않았구나.

나는 혼란스럽게 아윈의 눈을 들여다보았다. 아윈의 붉은 눈은 금방이라도 나를 속박할 것 같았다. 당장 날 움직이지 못하게 꽁꽁 묶어 제 안에 가두려고 들 것처럼, 나를 직시하는 빛이 강렬했다.

그러나 그런 눈과는 달리 실제 아윈은 내게 손끝 하나 대지 않고 있었다. 이전에는 상상조차 할 수 없었던 아윈의 배려와 인내에 침을 삼켰다.

겨우 입술을 벌려 내가 이 순간에 토해낼 수 있는 최선의 답을 꺼냈다.

"……생각할 시간을 주세요."

"신님! 신님 어디 있어요! 나타나라, 신!"

아윈은 내게 닷새의 시간을 주겠다고 했다. 그건 아윈이 바로 앞서 혼자 생각하느라 자리를 비웠던 기간과 정확히 같았다.

내가 홀로 편하게 고민할 수 있게 하려는 목적인지 아윈은 다시 탑을 떠났고, 나는 아윈이 없는 실내에서 목청이 터져라 신을 불러댔다.

"나오라고! 야!"

"불렀어?"

빨리도 나타나네!

실로 오래간만에 나와 소통하게 된 신은 모처럼 내 앞에 실체를 드러냈다. 나는 비틀린 심사를 요만큼도 숨기지 않고 도끼눈으로 신을 올려다보았다.

"조금만 더 늦게 나타났으면 욕했을 거예요."

"지금도 이미 마음으로 하고 있잖아. 그래서 무슨 일인데?"

신은 내 얼굴을 가만히 들여다보더니 말로 직접 설명하기도 전에 알아서 고개를 끄덕거렸다.

"내가 지켜보지 못하는 사이에 그런 일이 있었구나. 축하해! 세계 멸망을 막았네!"

"축하한다고요? 그건 너무 이른 말 아니에요?"

"왜? 아윈 헤브림이 분명 사람을 죽이지 않겠다고 했잖아."

"그건 내가 아윈의 곁에 평생 남는 조건으로 한 말이고요."

다시 떠올리니 마음이 새삼 갑갑해졌다. 그렇다. 이건 섣불리 좋다고도, 나쁘다고도 말하기 어려운 상황이다. 꼭 정의하자면 굉장히 곤란해진 상태라고 할까.

"나는 아윈의 곁에 남을 수 없잖아요. 내 집으로 돌아가야 하는데, 어떡해요?"

아윈이 일생의 목표였던 '세계 멸망'을 포기할 마음을 먹었다.

→ 최고!

근데 그 조건이 내가 이 세계에 영영 체류하는 거다.

→ 망했다!

그러니까 합치면 최고로 망했다.

뭔가 말이 이상한데. 어쨌든 이렇게도 저렇게도 하기 힘든 상황이라는 것만은 확실했다.

'원래 내가 생각했던 전개는 이런 게 아니었는데.'

내가 기존에 상상하고 바랐던 '이상적인 시나리오'는 다음과 같았다.

첫째, 내 세계 여혐 케니스의 유일한 여자사람친구가 되었던 것처럼, 이 세계 인간 혐오증-이하 인혐-아윈의 유일한 사람친구가 된 나!

둘째, 유일한 사람친구와 진정한 우정을 나누며 점차 '사람'에 대한 불신과 편견, 혐오 등이 없어지는 인혐 아윈!

셋째, 사람친구의 꾸준한 설득에 결국 마음을 바꿔 세계를 멸망시키지 않기로 한 아윈!

마지막 넷째, 인협에서 구(舊)인협으로 다시 태어난 아윈을 두고 뿌듯하게 원래 세계로 돌아가 사랑하는 가족 및 친구와 재회하는 나!

'……그랬는데 말이지.'

어쩌다 현실은 이렇게 흘러간 걸까?

사실 아윈이 나를 괴물 동지로 막 취급하기 시작했을 때만 해도, 나는 저 시나리오가 실현될 것이라고 믿었다. 시간이 이대로 흐르면 흐를수록 아윈과 나 사이에 쌓이는 것은 우정일 거라고 생각했는데…….

'왜 갑자기 호감도가 1,000이 된 건데. 어째서!'

고작 며칠 사이에 무슨 일이 일어난 거야? 내가 대체 뭘 해서 아윈을 꼬셨지? 꼬신 기억이 없는데 어찌하여 아윈이 꼬셔진…….

가만. 나는 괴로워하다 말고 별안간 신을 붙잡았다. 순간 머릿속에 '번쩍' 하고 떠오른 생각이 있었다.

"예상했어요?"

생각해 보면, 그랬다. 신은 처음 나를 찾아왔을 때부터 내게 아윈을 '유혹'해 달라고 부탁했었다. 다시 말해 아윈이 나를 사랑하게 하라는 말이었고, 그 이야기는 즉…….

"지금 이런 상황, 예상했죠? 적어도 미리 생각은 해봤을 거 아니에요."

그래, 그리고 저 말은 곧.

"대안이 있는 거예요? 있죠?"

"실은 그것 때문에 내가 최근에 너와 소통하지 못했던 거야."

"무슨 말이에요?"

"네 말이 맞아. 대안이 있어. 하지만 그 대안을 실행하려면 나도 다른 신의 도움을 받아야 하거든. 그래서……."

신이 어깨를 으쓱하곤 말을 이었다.

"그동안 신계에서 다른 신에게 도와달라고 무릎 꿇고 빌었어."

"……."

잠시 말문이 막혔다. 내 머릿속에서 시도 때도 없이 말을 걸던 양반이 갑자기 조용해져서 편하다곤 생각했었는데, 그 배경에 저런 사정이 있었다니…….

"편했다고? 너무해."

"아무튼, 그래서요? 다른 신님이 도와주겠대요?"

"좀 더 빌어야 할 것 같아."

"뭐라고요?"

듣다 보니 어이가 없었다. 지금 일의 순서가 영 이상하지 않나?

"아니, 애초에 그걸 왜 이제야 빌어요! 그런 건 나를 처음 찾아오기 전부터 해결했어야죠!"

"그때는 그 신이 안식 중이라서 어쩔 수 없었어. 너희로 치면 자고 있었던 셈이지."

"……만약 그 신님이 영영 도와주지 않겠다고 하면, 그럼 어떡해요?"

"괜찮아. 도와줄 거야."

"……."

"반드시 도와주도록 만들게."

나는 시선을 내려 신의 무릎을 슬쩍 응시했다. 그래, 알아서 하겠지. 좋아. 믿자. 신이잖아. 저래 봬도 신은 신이다. 마음을 다스린 후 나는 붙잡고 있던 신의 옷자락을 놓아주었다.

"그럼 이제 다시 빌러 가는 거예요?"

"응."

"그사이에 아윈이 나한테 답을 재촉하면, 그땐 뭐라고 해요?"

"평생 곁에 남겠다고 해."

"……그 말이 거짓말이 될 수도 있잖아요."

"걱정하지 마. 그럴 일 없어."

"……."

"네 입장에선 모르겠지만, 적어도 아윈 헤브림에게는 거짓말이 되지 않을 거야."

"그 대안이라는 거, 뭔지 지금 물어봐도 돼요?"

"나중에."

"……."

"여유가 생겼을 때 천천히 말해줄게. 지금은 시간이 촉박하니까."

그렇게 말하는 신은 누가 봐도 당장 무릎을 꿇으러 가야 해서 급한 태가 났다.

"……알겠어요. 얼른 가세요."

"참, 그리고 네 부활에 대해서도 염려하지 마. 내가 신계에 있는 동안 너와 대화할 수는 없지만, 네가 죽으면 바로 알 수 있거든. 금방 살려주러 올게."

"네."

"뭐, 그리고 혹시 당장 목숨이 걸린 상황은 아닌데 급박하고 절실하게 내 도움이 필요한 경우에는…….”

“그런 경우가 있을까요?”

“만에 하나.”

신은 단서를 덧붙인 뒤 말을 완성했다.

“그런 경우엔 내 이름을 불러.”

“이름이요?”

“응. 내 이름은 신계에서도 들리니까. 머릿속으로 부르든 소리 내서 부르든 그건 네 마음대로 해도 돼.”

“…….”

“그럼 다시 보자, 라테.”

신은 작별 인사를 남기곤 사라졌다. 나는 신의 갑작스런 부재로 인해 허전하게 느껴지는 텅 빈 공간을 쳐다보며 생각했다.

‘신 이름이 뭐더라?’

그러고 보니 신도 이름이 있었지. 매번 신이라고만 불러서 인식을 못 했다.

신의 이름……. 이전에 들은 적이 있는 것 같긴 한데…….

모르겠다. 나는 신의 이름을 떠올리려는 시도를 금세 포기했다. 생각이 안 나면 말지, 뭐. 솔직히 말해 ‘목숨이 걸린 상황은 아닌데 급박하고 절실하게 신의 도움이 필요한 경우’가 대체 뭔지도 잘 상상이 안 되고.

“…….”

나는 그저 고개를 돌려 창밖에 시선을 주었다. 고요하고 맑은 하늘을 보고 있으려니 자연스럽게 그리운 얼굴이 하나씩 떠올랐다. 마지막에 떠오른 건 당연히 아윈이었다.

……그런데 둘이네. 왜 두 명이 나란히 떠올라? 아, 돌겠다.
나는 작게 한숨을 뱉었다.

❈

다시 보자던 신은 그 이후 닷새가 지나도록 소식이 없었다.
그렇다. 닷새. 아윈이 내게 준 '생각할 시간'의 마지막 날!
'오늘이 아윈에게 답을 줘야 하는 날인데…….'
기분이 복잡했다. 도대체 신은 무슨 대안을 준비했다는 걸까.
왜 다른 신의 도움이 필요한 거고……. 내가 이 세계 아윈의 곁에 평생 남겠다는 답은, 어떻게 거짓말이 되지 않을 수 있다는 거지?
'나를 반으로 나누기라도 할 작정인가?'
솔로몬……!
나는 멍하니 발을 움직였다. 복도를 거닐면서 이런저런 생각을 거듭하다 보니 나중에는 내가 어디로 가는지도 알 수 없게 됐다.
"반려 노예님!"
정처 없이 걷던 행위를 멈춘 건, 나를 부르는 밝은 목소리를 들은 직후였다.
"예일로?"
"어디 가세요?"
날 부르고 내 앞으로 다가온 예일로가 예의 환한 얼굴로 질문해 왔다. 악마 소동 때 부상을 입었던 예일로는 며칠 전에 치료 및 요양을 끝내고 지금은 완전히 멀쩡해진 상태였다.
"아무 데도 안 가요."

나는 예일로의 복장에 눈길을 주었다.
"그러는 예일로야말로 어디 가요?"
예일로는 외투를 챙겨 입고 어깨에 가방까지 메고 있었다.
"아, 저는…… 근처 마을에 다녀오려고요. 살 것이 있어서."
"그렇구나."
"……혹시 바쁜 게 아니라면, 같이 가실래요?"
"응?"
"벼, 별 뜻은 없고요! 그냥 가까우니까, 산책 겸 함께 다녀오면 좋지 않을까 해서……."
"얼마나 걸리는데요?"
"왕복 두 시간이요! 가는 데 한 시간, 오는 데 한 시간……."
그럼 쇼핑하는 시간까지 해서 대략 세 시간 정도 걸리는 건가. 뭐, 그 정도면 산책의 범주에 끼워줄 만하네. 나는 고개를 끄덕였다.
"좋아요, 가요."
"정말요?"
예일로는 내 수락에 지나치게 기뻐했다. 녀석, 친구가 없나……?
'마을에 가면 맛있는 거나 사 줘야겠다. 빚 갚을 겸.'
이 세계를 떠나기 전에 마침 기회가 생겨서 잘됐다 싶었다. 안 그래도 예일로가 악마한테 다친 이후 줄곧 은근하게 부채감이 있었는데……. 이참에 비싼 걸로 골라 먹여야지.
'돌아오면 마탑에 아윈이 와 있으려나.'
잠깐 생각하다가 고개를 저었다. 굳이 벌써 머릿속을 번잡하게 만들지 말자. 어차피 이따가 아윈을 만나면, 싫어도 아윈에 관해 잔뜩 생각하게 될 텐데.

나는 머리를 단순하게 비워내기 위해 노력하며 예일로를 따라서 걸음을 옮겼다.

❈

예일로의 말대로 근처 마을까지는 걸어서 한 시간가량밖에 걸리지 않았다. 마을에 도착한 이후로는 평범한 쇼핑이 삼십 분 가까이 이어졌다. 예일로는 노란색 조화로 구성된 꽃바구니와 노란색 병에 든 향수, 노란색 보석이 박힌 머리핀을 샀다.

음, 지독하군. 하지만 지독할 수도 있지. 지독하면 뭐 어때.

나는 지독한 취향을 가진 예일로와 함께 예일로의 지독한 취향에 맞춘 지독한 물건을 파는 가게에서 벗어나 지독한 거리, 아니, 그냥 거리로 지독하게, 아니, 평범하게 나왔다.

“더 살 거 있어요?”

“……아뇨, 이 정도면 충분한 것 같아요.”

“그래요. 그럼 이제 식사라도 하러 갈까요? 제가 살게요.”

“네? 반려 노예님이요?”

“제가 노예긴 해도, 빈털터리는 아니거든요.”

나는 내가 거지가 아니라는 사실에 크게 놀란 것처럼 보이는 예일로를 이끌었다.

“오는 길에 보니까 저쪽에 괜찮은 레스토랑이…….”

“꺄아아아아!”

깜짝이야! 웬 비명?

나는 화들짝 놀라 새된 비명이 들린 방향으로 고개를 돌렸다. 그러자 웬 여성이 뒤로 무장한 사람을 잔뜩 대동한 채, 이쪽을 보면서 입을 가리고 있는 모습이 보였다.

이내 입을 가린 손을 내린 여성이 소프라노 가수처럼 높은 목소리를 냈다.

"예에에에에이이일로오오! 역시 여기에 있었구나! 드디어 찾았어!"

예일로? 방금 예일로라고 부른 거 맞지?

이어서 예일로가 상대방의 부름에 답하듯 낮게 깔리는 음성으로 말을 뱉어냈다.

"……쾨 백작……!"

응? 무슨 쾨?

대충 세 글자인 것 같은데, 목소리가 작아서 제대로 듣지 못했다. 하지만 상대의 이름을 자세히 다시 물을 여유는 주어지지 않았다.

"얘들아, 재워."

그러기 전에 뭔 쾨 백작이라고 불린 여성이 제 뒤에 도열한 무리에게 명령을 내렸으니까. 여성의 명령이 떨어지자마자 무리 중 마법사로 추정되는 이들이 일제히 지팡이를 들었다.

"……!"

그 광경을 보는 즉시 재빨리 품에 손을 넣었지만, 미처 스크롤을 꺼내기도 전에 눈앞이 깜깜하게 물들었다.

"……일로. 나의 귀여운 예일로."

……헉!

나는 말도 안 되는 말을 들으면서 번쩍 정신을 차렸다. 누구야. 방금 누가 예일로에게 귀엽다는 소리를 내었어?

'아.'

나는 곧 '누구'의 정체를 직접 눈으로 확인할 수 있었다. 차고 딱딱한 바닥에서 벌떡 일어나 앉자마자 정면에 박힌 철창 사이로 한 여성의 뒷모습이 보였다.

저 사람은 분명, 아까 그 어떤 쾨 백작…….

'잠깐, 철창?'

눈을 깜박거렸다. 뒤늦게 내가 어디에 있는지 알아차렸다. 감옥이잖아. 거기다 자세히 보니, 감옥신세가 된 것은 나뿐만이 아닌 것 같았다. 어쩌고 쾨 백작이 내 맞은편 감옥에 갇힌 예일로에게 말을 걸었다.

"왜 나를 떠났어?"

"……."

"응? 멋대로 나한테서 도망쳤던 이유가 뭐냐고 묻잖아."

예일로는 대답하지 않았다. 나는 무심코 숨소리를 죽이고 저쩌고 쾨 백작이 하는 말에 집중했다.

'왜 떠났냐고? 설마 예전에 연인 사이였나?'

그렇다면 지금 이 상황은, 사랑과 전쟁? 미친 사랑의 추격전……?

'그리고 그 추격전에 휘말린 비운의 엑스트라, 나?'

그때 침묵하던 예일로가 목소리를 냈다.

"어떻게 내가 여기에 있다는 걸 안 겁니까?"

그 질문에 블라블라 쾨 백작이 대답했다.

"저런, 예일로. 나를 대체 얼마나 멍청이로 여긴 거니?"

"……."

"연고도 없는 마법사가 내 품에서 벗어나 갈 만한 곳이라고 해봐야 마탑밖에 더 있겠어?"

예일로에게는 연고가 없구나. 아무개 쾨 백작 덕분에 새로운 사실을 알았다.

"마탑으로 찾아갈까 하다가 혹시 몰라서 마탑과 가장 가까운 마을에서 기다렸는데, 운 좋게 네가 나타나 준 거야."

"……."

"뭐, 어쩌면 운이 아니라 운명이었을지도 모르지."

"개소리 마십시오."

예일로가 날카롭게 받아쳤다.

헉, 전 연인에게 너무하잖아. ……아니지, 진짜 너무한 건 예일로를 이런 데다 가둔 저 백작인가. 아무리 사랑해도 그렇지, 이건 빼도 박도 못하게 범죄인데.

"자나쾨 백작님."

그 순간 예일로가 또렷한 목소리로 백작을 불렀다. 이번에는 정확히 들었다. 나는 드디어 백작의 이름을 확실하게 알게 되었다.

자나쾨 백작이었구나!

자나쾨……. 그것참, 자본주의가 낳은 괴물 같은 이름인걸.

"부탁입니다. 날 놓아주세요."

"싫은데. 내가 왜?"

"저를 대신할 사람은 얼마든지 있지 않습니까?"

"아니, 그렇지 않아. 그건 네 착각이야, 예일로. 네 대용품은 그 어디에도 없어."

자낳괴, 아니, 자나괴 백작이 단호하게 말했다. 역시 미친 사랑의 추격전…….

"나한테 도대체 어디에 가서 너 같은 유능한 일꾼을 다시 찾으라는 거야?"

……어?

"빌어먹게 깜찍한 예일로야. 넌 절대 내게서 못 달아나. 앞으로는 다신 어디로도 날아갈 수 없게 마력을 잃고 발목이 으스러진 채로 내 옆에서 일해줘야겠어."

"……."

"평생!"

귀에 박힌 충격적인 말에 나는 꼼짝없이 굳어버렸다. 그사이 자나괴 백작이 예일로가 갇힌 감옥의 입구에서 한 걸음 뒤로 물러났다.

"여기서 떠날 준비가 끝나면 다시 올 테니, 그때까지 네 마력과 발목에 작별 인사나 하고 있으렴."

말을 마치고 자나괴 백작이 돌아섰다. 이어 나와 눈이 마주친 백작이 내게 윙크를 보내곤 구두 소리를 내며 멀어졌다. 나는 소름이 오소소 돋은 채로 정지해 있다가, 잠시 후 철창에 달라붙어서 예일로를 불렀다.

"예일로! 괜찮아요?"

"……반려 노예님?"

그새 수척해진 예일로의 얼굴이 이제야 눈에 들어왔다.

맙소사, 반쪽이 됐네. 이해된다. 그럴 만도 하지! 다른 것도 아니고 정신이 나가 버린 악덕 전 상사가 자길 잡으러 왔는데!

사랑과 전쟁이 아니라 그냥 전쟁이었다. 이별한 옛 연인이 아니라 퇴사한 옛 부하 직원을 감금한 거였어! 전자도 충분히 문제긴 하지만 후자는 진짜……. 어떻게 사람이 그래……. 예일로의 불쌍한 처지에 눈물이 앞을 가렸다.

"반려 노예님, 깨어나셨군요."

"조금 전에 일어났어요."

나는 무슨 말을 하면 좋을지 고민하다가 입을 열었다.

"저, 예일로. 굉장히 지독한 사람과 일했었네요."

위로한답시고 건넨 말에 예일로가 힘없이 고개를 떨어뜨렸다.

"……맞아요. 쓰레기 같은 사람 밑에서 일했죠."

"……."

"저도 쓰레기였어요."

"아니, 그런 뜻은……."

"자나쾨 백작은 노예상이에요. 그리고 저는 그런 백작의 돈을 세탁하는 일을 맡았었죠."

뭐? 쓰레기였네.

나는 자기 자신이 쳐 죽일 쓰레기 개잡종 인간말종 폐기물-이렇게까지 말하지는 않았다-이었다고 고백한 예일로를 떨떠름하게 보다가 문득 물었다.

"근데 왜 그만두고 도망친 거예요?"

내 착각일지도 모르지만, 백작과 다시 맞닥뜨린 예일로에겐 사연이 있어 보였다. 예일로는 내 질문에 잠시 주저하다가 답을 주었다.

"……어쩌다 친해진 노예가 한 사람 있었는데, 죽었어요."

"……."

"자나쾨 백작에게 말대꾸했다는 이유로."

아, 저런. 목구멍에 걸린 탄식을 참을 때 말이 이어졌다.

"그런데 우스운 건, 그 사람이 나 때문에 백작에게 말대꾸했었다는 거예요."

"……."

"그날 제가 백작에게 뺨을 연거푸 얻어맞고 있었거든요. 일을 실수하는 바람에."

"……."

"제가 얻어맞든 말든 그게 자기와 무슨 상관이라고, 굳이 백작을 말리다가……."

지난 일을 떠올리는 행위가 괴로운지, 예일로의 호흡이 눈에 띄게 거칠어졌다. 나도 모르게 말했다.

"그만 말해도 괜찮아요."

"저를 신경 써주시는 거예요? 상냥하시네요."

"……."

"그거 아세요? 반려 노예님, 실은 그 사람을 닮았어요."

추가된 고백에 나는 눈을 동그랗게 떴다.

"저요?"

"네. 정말 많은 점이 비슷해요. 머리가 노란색인 것도, 노예가 되었는데도 무척 밝은 것도, 이름이 없는 것까지……."

가만, 뭐라고? 이름?

'설마 지금까지 내가 이름이 없는 줄 알고 있었단 말이야?'

아, 그래서 여태 한 번도 나한테 이름이 뭐냐고 물어본 적이 없었던 건가?

'……혹시 아윈도?'

그럴듯한 가정에 멈칫하는 찰나 예일로의 말이 이어졌다.

"반려 노예님을 보면, 그 사람이 떠올라요."

나는 철창 너머로 예일로를 빤히 응시했다.

'호감도 50의 비밀이 이거였다니.'

하긴. 단순히 같은 노란 머리라서 보이는 호의치고는 종종 과하다고 생각되긴 했지. 나만 보면 먼저 다가와 말을 걸었던 것도, 악마가 공격했을 때 몸을 던져 나를 지켰던 것도 저런 이유라면 수긍이 된다.

"사실은 저, 반려 노예님에게 같이 떠나자고 할 생각이었어요."

"네?"

"노예 계약이 끝나면 저와 함께 가자고, 만약 계약에 기한이 없다면 제가 데리고 도망치겠다고 하려 했는데……."

예일로는 그러더니 갑자기 눈물을 뚝뚝 흘리기 시작했다.

"그런데 현실은 이런 꼴이 되어버렸네요. 정말 죄송해요, 반려 노예님. 자나쾨 백작은 탐욕스러운 작자라 저뿐 아니라 반려 노예님도 놓아주지 않을 거예요."

나는 자나쾨 백작이 내게 윙크했던 것을 떠올렸다. 그럴 것 같다.

"전부 저 때문이에요. 마탑에서 나오지 말걸. 아니, 나오더라도 혼자 나올걸. 반려 노예님께 드릴 선물 같은 거, 혼자서 사도 되는 거였는데……."

아, 그게 내 선물이었어?

"으흡, 흑. 역시 저는 쓰레기예요. 그 사람을 죽게 했던 걸로도 모자라 반려 노예님까지 이 꼴로 만들고. 난 멍청이야. 등신, 얼뜨기, 머저리……."

예일로의 자책이 점점 심해졌다. 저러다 벽에 머리라도 박으면 곤란하다. 나는 목청을 키웠다.

"예일로, 진정하고 우리 일단 여기서 나가요."

"……나가고 싶어도, 그럴 방법이 없어요. 저는 지금 마력 억제 수갑을 차서 마법을 못 쓰거든요."

예일로가 무능력해진 본인의 상태를 털어놓았다. 별로 상관은 없었다. 난 애초에 예일로에게 꺼내달라는 의미로 말을 한 게 아니니까.

"아뇨. 있어요, 방법."

몸수색을 당했는지 가지고 있던 스크롤들은 사라진 지 오래다. 그렇지만 내가 믿는 건 스크롤이 아니었다. 나는 입고 있던 원피스의 치마 밑단을 잡고 힘주어 뜯었다.

투두둑!

원피스 치마의 가장자리가 요란한 소리를 내며 봉제선을 따라서 시원하게 뜯어졌다. 예일로가 곧바로 의아한 목소리로 나를 불렀다.

"반려 노예님?"

나는 대답하지 않고 하던 것을 계속했다. 과자 봉지의 입구처럼 뜯긴-그리운 손맛이었다-치맛단 안으로 손을 넣어 치마의 안감과 겉감 사이를 뒤적거렸다. 그러자 곧 손가락 끝에 작은 솜뭉치가 걸렸다.

나는 솜뭉치를, 정확히는 솜으로 감싼 '어떤 물건'을 꺼내서 손에 쥐었다. 만감이 교차했다.

'정말로 이걸 꺼내는 순간이 올 줄은…….'

때는 신을 따라 내 세계에서 이 세계로 건너오기 직전. 말하자면, 그건 다분히 충동적인 일이었다.

'비장의 무기가 있으면 좋겠다는 생각이 들었었지.'

그것도 그냥 비장의 무기가 아닌 비장 중에서도 비장, 최고의 비장, 비장의 왕, 오늘 밤 비장 주인공은 나야 나, 이보다 더한 비장은 없다, 비장_최종_진짜최종_진짜진짜최종…….

여하튼 그러니까 '실로 그 어떤 자력구제 수단도 없는 진정한 위기 상황에서 짜잔! 하고 꺼낼 무기가 있다면 믿음직하겠다' 하는 발상이 내가 현재 이처럼 치마에 '이 물건'을 숨겨두게 된 배경이었다.

덧붙여 치마의 안감과 겉감 사이에 물건을 넣어서 숨기는 방법은, 김혜정일 때 봤던 제목도 기억나지 않는 한 영화를 참고했다.

'고맙습니다, 영화의 주인공님.'

당신 덕분에 제가 가진 짐을 다 털리면서도 이 비장의 무기만은 무사히 지킬 수 있게 되었어요.

'자나괴 백작이 사람을 납치해서 옷을 갈아입히는 게 취미인 변태는 아니어서 다행이다.'

그랬으면 계속 꼼짝없이 감옥에 갇혀 있을 뻔했지. 나는 모양을 감추기 위해 겉을 감쌌던 솜을 벗겨내고 '물건'을 왼손 네 번째 손가락에 끼웠다. 그러곤 벌떡 일어나 감옥 구석의 벽에 달라붙으면서 외쳤다.

"예일로, 구석에 붙어서 머리 조심해요! 가라, 약혼반지! 메테오!"

우르르릉!

콰앙! 쾅!

바깥으로 추정되는 곳에서 굉음이 연달아 들렸다. 한 번으로는 감옥까지 부수기엔 좀 부족한가. 그렇다면 한 번 더.

"메테오! 메테오!"

인심 썼다. 원 플러스 원이다.

콰아앙!

"……!"

인심 가득 메테오의 위력은 상당했다. 나는 폭삭 무너져 내린 감옥 입구 쪽의 천장과, 천장의 파편에 깔려 처참하게 파괴된 철창을 확인하곤 쾌재를 불렀다.

'됐어!'

그렇다. 이쯤에서 잠시 소개하는 시간을 갖자면, 내가 챙겨 온 비장의 무기는 다름 아닌 약혼반지였다.

참고로 결혼반지가 아닌 약혼반지를 가져온 이유는 단순하다. 잃어버릴까 봐 걱정됐거든. 다른 세계에서 잃어버리면 그걸 어떻게 찾아. 분실물 센터도 없는데!

'몇 년 만에 쓰는 건데, 위력은 여전하네.'

하긴, 약혼반지나 결혼반지나 둘 다 누가 만든 반지인데.

급격히 한 사람이 보고 싶어졌지만, 지금은 그리움에 빠져 있을 때가 아니다. 나는 감옥에서 쏜살같이 튀어 나가 예일로를 불렀다.

"예일로! 나와요!"

예일로가 갇힌 감옥도 내가 있던 감옥처럼 입구가 반쯤 무너진 상태였다.

"……바, 반려 노예님."

예일로는 후들거리는 다리를 이끌고 감옥에서 걸어 나왔다. 나를 보는 예일로의 눈이 갓 태어난 새끼 사슴처럼 떨리는 그의 다리보다 더 심하게 대지진을 일으켰다.

음, 동공 분열하겠다. 저거 예전에 아로브럭이 곧잘 하던 건데.

"대마법사셨나요……?"

"아뇨."

"네? 그런데 어떻게 지금……."

"자세한 건 나가서 말해줄게요. 지금은 자나쾨 백작이 오기 전에 도망치는 게 우선이니까 어서 가요."

자나쾨 백작을 언급하자 예일로도 정신이 돌아온 것 같았다. 동공지진을 가라앉힌 예일로가 급격히 비장해진 얼굴로 고개를 끄덕였다.

"예."

❖

나와 예일로는 웬 허허벌판에 세워진 작은 사원에 갇혀 있었다. 밖으로 나온 우리는 일단 뛰었다. 당장 중요한 것은 무엇보다도 자나쾨 백작의 추격을 따돌리는 일이었다.

그렇게 예일로와 나는 최선을 다해서 달리고 달리고 또 달렸고, 그 결과…….

"이 망할 귀염둥이들아!"

자나쾨 백작에게 바로 붙잡혔다. 아오!

나는 인상을 찌푸리고 자나쾨 백작을 쳐다보았다. 상대는 양쪽에 마법사를 끼고 허공에서 천천히 내려서고 있었다.

'저걸 어떻게 따돌려?'

우린 뛰어서 도망치는데, 쟤는 날아서 쫓아오다니! 비겁하다! 치사하다!

주변을 슬쩍 둘러보았다. 나와 예일로의 주위에는 이미 우리를 따라잡은 기사와 마법사들이 잔뜩 포진해 있었다. 참고로 기사들은 말을 타고서 따라왔다. 재수 없어.

"어떻게 마법을 썼지, 예일로?"

자나쾨 백작은 지상에 내려서자마자 예일로를 노려보았다.

"분명 마력 억제 수갑을 채워 놓았는데……."

"감옥을 파괴한 걸 이야기하는 거라면, 내가 쓴 마법이 아닙니다."

"뭐? 그럼?"

예일로가 나를 쳐다보았다. 백작도 나를 쳐다보았다. 곧이어 자나쾨 백작의 얼굴에 노골적인 불신의 빛이 떠올랐다.

"노란 너구리, 네가?"

잠깐, 내가 왜 노란 너구리야?

"……!"

예일로, 너는 왜 깨달은 표정을 짓는 건데? 어휴. 나는 작게 한숨을 내쉬곤 당당히 앞으로 나섰다.

"응, 마법 내가 썼어."

"의외인걸. 전혀 그렇게 안 보이는데……. 마법사였나?"

"아니."

"뭐라고? 마법사가 아닌데, 무슨 수로 마법을 썼지?"

"안 알려줌."

"……."

자나쾨 백작의 표정이 무참하게 일그러졌다. 하핫, 쌤통.

"재미없는 말장난을 즐기는구나. 어디, 그 태도가 어디까지 가나 보자. 엉엉 울면서 그 입으로 일주일 전에 먹은 음식까지 실토하게 만들어주마."

"뭐? 그건 기억이 안 나는데. 내 기억력을 그 정도로 고평가해 주다니, 영광……."

"닥쳐! 잡아!"

자나쾨 백작이 날카롭게 명령을 내렸다.

어림없지! 나는 즉각 반지를 낀 왼손을 내밀고 외쳤다.

"메테오!"

우르릉! 쾅! 콰앙!

"악!"

"끄악!"

붉게 물든 하늘에서 불덩어리가 쏟아져 내렸다. 순식간에 주변이 초토화되고, 자나쾨 백작의 부하 중 다수가 전투 불능이 되어 자리에 쓰러졌다.

"……!"

머릿수로 따지면 아직 멀쩡한 인원이 더 많긴 했지만, 그 멀쩡한 나머지도 메테오의 위력에 당황했는지 나와 예일로에게 달려들던 것을 멈췄다.

자나쾨 백작 또한 놀란 듯 멈칫했다가 이내 이를 갈았다.

"저 미친 너구리가!"

노란 너구리에서 미친 너구리로 진화했군. 뭐가 더 나은지는 잘 모르겠다. 내 바람을 말하자면, 앞부분이 아닌 너구리 쪽을 교체해 줬으면 좋겠어.

"잡아! 저 건방진 잡종 너구리를 어떻게 해서든 잡으라고!"

내 바람은 휴지 조각이 됐다.

그래도 이 와중에 마음에 드는 건, 메테오에 겁을 먹었는지 기사와 마법사들이 자나퀴 백작의 명령에도 쉽사리 내게 달려들 엄두를 내지 못했다는 점이다.

'그래, 차라리 이대로 마무리가 된다면…….'

나는 평화를 좋아하는 너구리, 아니, 아오! 짜증 나네. 세뇌됐나. 아무튼 평화와 팝콘을 사랑하는 평범한 사람이다.

애초 처음에 정면 승부를 피해서 굳이 도망치는 길을 택했던 것도 기왕이면 전투 없이 이 상황에서 벗어나길 바라서였다. 지금도, 적이지만 구태여 상대편을 전멸시키고 싶진 않았다. 자나퀴 백작아, 내 텔레파시를 받았다면 이쯤에서 이만 부하들을 물리고…….

"저 너구리를 산 채로 잡는 녀석에겐 저택 한 채, 아니, 세 채를 포상으로 주겠다!"

〈SYSTEM〉 텔레파시가 실패했습니다.

〈SYSTEM〉 자나퀴 백작이 [자본주의 공격]을 사용했습니다.

〈SYSTEM〉 효과는 굉장했다!

〈SYSTEM〉 기사와 마법사들에게 [내 집 마련의 꿈] 버프가 걸렸습니다. [너구리 생포] 의욕이 100 상승합니다.

'아, 진짜……!'

좋아, 저렇게 나온다 이거지. 그렇다면 나도 어쩔 수가 없다. 끝장을 보자. 저쪽 세계 마탑 안주인의 위력을 보여주겠어.

나는 금방이라도 내게 다시 달려들 태세를 갖춘 기사와 마법사들을 보며 입을 열었다.

"메……!"

파지지직!

……어라?

시동어를 완성하기도 전, 나와 예일로 주변에 벼락이 떨어졌다. 웬 벼락? 약혼반지에 벼락 마법은 새겨져 있지 않을 텐데. 아니, 무엇보다 나는 아무 말도 안 했는데?

"크악!"

"아악!"

벼락은 연속해서 내리꽂혔다. 자리에 나와 예일로를 제외하고 서 있는 사람이 아무도 남지 않게 되기까지는, 정말이지 아주 잠깐밖에 걸리지 않았다.

"으으……."

"끄으……."

번뜩 정신을 차렸다.

바삐 주변을 살피니, 바닥에 쓰러져 신음하는 이들 중 놀랍게도 죽은 사람이 한 명도 없다는 사실이 눈에 들어왔다. 설마 일부러 죽지 않게 정확히 힘 조절을 한 건가? 벼락을 그처럼 마구잡이로 내리꽂는 와중에?

그런 일을 할 수 있을 만한 사람은…….

"탑주님!"

예일로가 마침 내 머릿속에 떠오른 사람을 불렀다. 고개를 들었다.

허공에, 정말로 아윈이 있었다.

눈을 깜박이면서 멍하니 상대를 응시하는 사이, 아윈이 내 앞에 내려섰다.

'검은 옷이네.'

웬일인지 아윈은 흰색 의복이 아닌 검정색 의복을 갖춰 입고 있었다. 소매에 수놓아진 금색 자수가 근사했다. 이런 상황에서도 굉장히 잘 어울린다는 감상이 저절로 들었다.

으음, 솔직히 저 얼굴에 안 어울리는 옷이 있긴 하겠느냐마는!

"반……."

아원이 나를 향해 입을 열었다.

그때였다. 내 바로 옆에 있는 허공이 찢어지기 시작했다.

"어?"

나는 난데없이 눈앞에서 펼쳐지는 기이한 상황에 눈을 휘둥그레 떴다. 허공이 찢어진다니, 꽤 생소하게 들릴지 모르겠지만 그 말 외에는 정말로 당장 벌어지는 현상을 묘사해 낼 표현이 없었다.

그리고 그렇게 찢어진 허공에서 이내 한 사람이 불쑥 튀어나왔는데…….

"……아, 원?"

"라테."

넓은 품이 나를 끌어안았다. 동시에 폭발음이 들렸다.

콰앙!

반사적으로 눈을 질끈 감았다가 다시 떴다. 선명해진 시야에 들어온 것은, 나를 끌어안은 아원과 그런 아원을 공격한 아원이 서로 손을 교차해서 맞대고 대치하고 있는 모습이었다.

……내가 지금 무슨 말을 하는 걸까.

'이거 꿈인가?'

저절로 그런 생각이 들었다. 언제 잠든 거지? 선 채로 자버린 건가? 아니면, 혹시 헛것? 자나쾨 백작에게 쫓기느라 지나치게 무리한 나머지 피곤한 몸이 그만 헛것을 보기 시작한 건가? 아무래도 꿈보다는 헛것인 쪽이 더 가능성이 높을 것 같다.

나는 그렇게 생각하며 눈동자만 슬쩍 굴려서 예일로의 표정을 확인했다.

……헛것이 아니군! 좋아, 정정한다. 나한테만 보이는 헛것이 아니라면…… 역시 꿈인가? 나는 지금 자는 중인 건가?

선 채로 갑자기 잠에 빠지자니, 다소 황당하긴 하지만 아예 드문 일은 아니다. 다들 렘수면이라는 말이 익숙할 거다. 이 렘수면은 사실 알코올 '램'프가 있는 실험실에서 똑바로 서서 '수면'하는 지친 과학자의 모습을 나타낸 말로, 요즘처럼 다들 바쁜 세상에서는 과학자가 아닌 일반 사람도 흔히 겪는 일…….

'……일 리가 있나!'

현실도피를 그만두었다. 할수록 더 수렁에 빠지는 기분이다. 나는 혼란스럽게 두 명의 아윈을 응시했다.

와, 이걸 어쩌면 좋지? 이 둘이 만나게 되는 일은 상상도 해본 적 없다. 당연하다. 말이 안 되잖아! 그런데 그 말도 안 되는 상황이 일어났네. 세상에, 맙소사.

"뭐야, 너."

그때 살얼음 같던 침묵을 깨고 이 세계의 '아윈' 쪽이 먼저 입을 열었다. 내 세계의 '아윈'이 바로 받아쳤다.

"넌 뭔데."

아윈의 목소리가 양쪽에서 연이어서 들리니 머리가 핑핑 도는 것 같았다. 내 남편이자 내 세계의 아윈이 곧이어 말을 이었다.

"겉모습을 바꾸는 개잡스러운 마법을 썼다기엔, 네 더러운 면상에서 마나가 안 느껴지는데."

"너야말로 얼굴에 뭘 뒤집어쓰고 있는 거지? 연금술로 만든 가죽인가? 이렇게 보고 있으니 꽤 역겨운걸."

아윈과 아윈이 서로의 얼굴을 욕하기 시작했다.

자, 잠깐만요. 분위기가 살벌해지는 게 피부로 느껴진다.

망했다. 진짜 망했어. 만약 이대로 두 사람이 진짜로 싸우면 어떻게 되는 거지? 세계가 멸망하는 건가? ……가루로 변하나? 안 돼! 신이시여, 도와주세요. 부디 이 중생에게 위기를 타개할 계책을…….

'아.'

그러고 보니 신이 간절하게 도움이 필요해지면 자기 이름을 부르라고 하지 않았었나? 그래, 그거다. 지금이 바로 신의 이름을 불러야 할 상황이야.

……문제는 신의 이름이 도통 생각나지 않는다는 건데. 뭐였지? 제발 생각해 내. 제발 떠올려라, 내 머리.

"네 정체는 모르겠고, 사실 별로 궁금하지도 않지만."

신의 이름, 신의 이름…….

"한 가지만 경고하지. 뒈지기 싫으면 당장 내 반려를 놓고 떨어져."

네임 오브 갓…… 어?

멈칫했다. 방금 이 세계 아윈의 입에서 그, 뭐랄까, 그러니까 내 세계 아윈이 절대 들어서는 안 되는 한 단어가 튀어나왔던 것 같은데…….

"반려?"

아악!

"지금 누굴 보고 뭐라고 지껄인……."

떠올랐다. 떠올랐어.

신의 이름이 생각났다. 절체절명의 상황에 몰린 내 머리가 마침 내 한 건 해냈다.

나는 혹시나 내 세계의 아윈이 무슨 짓을 저지르지 못하도록 단단한 몸을 양팔로 꽉 부둥켜안은 채 외쳤다.

"티메!"

❈

의식이 잠시 아득해졌던 것 같다. 멀쩡한 정신과 시야를 되찾았을 때는, 나를 둘러싼 주변의 환경이 완전히 바뀌어 있었다. 온통 하얗고, 또 하얗고, 그리고…….

"신님?"

"안녕, 라테."

신이 내 앞에 서서 나에게 인사를 건넨 후 말을 이었다.

"내 이름이 들리자마자 우선 잠깐 시간을 멈추고 네 상황을 확인했어. 그런 다음에 너와 네 일행을 바로 여기로 데려왔는데……."

신이 황당하다는 듯 내 뒤쪽에 시선을 주었다.

"별일이 다 있지. 대체 어떻게 이 세계로 건너온 건지."

"아윈!"

신의 시선을 따라서 고개를 돌리자 바닥에 누운 아윈이 보였다. 아윈은 눈을 감은 채 움직이지 않았다. 나는 후다닥 아윈의 곁에 달라붙었다.

"얘 왜 이래요?"

"잠깐 재운 거야. 넌 예외지만, 원래 여기엔 사람이 의식이 있는 채로는 들어올 수 없거든."

"……여기가 어딘데요?"

"신계."

나는 깜짝 놀라 신을 쳐다보았다.

"신계요? 신계라면……."

"그래, 신들이 사는-"

"신님이 몇 날 며칠 무릎을 꿇은 장소잖아요."

"으응, 그것도 맞는 말이긴 해."

여전히 아윈의 곁에 꼭 붙은 채로 주위를 둘러보았다.

"신기하다. 근데 아무것도 없네요."

"필요한 건 그때그때 만들어내면 되거든."

신은 그렇게 말하더니 갑자기 자리에 침대를 소환(?)했다.

"자, 네 남편 여기 눕혀."

"……감사해요."

나는 신의 배려에 고개를 끄덕이고 바로 아윈을 번쩍 들어서 침대에 눕혔다. ……는 내 상상이고, 실제로는 도와달라는 의미로 재차 신을 쳐다보았다.

아윈 키가 180이 넘는데, 내가 무슨 수로 들어? 얘가 옷을 입고 있으면 마른 것처럼 보여도 막상 벗겨놓으면 근육이 제법 많아서 생각보다 더 무게가…… 뭐, 어쨌든 내 힘으론 무리입니다.

신은 아윈을 침대에 눕히는 것까지 순순히 도와주었다. 이어서 소파를 만들어내 나를 앉히곤 말했다.

"그나저나 라테, 마침 잘됐어. 안 그래도 네게 찾아가려던 참이었는데, 그냥 여기에서 이야기해도 되겠다."
"네? 무슨 이야기요?"
"잠깐만 기다려 줄래?"
그러더니 신은 말 그대로 나를 '잠깐만' 기다리게 했다. 자리에서 사라졌다가 금세 다시 나타난 신은 이전과는 달리 혼자가 아니었다.
"안녕? 네가 바로 라테 엑트리구나!"
"안녕하세요."
"후후, 내가 누군지는 알고 인사하는 거니?"
고개를 꾸벅 숙이면서 인사했더니 분홍색 머리카락을 어깨까지 기른 상대가 눈매를 부드럽게 휘었다.
"신님이겠죠."
신계에서 등장했으니 말이지.
"정답이야. 네 말이 맞아. 나는 메미, 기억을 다스리는 신이야."
앗, 이름이…….
"내 이름이 왜?"
"아름다워서요."
신은 생각을 읽을 수 있지. 그렇다면 머릿속에 떠오른 이미지도 엿볼 수 있는 걸까? 생각하지 말자. 한국의 여름을 대표하는 모 곤충의 이미지를 절대로 떠올리지 마…….
머릿속 이미지를 통제하기 위해 안간힘을 쓰는 찰나, 기억의 신이 말을 이었다.
"그거 아니? 티메의 부탁으로 이번에 내가 널 돕게 됐어."
"네?"
그 순간, 매미고 나발이고는 더 이상 중요하지 않게 됐다. 나는 급히 신을, 그러니까 티메를 돌아보았다.

"무슨 말이에요? 설마?"

"맞아. 전에 내가 말했던 '대안'에 관한 거야."

나도 모르게 티메의-신이 둘이 되었으니 이제부터는 이쪽을 이름으로 지칭하겠다-얼굴과 무릎을 번갈아 응시했다. 반드시 도와주게 하겠다고 말하더니…….

"성공했네요."

"당연하지. 이래 봬도 신이야. 약속한 건 지켜."

"자아, 라테 엑트리. 내가 어떤 도움을 줄지 궁금하지 않니?"

시간의 신이 말했다. 나는 냉큼 고개를 끄덕였다.

"궁금해요."

"내가 설명해 줄게."

티메가 나서서 발화자를 맡았다. 말이 이어졌다.

"사실 이 자리에 전부 부르지는 않았지만, 도와주기로 한 건 메미만이 아니야. 조각을 다루는 신도, 생명을 다루는 신도 우리를 도울 거야."

"네?"

"어떻게 할 거냐면……."

진행되는 이야기를 들으면 들을수록 내 눈이 점점 커졌다. 티메의 설명은 길고 상세했지만, 그걸 최대한 짧고 간략하게 줄이면…….

"제 복제를 만들겠다는 거네요?"

"그런 셈이지."

우선 조각의 신이 나와 똑같이 생긴 '육신'을 빚어낸다. 그러면 그 육신에 생명의 신이 이번 생에서만 존재할 임시 '영혼'을 불어넣고,

마지막으로 기억의 신이 나에게서 필요한 '기억'을 복사해서 위의 생명체에 넣어주면…….

'복제 라테 탄생이네.'

맙소사. 이게 바로 그 대안이었다니!

"그럼 저 대신 이렇게 만든 제 복제가 이 세계에서 아윈과 함께 지내는 거예요?"

"응. 참고로 수명은 165살로 설정했어."

뭐라고? 내가, 아니지, 내 복제가 장수왕보다 오래 산다고?

"너무 긴 거 아니에요?"

"아윈 헤브림의 수명에 맞춘 거야. 비슷하게 살아야 평생 함께할 수 있을 테니까."

"……아윈이 165살까지 살아요?"

갑자기 얻게 된 정보에 눈을 깜박거렸다. 티메가 대답해 주면서 설명을 덧붙였다.

"그래, 다만 어디까지나 내 세계에 있는 아윈 헤브림에 한해서야. 네 남편의 수명은 몰라. 그건 네 쪽 세계를 다스리는 신만이 아는 사실이거든."

"아하……."

나는 고개를 끄덕거리면서 생각에 잠겼다.

'아마 비슷하게 살겠지? 어쨌든 같은 아윈이니까.'

165살이라……. 길게 사는 걸까? 사실 잘 모르겠다.

보통 사람이라면 당연히 길다 못해 기이이이일다고 할 만큼 오래 사는 거겠지만, 보통 사람이 아니라 '아윈'이니까. 아윈이라면 왠지 이백 년, 삼백 년을 넘게 산다고 해도 별로 놀랍지 않을 것 같다고 해야 하나.

'하긴, 그 정도로 오래 살아서 좋을 건 딱히 없겠지.'

우선 내가 그 전에 죽을 테니까. 아윈의 수명이 길면 길수록 나 없이 살아가야 하는 기간이 늘어날 뿐이다. 사실 그런 점에서 보면 165살도 충분히 길다. 난 아마 백 살까지 살면 천수를 누린 셈이 될 텐데 말이야.

아, 65년이나 남네. 나는 무심코 아윈이 나 없이 혼자 남겨지는 상상을 하고 울적해졌다가, 곧 고개를 저었다.

'아니지.'

아윈은 '혼자' 남겨지지 않는다.

'오드가 있잖아.'

그렇다. 나와 아윈에겐 아이가 있었다. 아윈의 특징을 고스란히 물려받은, 그러니 적어도 아윈만큼 오래 살지 않을까 하고 기대하게 되는 아이가.

'……둘째도 낳을까?'

괜찮은데? 가족이 복닥거릴수록 아윈도 덜 외로울 거다. 아예 이참에 축구팀을 만드는 건 어떨까! 어디 보자, 축구가 한 팀에 열한 명이었나…….

"라테."

생동감 넘치는 상상 속에서 막 아홉째를 출산했을 때 티메가 나를 불렀다. 나는 상상을 멈추고 티메를 돌아보았다.

그리고 이때를 틈타 한 가지 말해주자면, 짧게나마 상상해 본 결과 축구팀은 무리일 것 같다는 결론이 났다.

왜냐고? 그랬다간 아윈의 머리카락이 남아나지 않을 것 같거든.

대머리는 좀 그렇잖아. 응, 좀 그래.

"왜요, 신님?"

"돌아갈래?"

"네?"

"네가 원한다면, 지금 바로 네가 원래 있었던 세계로 돌려보내 줄게."

"……."

"당연히 네 남편도 함께."

아원이 누운 침대로 흘긋 시선을 준 티메가 말을 이었다.

"넌 네가 이곳에서 해야 하는 일을 다 해줬어. 완벽하게."

"……."

"고마워. 내 부탁을 들어줘서."

"……아."

나는 아주 짧게 탄식했다. 그렇구나.

'끝났어.'

나는 할 일을 마쳤다. 내 역할은 더 이상 남지 않았다.

이 세계의 아원에게서 세상을 멸망시키지 않겠다는 말을 들었다. 비록 내가 평생 곁에 있는다는 조건이 붙은 말이었지만, 그 조건은 이제 내 복제가 대신 이행해 줄 테니까.

'난…….'

이 세계에 더 머무를 이유가 없다.

문득 아원이 생각났다. 그러니까, 이 세계에 존재하는 아원이.

"혹시 아원은 지금 뭘 하고 있을까요?"

내가 말하는 '아원'이 누구인지 바로 알아들은 티메가 즉각 답을 주었다.

"글쎄, 지랄발광?"

"……."

"네가 눈앞에서 갑자기 사라졌으니 꽤 당황하긴 했을 거야. 정 궁금하면 가서 보고 올까?"

"……아뇨."

굳이 그럴 것까지는.

"너무 걱정하지 마."

티메가 내 눈을 가만히 들여다보았다.

"네 복제는 금방 완성될 거거든. 적어도 아윈 헤브림이 세상을 부수기 전에는 완성해서 아윈의 곁에 데려다줄 거야. 아, 혹시 라테 네 복제가 완성되는 것까지 보고 갈래?"

"으음…… 아뇨."

살짝 망설였지만, 역시 고개를 저었다. 나와 똑같은 얼굴에, 똑같은 성격에, 심지어는 같은 기억을 공유한 복제라니. 궁금하지만 보고 싶지는 않았다.

좀 그래. 아니, 좀 많이 그래……!

'어차피 여길 떠나고 나면 내 복제가 있다는 것도 잊게 될 테고.'

나는 순간 떠오른 생각에 티메를 향해 입을 열었다.

"저, 신님. 제가 원래 세계로 돌아갈 때 여기서 있었던 일을 제 기억에서 지워주기로 했었던 거 말이에요."

"응, 왜? 지우기 싫어졌어?"

"그건 아니고요."

추억이라고 한다면 추억이라고 부를 수 있는 기억들이다. 하지만 평생 기억하는 것은 내게 별로 좋은 일이 아닐 것 같았다. 어쩐지 그런 예감이 들었다. 대신 나는 다른 부탁을 했다.

"며칠만 시간을 두고 지워주실 수 있을까요? 대략…… 일주일 정도요."

"음, 그래."

티메는 흔쾌히 승낙했다.

"어려운 일도 아니니까!"

그리고 곧바로 기억의 신의 공격을 받았다.

"이 티메 놈아, 어려운 일이고 아니고를 왜 네가 판단해? 기억 네가 지우니? 어? 네가 지워?"

나는 티메를 향해 다다다 쏟아지는 타박을 들으며 눈을 동그랗게 떴다.

"메미…… 신님이 제 기억을 지워주시는 거예요?"

"그럼! 기억은 내 전문이잖니."

그러네? 티메는 내 기억을 건드릴 수 없는 건가? 가만, 그렇다면 궁금해지는 부분이 있다.

"티메 신님, 그럼 그동안은 어떻게 했던 거예요? 제가 죽을 때마다 죽는 순간을 제 기억에서 지워줬잖아요."

"그건 기억을 지운 게 아니라, 네 시간을 돌렸던 거야."

"시간을 돌려요?"

"잠깐 정도라면 가능하거든. 너는 매번 네가 죽기 전으로 되돌아갔었어. 자세히 원리를 이야기하면 더 복잡한데…… 간단히 설명하면 그래."

맙소사. 내가 나도 모르는 사이에 연속 시간 여행을 하고 있었다고?

"신기하다."

"백 번의 제한이 있었던 것도 그래서야. 그 이상 개인의 시간을 되돌리긴 어렵다 보니."

"보기엔 저래도 신은 신이네."

"무슨 의미야?"

저런! 생각만 한다는 게 그만 말로 튀어 나갔다. 어차피 티메는 내 생각을 읽을 수 있으니 별반 차이는 없나?

내가 말없이 어색하게 웃으면서 티메의 시선을 피하고 있을 때, 상대의 목소리가 들렸다.

"어쨌든 네 죽음은 엄연히 말해 너한테는 '없었던' 일이야. 그러니 네가 혹시 나중에라도 그 순간들을 기억하게 될까 봐 걱정하진 않아도 돼."

"그런 걱정은 안 했지만…… 알겠어요."

나는 답한 뒤 기억의 신을 돌아보았다.

"메미 신님, 조금 전에 말하긴 했지만 다시 부탁드릴게요. 제 기억을 일주일 후에 지워주실 수 있을까요?"

"얼마든지!"

"라테, 그럼 이제 출발할래?"

티메가 물었다. 나는 망설였다.

그러나 정말 잠깐이었다. 이내 손을 뻗어 침대에 누운 아윈의 손을 잡았다. 단단히 깍지 껴 잡은 채로 대답했다.

"네."

떠난다. 영영 이 세계와 작별하는 거야. 영영…….

'행복할까?'

나도 모르게 한 사람을 생각했다. 내 생각을 읽어낸 티메가 답을 주었다.

"당연히."

다음 순간, 지척에서 카메라의 플래시가 터진 것처럼 눈앞이 하얗게 반짝였다.

❈

"아슬아슬했네!"

라테와 아원을 본래 그들이 있었던 세계로 돌려보내 준 후, 티메가 재차 신계로 발을 들였다. 그런 티메를 기억의 신, 메미가 맞이했다. 메미는 어느새 소환해 낸 화려한 의자에 편하게 앉아 다리를 꼬고 있었다.

"그렇지? 조금만 더 시간을 지체했다면 아원 헤브림이 깨어났을 테니까. 하마터면 난장판이 될 뻔했어."

메미의 말에 티메가 작게 한숨을 내쉬었다. 틀린 부분이 조금도 없는 말이었다.

"개판 될 뻔……."

"정말 놀랍네. 신의 능력에 저항하는 인간이라니."

티메는 아원을 신계로 데려오면서 직접 그를 재웠다. 그런데 아원이 티메의 의사에서 벗어나 저 알아서 깨어나려는 기미를 보였다.

"보아하니 세계도 제멋대로 건너온 것 같던데……."

의자 등받이에 몸을 기댄 메미가 고개를 살짝 기울이며 말을 이었다.

"순수한 인간이라면 절대 불가능한 일인데 말이야."

"……."

"역시 신의 핏줄은 다르다는 건가. 안 그래?"

티메는 집요한 메미의 시선에 순순히 입을 열었다. 어차피 상대는 이미 확신하고 있었다. 어설프게 부정한다고 해서 벗어날 수 있는 주제가 아니었다.

"……그래. 네 말이 맞아. 아윈 헤브림은 내 후손이야."

"이 정신 나간 티메야! 대체 언제 인간 세상에서 자식을 만든 거야? ……아, 설마 그때인가?"

그때.

메미의 언급에 티메가 고개를 끄덕였다.

"어. 수백 년 전, 내가 반마족이 돼서 지상에서 굴렀을 때."

꽤 먼 과거, 티메는 신으로서의 일에 무척 태만했던 죄로 지상에 떨어져 형벌을 받았던 적이 있다. 그 형벌이란 신의 능력과 기억을 잃은 채로 하나의 삶을 살아가는 거였다.

형벌이니만큼 비참한 삶이었다. 반쪽짜리 존재로 태어나 평생 차별받았고, 나중에는 타 종족과의 전쟁에 패배해 삶의 터전을 통째로 빼앗기기도 했다.

"형벌을 마무리 짓기 전에 한 인간을 만났고…… 아이를 낳았지."

"그래서 저런 말도 안 되는 인간이 탄생한 건가."

"더 정확히는 내가 반마족일 때 가졌던 아이기 때문이야. 인간과 반마족이 맺어지면, 후대에 드문 확률로 돌연변이가 태어나거든."

"아아, 맞다."

메미가 중얼거리며 덧붙였다.

"신의 핏줄에 더해서 돌연변이라…… 저만한 인간이 태어날 만도 하네."

이어서 그가 바로 깨달았다는 표정을 지었다.

"아, 그래서 네가 아윈 헤브리음을 위해서 이 정도로 나선 거구나? 단순히 후손이라서가 아니라, 돌연변이기 때문이었어."

"……."

"돌연변이는 높은 확률로 불행한 삶이 예정되어 있으니까. 이 세계 아윈 헤브리음의 불행이 네 탓이라고 생각한 거군."

"……생각한 게 아니라, 그게 사실이니까."

티메가 시인했다. 메미의 말대로, 돌연변이의 절대다수가 불행한 인생을 산다. 집단은 통상 '보통'에서 벗어나는 개인을 쉽게 배척하곤 하니까.

물론 예외도 있었다. 실은 아윈 헤브리음이 바로 그 예외였다. 돌연변이로 태어나든 말든, 그가 속한 집단이 그를 배척하든 말든 그에게는 처음부터 주어진 운명이 있었다.

과거의 연인을 다시 만나, 그와 이어질 운명. 그래서 어떻게 보면, 필연적으로 행복이 예정된 삶이었지만…….

'세계가 나뉘는 바람에.'

평행 세계가 생겨나는 것은 티메로서도 미처 예측하지 못했던 일이었다. 사실 평행 세계가 있다는 것도 알지 못했다. 본래 세계를 다스리던 신이 갑자기 안식에 들게 되어, 티메가 그 세계의 새로운 신이 되기 전까지는.

'얼마나 황당했는지.'

평행 세계에 존재하는 그의 후손은 불행하기 짝이 없는 삶을 살고 있었다. 얼마나 불행했는지, 무려 세계를 멸망시킬 계획까지 마친 상태였다.

티메는 마음이 복잡했다. 어떻게 하면 저 불행을 없애줄 수 있을까 고민했다.

메미에게 부탁해 유년기의 불행했던 기억을 지워주면 괜찮을까? 아니, 하지만 그 방법은 단지 상대를 '불행하지 않게' 하는 수준에서 그칠 뿐이다.

행복했으면 좋겠는데. 이를테면 이곳과 다른 세계에 사는 아윈 헤브림처럼…….

'……그래, 그때 라테 엑트리를 떠올렸지.'

평행 세계의 아윈이 본래 세계의 아윈과 달리 행복해지지 못한 건 다름 아닌 라테가 없기 때문이다. 그래서 티메는 세계를 건너가 라테 엑트리를 데려오는 방법을 택했다.

처음부터 복제를 만들어 아윈 앞에 데려다 놓는 수단도 있었지만 그러지 않았던 이유는, 첫째는 그때는 메미가 신의 수면이라고도 불리는 안식에서 아직 깨지 않은 상태였기 때문이고…….

'그리고 이곳의 아윈에게 진짜 라테를 한 번쯤은 만나게 해주고 싶기도 했고.'

티메는 잔잔하게 미소 지었다.

어쨌든 계획은 성공했다. 라테가 아윈을 행복하게 만들 수 있는 유일한 열쇠라는 판단은 맞아떨어졌다. 이곳의 아윈 헤브림은, 비록 신이 만들어낸 복제일지라도 '라테'가 곁에 있는 한 행복할 것이다.

평생.

"야, 티메."

메미의 부름에 티메가 고개를 돌렸다. 메미가 입을 열었다.

"너, 근데 이번 일 걸리면 그냥 넘어가기 어려운 거 알지? 나나 다른 신들이나 최대한 입을 다물어주긴 할 건데……."

혹시 모르니까 말이야. 그처럼 덧붙인 메미가 말을 이었다.

"재수 없으면 다시 지상에 떨어질 수도 있어. 이번엔 반반마족으로."

티메가 수백 년 전 반마족으로 살아갈 때 얼마나 개고생을 했었는지 아는 메미가 놀릴 겸 겁을 주듯 말했다.

"반반마족이 뭐야."

피식 웃은 티메가 어깨를 으쓱하며 받아쳤다.

"반반반마족이 된대도 뭐, 어쩔 수 없지."

나는 티메가 다스리는 평행 세계를 떠나 마침내 원래 세계로 돌아왔다. 티메가 멈춰두었던 원래 세계의 시간은 다시 흐르기 시작했다. 나는 반갑기 그지없는 내 세계, 나의 집으로 돌아와…….

"고객님."

이원에게 추궁을 당했다. 젠장!

"줄어들거나 빠지는 내용은 없었으면 좋겠어. 내가 여길 찢고 그 빌어먹을 잡놈을 다시 만나러 가기 전에."

"으응……."

아윈이 허공을 가리켰고, 나는 고개를 끄덕였다. 저 '빌어먹을 잡놈'이란, 당연히 평행 세계의 아윈을 지칭하는 거겠지.

'자기 자신한테 말이 너무 심한 거 아냐?'

……라고 말해도, 아윈한테는 딱히 그 아윈이 자기 자신으로 안 느껴지겠지만 말이야!

하긴, 나도 나랑 생긴 게 똑같다고 해서 즉각 '나'로 여길 수는 없을 것 같다.

'나는 멍청이야……. 기억의 신한테 내 기억만 일주일 후에 지우고, 아윈의 기억은 바로 지워달라고 했어야 했는데.'

후회는 아무리 빨라도 늦다. 난 한숨을 삼키고 아윈이 기다리는 설명을 시작했다.

"그러니까 이게 어떻게 된 거냐면."

어쩌고저쩌고. 블라블라. 떠벌떠벌. 삐약삐약 짹짹(?).

"……이렇게 된 거야!"

나는 시간의 신 티메와 처음 만나던 순간부터 조금 전 신계에서 나눴던 대화까지, 모든 것을 털어놓았다.

'내 죽음만 빼고.'

아윈은 내 이야기에서 줄어들거나 빠지는 부분이 없었으면 좋겠다고 말했지만, 정말이지 매우 부득이하게 저 내용만은 생략할 수밖에 없었다.

'내가 50번이나 죽었던 걸 알면, 이 무법자가 가만히 있을 리가 없잖아!'

눈따따를 걸고 장담한다. 듣자마자 허공 찢을 거야, 쟤. 가서 평행 세계의 아윈 상대로 깽판을 놓을 거라고! 최악의 경우에는 신과

한판 뜨려고 할지도 모른다. 안 돼, 그것만은 절대 안 되지.

"흐음……."

아윈은 이야기를 끝내고 조용해진 나를 묵묵히 바라보았다. 왜 저렇게 쳐다보지. 서, 설마 생략된 내용이 있다는 걸 눈치챈 건 아니겠지?

긴장 속에서 침을 꿀꺽 삼킬 때였다. 아윈이 목소리를 냈다.

"다친 곳은."

"……없어!"

"전혀?"

"응, 전혀!"

"무서웠던 적은."

"없었어!"

"아팠던 적."

"없었습니다!"

"나 보고 싶었던 적."

"없……."

반사적으로 대답하려다가 주춤했다. 야, 그거는.

"없었던 적이 없었습니다."

연하게 웃은 아윈이 나를 당겨서 안았다. 널따란 품에 파묻히자 심장 박동 소리가 들렸다. 아윈의 심장은 꽤 크게 뛰고 있었다. 듣자마자 약간 놀라 멈칫했을 만큼.

"놀랐어. 어느 순간 갑자기 세상이 멈춰 있어서."

나는 저 말에, 이 세계의 시간이 계속 멈춘 상태에서 아윈이 저 혼자 움직이기 시작했었음을 알 수 있었다.

세상에.

'과연 악마도 쥐어 패는 대마법사 먼치킨이란…….'

세상이 멈춰 있는데 나 혼자 움직인다는 건 어떤 기분일까. 나야 시간을 멈춘 장본인에게 설명을 들어서 어떤 상황인지 바로 알 수 있었다지만.

아윈이 느꼈을 당혹 및 다른 감정들을 유추해 보려 할 때, 아윈의 말이 이어졌다.

"특히 고객님이 이 세상에 없다는 걸 알았을 때는……."

문득 아윈의 표정이 궁금해졌다. 나는 아윈의 얼굴을 확인하기 위해 품에서 빠져나오려 했지만, 아윈이 나를 놓아주지 않았다. 몸에 힘을 줘서 버둥거려 봤지만 진짜 절대로 안 놓아줘서 그냥 포기했다.

……혹시 표정을 보여주기 싫은 건가?

"그때는, 좀, 끔찍했지."

"……근데 내가 이 세상에 없다는 건 어떻게 알았어?"

얌전히 아윈의 품에 안겨서 질문하자 즉시 답이 돌아왔다.

"전에 말했잖아. 고객님이 어떤 모습으로 어디에 있든 이제 바로 알 수 있다고."

"아, 맞다."

기억났다. 나는 머릿속을 더듬었다. 그러니까 그때가…… 이 년 전이었나? 삼 년 전? 여하튼 웬 악마 때문에 알뤼미트와 몸이 바뀌었을 때였지. 그때 모든 소동이 마무리되고 내 몸이 원래대로 돌아온 후, 아윈은 마탑 지하에 틀어박혀 오랜 시간 한 연구에 몰두했었다.

그리고 그 결과가…… 음, 간단히 말하면 영혼 GPS라고 할까? 아원이 있는 한 나는 차원을 옮기더라도 미아가 될 걱정은 없게 됐다. 이번에 마침 그걸 증명한 셈이고 말이지.

'하지만 아무리 그래도 아윈이 정말 세계를 건널 수 있을 줄은 몰랐네.'

내 남편의 능력, 어디까지 가나요!

나는 아윈의 가슴팍에 대고 얼굴을 비볐다. 그제야 나를 감싼 아윈의 팔에서 힘이 조금 빠지는 것이 느껴졌다. 이참에 아윈의 품에서 슬쩍 떨어져 고개를 들고 아윈과 시선을 맞춘 채로 말했다.

"다녀왔어, 남편."

"……."

"이제 아무 데도 안 갈게."

"……그래."

나는 눈을 감았다.

과거 로맨스 소설을 읽을 때, 꼭 이런 타이밍에서 입맞춤이 등장하는 것이 진부하다고 생각했던 적이 있었지. 그렇지만 지금의 나는 진부함을 사랑하게 됐다!

말랑한 감촉이 입술에 내려앉았다. 나는 기다렸다는 듯 양팔을 뻗어 아윈의 목 뒤를 끌어안았다.

"에슐라!"

"……아가씨!"

에슐라와 비숏, 디아나가 1박 2일 여행을 마치고 마탑에 돌아왔다. 나는 후다닥 달려가 에슐라와 부둥켜안고 자리에서 세 바퀴 정도 돌았다.

"이 정도로 반겨주실 줄은 몰랐는걸요."

조금 얼떨떨해하는 에슐라를 놓아주고 이번에는 디아나를 껴안았다.

"디아나!"

네 바퀴 돌았다. 좋아, 다음은…….

나와 눈이 마주친 비숏이 제자리에서 크게 흠칫했다.

"사, 살려주세요."

'흐음…….'

나는 겁에 질린 비숏을 보며 잠시 고민했다. 어차피 처음부터 끌어안을 생각 같은 건 없었지만 왠지 저러는 걸 보니까 시늉이라도 하고 싶어지는걸?

"이얍."

"히익!"

팔을 벌리면서 슬쩍 한 걸음 다가갔더니 비숏이 즉각 개구리처럼 펄쩍 뛰며 뒤로 후다닥 물러났다.

"저에게는 사랑하는 아내와 아이가!"

"장난이에요, 비숏. 안 껴안을 테니까 진정해요."

너무 짓궂었나. 나는 팔을 내리고 경기를 일으키는 비숏을 달래주었다.

사실 비숏의 반응이 재밌어서 좀 더 놀려먹고 싶기도 했지만, 그랬다간 저 심약한 비숏이 심장마비로 하늘로 떠나 버릴지도 모르는 노릇이니…….

에슐라를 과부로 만들 수는 없지!

"저, 정말입니까?"

"그럼요."

나는 안심하라는 듯 비숏을 향해 웃어주며 말했다.

"여행을 마치고 마탑에 돌아온 걸 환영해요, 비숏."

"네, 네에……."

비숏이-여전히 나에게서 멀찍이 떨어진 채로-어리둥절한 얼굴로 고개를 갸웃거렸다.

"아가씨, 무슨 일 있으셨어요?"

"으응, 전혀."

놀란 남편을 뒤로하고 에슐라가 내게 물었다. 에슐라와 비숏 둘 다 과한 환영 인사에 퍽 의아한 눈치였지만, 나는 자세한 설명을 해줄 수 없었다.

'너희가 1박 2일이 아니라 30박 31일 여행을 다녀온 느낌이라고 어떻게 말하겠어?'

크흑, 이게 얼마 만에 보는 얼굴들인지……. 에슐라, 디아나는 물론이고 심지어 비숏까지 이렇게 반가울 줄이야!

상대는 이해할 수 없을 혼자만의 감격에 젖어 있을 때였다. 아래쪽에서 누군가가 내 치마를 잡아당겼다.

"오드."

고개를 내렸더니 붉은 눈과 시선이 마주쳤다. 오드가 곧장 질문했다.

"나 이제 디아나랑 놀아도 돼?"

"……아하, 우리 오드. 기다렸구나?"

저게 무슨 말인가 하니, 마음 같아선 디아나를 보자마자 당장 데리고 사라지고 싶었으나 내가 이 가족과 인사를 나누는 바람에 그걸 기다려 줬다 이 말이렷다! 두 살의 참을성, 이제 보니 제법이군!

나는 한 살 누나인 디아나를 결코 누나라고 부르지 않는, 패기 넘치는 연하남 오드의 동그란 뒤통수를 쓰다듬어 주며 대답했다.

"디아나가 놀아도 좋다고 하면."

"응!"

잠시 후, 오드와 다아나가 작은 손을 서로 꼭 맞잡은 채 자리에서 이탈했다. 디아나 너, 오드한테 너무 쉬운 게 아닌지…….

'잘 어울리니 보기에는 좋다만.'

그래. 귀엽다, 귀여워!

점점 멀어지는 작달막한 몸집 두 개를 어른들이 다 같이 지켜보았다. 이내 에슐라가 입을 열었다.

"혹시 용건이 더 없으시면 저희도 들어가 볼게요, 아가씨."

"그래! 짐도 정리하고, 푹 쉬어."

"나중에 뵙겠습니다."

꾸벅 인사하는 비숏에게 손을 흔들어주었다. 그렇게 에슐라와 비숏 부부도 자리를 떠났다.

'자, 그럼…….'

나는 내 처소로 돌아가지 않았다. 내게는 따로 할 일이 있다. 다만 나 혼자서 할 일은 아니지.

"아윈!"

눈따따를 들고 남편의 이름을 불렀다. 순식간에 허공에서 아윈이 모습을 드러냈다. 누구 남편이기에 이렇게 잘생겼는지 몰라. 나는 아원에게 착 달라붙어선 말했다.

"가고 싶은 곳 있어."

"그래, 가자."

"근데 가서 나쁜 놈들을 좀 물리쳐야 해."

"얼마든지. 왕국 하나야?"

"그 정도는 아니고……."

이 녀석 스케일이 왜 이러니. 뭐, 좌우지간 내가 지금부터 하려는 일에 가장 큰 도움이 될 아원의 허락도 얻었으니.

'출발해 볼까?'

"네, 네놈은 누구냐!"

"정의의 사도."

"왜 갑자기 나타나서 이런 짓을……!"

"정의를 집행하기 위해."

"이익! 절대 가만두지 않겠다!"

"네가? 나를? 불가능."

신계를 떠나기 전, 기억의 신에게 내 기억을 지우기 전에 약 일주일의 유예를 달라고 부탁했었넌 이유는 간단하다.

무엇이냐? 바로! 눈앞의 이 자본주의에 미친 괴물을 처단하기 위해!

'역시 이곳에서도 노예 사업으로 배를 불리고 있었네.'

세계는 다르지만, 기본적으로 한 인물이다. 이 세계에서도 똑같은 짓을 자행하고 있을 것이라고 예상했고, 그 예상이 정확히 맞아떨어졌다.

처음부터 몰랐으면 모를까, 쓰레기 같은 일이 버젓이 일어나고 있다는 걸 알면서도 그냥 넘어갈 순 없었다.

"후회할 거다, 이 노란 너구리야! 내 뒤를 봐주는 사람이 몇 명인데……!"

'여기서도 너구리래.'

아오, 저 한결같은!

"괜찮아, 그 친구들도 다 함께 감옥에 들어갈 테니까."

나는 아윈을 등에 업고서, 자나쾨 백작의 보금자리를 그야말로 탈탈 털었다.

아, 참고로 자나쾨 백작이 있는 곳은 마탑을 통해 알아냈다. 마탑의 정보력은 눈이 부신 수준이었다. 마법사들을 모아두고 '혹시 자나쾨 백작 아는 사람~?' 하고 운을 띄웠더니 두 시간 안에 내게 상대의 사는 곳과 그 외 각종 정보가 전달되었다.

정보는 꽤 방대하면서도 상세했는데, 덕분에 나는 자나쾨 백작이 키 180㎝ 이상 몸무게 70㎏ 이하의 연한 갈색 머리에 보조개가 예쁜 남자 노예로만 구성된 하렘을 꾸리고 있다는 것까지 알게 되었다.

으음……. 그래……. 궁금하진 않았지만, 제법 구체적인 취향이네…….

그 하렘은 당연히 해산시켰다. 노예들을 전부 풀어주었고 앞으로 자립할 수 있게 자나쾨 백작의 재산 중 현금을 잘게 분할해서 나눠주었다.

그런 다음에는 자나쾨 백작의 거처에 있던 장부를 뒤져서 백작을 포함해 노예 일에 관련된 사람을 전부 해당 왕국에 고발했다. 물론 왕국이 여태 자나쾨 백작이 저지르는 짓을 알면서도 뇌물 등을 받아먹고 묵인해 왔을 가능성을 배제할 순 없었기에, 나는 따로 시간을 내서 왕국의 왕과도 면담을 가졌다.

"나 마탑 안주인."

"허억!"

"이 일 똑바로 처리하세요."

"네, 네엡."

"마탑이 지켜본다. 제대로 안 하면…… 알지?"

"맡겨주십시오오!"

면담하는 동안 대략 위와 같은 대화가 오갔다. 정말 저렇게 말했다는 건 아니고, 요약하자면 저런 식이었다는 이야기다.

어쨌든 자나쾨 백작 및 기타 관계자들이 자국에서 엄벌에 처해지는 것은 정해진 일이 되었다.

'속이 시원하다.'

평행 세계에서 나를 가두고 쫓아오고 난리를 칠 때는 몰랐겠지! 일이 이렇게 될 줄은!

'참, 혹시 예일로는…….'

문득 예일로의 근황이 궁금해졌다. 이곳에서도 예일로는 자나쾨 백작에게서 이미 벗어난 상태였는지, 백작성에서는 그의 모습을 찾아볼 수 없었다.

'……살짝만 알아볼까.'

그리고 이어서 하루 만에 마탑은 나에게 예일로에게 대한 막대한 양의 정보를 안겨주었다.

아니, 살짝만이라고! ……하지만 기왕 고생해서 조사해 줬으니 보기나 할까.

'아하, 이렇게 살고 있구나.'

이 세계의 예일로는 평행 세계에서와 달리 마탑에 적을 두는 대신, 웬 작은 마을에 숨어 있었다. 그리고 그곳에서 마을 사람들의 소소한 기부로 운영되는 작은 마법 학교를 운영했다.

말이 마법 학교지, 실상 탁아소와 같은 곳이었다. 갈 곳 없는 아이들을 주로 데려와서 먹이고, 입히고, 가르치는 곳이었으니까.

'노란 머리 아이에게는 특별 장학금 제도도…….'

음, 이건 투 머치 인포메이션이다.

'잘 지내고 있네.'

괜히 흐뭇해져서 정보가 적힌 서류들을 내려놓았다. 그러고 보니, 평행 세계의 예일로는 지금쯤 뭘 하고 있을까? 자나쾨 백작에게서는 무사히 도망쳤겠지? 그랬을 거다. 헤어지기 직전에 아윈이 자나쾨 백작과 그 무리를 전부 쓸어줬으니까. 번개를 막 내리쳐서…….

'……아윈.'

멈칫했다. 떠올리지 않으려고 해도, 어쩔 수 없이 한 사람의 얼굴이 머릿속을 채웠다.

'작별 인사도 못 했…… 아니, 작별 인사를 왜 해? 나만 떠났지, 그 세계엔 지금 그 세계의 라테가 있는데? 무슨 작별 인사?'

정신 못 차린다, 정신 못 차려. 상태가 나쁘다, 나 자신.

'이럴 때는 남편 테라피지!'

곧바로 눈따따를 통해 아윈을 소환했다. 아윈은 내가 갑자기 불러내 껴안아도 아무런 말도 하지 않았다. 나는 아윈에게 꼭 달라붙어서 한참을 안겨 있었다.

자나쾨 백작을 처단해서 정의를 집행하고, 하는 김에 제국 황실에 찾아가 불법 노예죄 처벌을 더 강력히 해달라고 요청하고 났더니 어느새 이 세계로 돌아온 지 오 일이란 시간이 지나 있었다.

'이제 이틀 남았네.'

평행 세계에서 겪었던 일이, 더 나아가 평행 세계의 존재 자체가 기억에서 사라지게 될 때까지.

'이대로 그냥 이틀을 보내는 건 어쩐지 허무한데…….'

기억이 남아 있는 현재의 순간을 조금이나마 더 알차게 소비할 방법이 없을까 고민하다가, 한 가지 좋은 생각이 났다!

"각하, 저 왔어요! 각하의 하나뿐인 절친한 여자사람친구!"

"나가라."

케니스는 싸늘하게 응수했지만, 말로만 그랬을 뿐 정말로 나를 문전 박대하지는 않았다. 그러기는커녕 오히려 느닷없이 방문한 나를 위해 하녀를 시켜 차를-비록 정말 어쩔 수 없다는 듯 매우 내키지 않는 표정이었지만-내오기까지 했다!

'이것이 우정의 맛.'

으음, 향긋하다. 흥혜롱 친구가 내주는 차는 참 맛있네.

"비싼 찻잎을 쓰시나 봐요, 각하. 아주 좋아요. 원래 부자가 열심히 소비해야 시장이 원활히 돌아가거든요."

“용건만 빨리 말해라.”

“각하.”

나는 찻잔을 내려놓고 진지한 눈빛으로 케니스를 응시했다. 케니스가 덩달아 잔을 내려두려는 것처럼 손을 움찔하는 것이 보였다.

“왜…….”

“만약, 아주 만약에요.”

“그래.”

“각하가 가면무도회에서 저와 아윈을 만났어요. 가면을 썼지만 서로의 정체를 바로 알아본 상황이에요.”

“……?”

“그런데 이때, 아윈이 저를 노예라고 지칭한다면!”

“…….”

“그럼 각하는 어떻게 하실 거예요?”

달칵.

케니스가 내려놓은 찻잔의 아래가 찻잔 받침과 부딪히며 작게 소리를 냈다. 케니스가 몸을 일으켰다.

“나가.”

“넵.”

얼굴과 목소리를 보니 진심이군! 그렇다면 나가줄 수밖에. 나는 순순히 퇴장해 주다가 문득 문간에 멈춰 섰다. 케니스를 돌아보았다.

“장난이나 놀이가 아니라 정말로 저와 아윈이 주인과 노예 관계가 된 거예요. 그때 각하는 혹시 저를 위해 아윈과 싸워줄…….”

저벅저벅.

쾅!

나는 케니스가 손수 닫은 집무실의 문을 보며 미련 없이 고개를 끄덕거렸다. 이래야 내 친구 케니스지!

'이제 하루.'

나는 침대에 누워서 눈을 깜박거렸다. 오늘 밤이 지나면, 내가 이 세계로 돌아온 지도 정확히 일주일이 된다. 즉, 이 밤이 평행 세계에서의 일을 기억하는 마지막 밤이 될지도 모른다는 소리.

'자고 일어나면, 그때는…….'

이불 위에 얹어둔 손을 괜히 꼼지락거렸다.

아쉬운가? 그래서 평소와 달리 늦은 시간인데도 쉽게 수마가 찾아올 기미가 보이지 않는 건가?

'확실히 추억은 추억이니까…….'

그렇지만 나는 저 기억을 잊어야만 한다. 그래, 그게 옳다.

지난 일주일 동안 나는 재차 그 판단에 동의했다. 특히 내가 확신을 얻을 수 있었던 부분은…….

"라테."

다정한 목소리가 나를 불렀다. 나는 오드를 재우고 온 아윈이 내 옆에 눕는 것을 물끄러미 쳐다보았다.

'……아윈 때문에라도, 기억은 없애는 게 맞아.'

아윈에게 죽은 걸 기억하고 싶지 않아서 기억을 지우고자 하는 거냐고?

'아니.'

그것도 협소한 이유 중 하나가 될 순 있겠지만, 정확히 말하면 내가 생각보다 훨씬 줏대 없는 못된 갈대였다는 것이 더 크고 주된 이유였다. 나는 눈앞의 이 아윈과 다른 세계의 아윈이 별개의 인물이라는 걸 분명하게 인지하고 있었다.

……그런데도 가끔씩 생각이 났다. 다른 세계의 아윈이.

그러니까, 이건 그거지. 남편을 눈앞에 두고 외간 남자를 생각하는 거!

'바람이 따로 없잖아!'

물론 정말 가끔이지만! 내 남편인 아윈을 99만큼 생각할 때 다른 아윈을 1 정도 생각하는 수준의 비율이지만!

'그 1조차도 용납할 수 없어. 그건 배신이야. 반대로 생각했으면, 나 지금 앓아누웠다.'

지금 내 앞에 있는 아윈이 다른 세계에 있는 복제 라테와 하하호호 한 달의 시간을 보낸 뒤, 아주 가끔 혼자 그 라테를 떠올리는 상황을 상상해 보았다.

끔찍했다!

흑화할 거야…… 난……. 질투에 미친 추잡한 어둠 속성 라테가 될 거라고…….

어쨌든 그런고로, 역지사지의 정신을 발휘해 나는 평행 세계에서의 일을 까맣게 잊기로 다시 한번 결정을 굳혔다.

"뭐 생각해?"

'바람은 나쁘다는 생각.'

……라고 말할 순 없지!

나는 아윈의 품에 파고들면서 한 박자 느리게 대답했다.

"네 가슴이 넓고 따뜻하고 아늑하다는 생각."

"……."

"역시 내 전용은 다르다는 생각?"

머리 위에서 아윈이 작게 웃는 소리가 들렸다.

"맞아. 평생 고객님 전용이지."

"……큼."

뒤늦게 꽤 간지러운 대사를 날렸다는 자각이 들어 민망해졌다.

크흠! 과연 아이까지 있는 유부녀는 다르다. 픽업 아티스트는 사퇴하라!

"……아윈."

"응."

최근 일주일간 시도 때도 없이 달라붙었던 아윈의 품은 언제 안겨도 늘 일정한 안정감이 느껴졌다. 그리고 단단하고. 그래, 정말 탄탄…….

"조금 덥지?"

이게 정말 더워서 하는 말이 아니라는 걸 알 사람은 알 거라고 생각합니다. 흠, 흠.

그리고 그 '알 사람'에는 당연하다면 당연하게도 아윈이 포함되어 있었다.

눈을 감았다. 어쩌면 이 순간만 기다렸다는 듯 찾아오는 입술이 달았다. 몸을 덮고 있던 이불이 발치까지 내려갔다.

나는 거의 해가 뜰 시간이 되어서야 기절하듯이 잠에 빠졌다.

아윈은 다행이라고 생각했다. 일주일이 생각보다는 빠르게 지나가서. 그래서 그의 아내에게 유치한 개새끼 같은 모습을 보여주지 않을 수 있게 되어서.

"아윈? 어디 가?"

선잠에 들었던 라테가 침대에서 일어나 아윈을 찾았다. 옷을 갖춰 입은 아윈이 라테의 이마에 입을 맞췄다. 그러곤 물었다.

"고객님, 티메 기억나?"

"응?"

"평행 세계는?"

"……그게 뭔데?"

잠에서 덜 깬 목소리로 라테가 대답했다. 아윈은 웃으며 라테에게 재차 입 맞췄다.

"아무것도 아니야. 더 자."

"응……. 너는?"

"잠깐 다녀올게."

목적지를 말하지 않은 아윈이 흘러내린 라테의 머리카락을 모아서 어깨 뒤로 넘겨주었다.

"금방 올 거야."

"알겠어……."

입을 작게 벌려 하품한 라테가 다시 자리에 누웠다. 아윈은 그런 라테를 한참 응시하다가 마탑을 벗어났다.

확인이 끝났다. 라테는 평행 세계에서 있었던 일을 잊었다. 일주일 후면 기억의 신이 그녀의 기억을 지워줄 거라던 라테의 설명 그대로였다.

'왜 내 기억에는 문제가 없는지 모르겠지만.'

라테의 설명만 들으면 그의 기억도 함께 지워질 것 같았는데…….

아윈은 차라리 잘됐다고 여겼다. 지난 일주일, 그는 태어나 단 한 번도 그와 친하다고 느껴보지 못했던 '인내'를 그야말로 한계까지 끌어다 썼다.

"어? 무슨 생각 중이냐고? 다, 당연히 내 남편 생각!"

라테는 자기가 꽤 잘 속여 넘겼다고 믿는 눈치였지만, 안타깝게도 아윈의 눈에는 전혀 아니었다. 그의 사랑스러운 아내는 그를 앞에 두고 다른 생각을 할 때면 놀라울 정도로 티가 났다.

아윈은 라테가 하는 '다른 생각'이 뭔지 어렵지 않게 짐작할 수 있었다. 그래서 돌 것 같았다.

아윈은 즉각 인정했다. 그는 둔한 편이 아니었다.

이건 질투였다.

라테가 저를 두고 다른 생각에 잠길 때마다 당장 평행 세계로 건너가 그 세계의 자신을 찢어놓고 싶어지는데, 이 감정을 질투가 아니면 뭐라고 부를 수 있을까?

아윈은 살짝 기가 막혔다. 어처구니가 없었다.

다른 사람은 못 믿을지도 모르겠지만, 아윈은 누군가를 죽이고 싶다는 충동을 별로 느껴본 적이 없었다.

실제로 현재까지 그에게 명백히 살심까지 불러일으켰던 상대는 고작 세 명이 전부였다.

첫 번째는 라테를 다치게 하려고 했던 웬 후작가의 여자, 두 번째는 라테의 몸을 다른 사람과 바꿔놓았던 외눈박이 악마, 그리고…….

'세 번째가 나라니.'

엄밀히 말하면 다른 세상에 존재하는 자신이지만.

어쨌든 아윈은 다른 세계의 자기 자신을 가만히 둘 수가 없었다. 그놈은 한 조각이나마 분명 라테의 애정을 받았을 것이다. 라테가 이쪽 세계로 돌아와서도 한 번씩 놈을 떠올렸던 것을 생각하면 자명했다. 어떻게 살려둘 수 있을까? 일주일이면 오래 참았다. 어울리지 않게 충동을 누르고 또 눌러 담다가 머리가 녹는 줄 알았다.

이젠 라테가 기억을 잃은 만큼, 갑자기 아윈이 보이지 않아도 평행 세계로 건너갔다는 의심은 하지 않을 테니 참을 이유가 없었다. 다쳐도 둘러댈 말은 많았다. 정 뭣하면 과거에 그랬던 것처럼 스스로 치료한 다음에 라테 앞에 나타나면 그만이다.

아윈은 그렇게 객관적인 관점에서 '질투에 미쳐' 자기 자신을 죽이기 위해 세계를 건넜다.

세계를 건너는 것은 결코 쉬운 일이 아니었다. 우선 전신이 산산조각 나는 것 같은 고통을 견뎌야 했지만, 질투심에 맛이 가버린 남자는 통각도 잊었다.

사실 처음에 라테를 찾기 위해 세계를 넘었을 때도 아픔 따윈 제대로 못 느끼긴 했었다. 그때 그딴 것은 조금도 중요하지 않았으니까.

아윈은 바로 마탑으로 향했다. 이내 그의 미간에 선명하게 주름이 졌다.

"찾았다."

"……!"

상대는 아윈을 보고 놀란 듯했다.

"……환상 마법?"

이어 아윈이 마법으로 얼굴을 바꾸고 있는 것인지 의심했다. 아윈은 저를 초면인 양 대하는 상대를 보며 한 가지 사실을 깨달았다.

'저놈은 기억이 날아갔군.'

일전에 라테를 낀 채로 셋이서 마주쳤던 상황을 기억하지 못하는 것이 확실했다. 아윈은 저도 모르게 그때의 감각을 다시 떠올렸다.

세계를 넘어 라테를 찾아냈다. 라테가 그의 시야에 보인 순간, 손을 뻗어 눈에 보이는 몸을 끌어안는 순간 말 그대로 극적인 안도감을 느꼈다. 그리고 이어서 바로 그와 똑같은 얼굴을 한 상대를 발견했을 때는, 그저 황당했다.

'뭐야?'

딱 그 느낌이었다.

그러나 이윽고 상대가 라테를 두고 감히 '반려'라고 말했을 때. 그때는 전신의 피가 거꾸로 솟는 것 같았다.

당시에 즉시 상대를 죽이려고 덤비지 않았던 건 그의 품에 라테가 안겨 있었기 때문이다. 행여 라테가 다칠까 봐, 충돌이 일어나면 라테에게 피해가 갈까 봐 얌전히 있었다.

지금 이 상황에는 적용할 필요 없는 이야기였다.

"마나가 느껴지지 않는 걸 봐선 다른 잡재주인 것 같기도 하고……. 뭔지 모르겠지만 하여튼 기분 더러운데. 그 면상 바꿔."

"어차피 더러운 기분은 금방 사라질걸."

"뭐?"

"곧 뒈질 테니까."

죽고 나면 기분 같은 거 알게 뭔가. 아윈은 진심으로 그렇게 생각하며 손에 마나를 모았다.

쾅!

콰앙!

"크……!"

파괴력이 극에 달한 마법이 집요하게 한 사람만 노리고 날아들었다.

물론 상대 또한 녹록하게 당해주지만은 않았다. 어쨌든 상대방도 다른 세계의 '아윈'이었다. 아윈이 공격하면, 그걸 맞받아치듯 비슷한 공격이 고스란히 날아왔다.

아윈은 몇 개는 막고 몇 개는 피하고, 몇 개는 맞았다. 사실 막판에 마법을 맞은 것은 일부러 한 짓이었다.

왜냐면…….

"윽!"

잠깐의 틈을 노리고 상대를 붙잡기 위해서.

자신에게 마법을 맞히고 상대가 잠시 주춤하는 틈을 타, 상대를 향해 파고들어 그의 목덜미를 잡은 아윈이 붉은 눈을 빛냈다.

상대는 그보다 아주 근소하게 약했다. 기실 처음 봤을 때부터 얼추 짐작했던 사실이었다. 약하지 않고 비등했다고 하더라도 아윈이 상대를 죽일 마음을 철회하지는 않았겠지만.

'……좀 이상한데.'

상대의 목숨 줄을 확실하게 손에 쥔 상태에서 아윈은 찰나 작은 의문을 느꼈다. 생각보다 쉬웠다. 힘의 차이만 생각하면 허탈할 만큼 전투가 이르게 끝났다. 아윈 또한 다쳤지만, 이만하면 예상했던 것보다 훨씬 양호한 수준이었다.

'일부러 당해준 건가?'

다른 꾀가 있어서?

하지만 그렇다고 보기엔 상황이 퍽 치명적이었다. 이제 아윈은 언제든 상대를 죽일 수 있었다. 아윈은 다른 손에 마나를 모았다.

그때였다.

"살려주세요!"

너무나 귀에 익은 목소리가 자리에 울렸다. 아윈의 움직임이 반사적으로 보이지 않는 무언가에 송두리째 묶였다.

"죽이지 마세요! 뭔지 모르겠지만 잘못했고요! 주인님도 반성하고 있을 거예요!"

라테였다.

언제부터 있었는지 모르겠지만, 라테가 웬 반투명한 막에 갇혀서 막을 주먹으로 퍽퍽 내리치며 이쪽을 향해 외치고 있었다.

'아.'

아윈은 곧바로 알아차렸다. 저 실드. 틀림없이 상대가 두른 것이다. 저걸 유지하느라 전투에서 허망하게 패배했던 모양이다.

"제가 앞으로 주인님 데리고 회개하면서 열심히 살게요! 지난 일은 봐주시면 안 될까요!"

아윈은 라테를 보곤 아주 잠깐 놀랐다. 정말 잠깐이었다.

그는 라테처럼 생긴 저것을 알고 있었다. 라테에게 모든 설명을 들었으니까. 저건 신이 만든 복제품이었다. 라테의 모습을 했지만 라테와는 별개의 존재였다. 단지 겉가죽만 라테일 뿐이다. 목소리도 비슷하긴 하지만…… 그래, 딱 거기까지다. 라테가 아닌 존재가 뭐라고 떠들어대든 그가 신경 쓸 일이 아니었다.

아원은 귀에 스치는 애원을 무시하고 손에 마나를 집약하는 데 집중했다.

"아원!"

찰나, 집중이 흐트러졌다. 목소리가 확연하게 가까이서 들렸다.

"……씹."

아원에게 목을 잡힌 상대가 낮게 욕설을 내뱉었다.

"반려, 너…… 누가…… 내가 준 반지로 실드 깨래. 그러라고 마법 새겨준 거 아닌데……."

아원은 낭패감이 잔뜩 서린 그 중얼거림을 들으며 두 가지 사실을 깨달았다.

하나. 이놈도 반지에 공격 마법을 새겨서 라테에게 줬구나. 누가 그 자신 아니랄까 봐, 정말 소름 돋게 똑같은 새끼다.

둘. ……지금 그의 옷을 잡아당기며 매달리는 이 보잘것없는 힘의 주인은 라테다. 아니, 라테의 복제다.

"제발 살려주세요. 주인님이 요즘 얼마나 착해졌는데요. 주인님, 최근에 사람 죽인 적 없어요. 진짜예요!"

"반려, 떨어져……."

"한 번만 봐주세요! 봐달라고, 이 나쁜 놈아!"

존댓말로 애원하던 라테, 아니, 라테를 닮은 복제가 나중에는 악다구니를 썼다.

"얼굴만 주인님이랑 똑같으면 다냐! 주인님보다 세면 다냐고! 넌 주인님이랑 다르게 검은 옷도 안 어울릴 것처럼 생겼어! 평생 오염에 취약한 흰옷만 입다가 관에 들어갈 관상이야! 당장 주인님 놔줘, 못된 놈아!"

아윈이 자기도 모르게 시선을 옮겨 그의 옷을 붙잡고 악쓰는 존재에게 눈길을 주었다. 실수였다. 눈길을 주자마자 느낄 수 있었다.

눈물로 얼룩진 라테의 얼굴이 너무 가까이에서 보였다. 지나치게 가까이에서.

이건 라테가 아니다. 아닌 걸 알고 있다. 틀림없이 알고 있는데…….

입에서 욕설이 튀어 나갔다. 상대의 목을 쥔 아윈의 손아귀 힘이 느슨해졌다. 그 순간 마법이 아윈을 덮쳤다.

펑!

보잘것없는 마법이었다. 장난인가 싶을 만큼 시시한 수준이었으나, 아윈은 일단 상대를 놓아주고 멀리 떨어졌다. 마치 그럴 계기를 기다리고 있었던 것처럼.

“탑주님! 반려 노예님!”

“예일로!”

“그리고 저쪽은…… 탑주님? 어어?”

자리에 나타난 노란 머리 마법사가 당황한 얼굴을 했다.

“이거 꿈인가요?”

노란 머리 마법사가 멍청하게 중얼대는 사이, 주위로 마탑 소속 마법사로 추정되는 이들이 점점 더 모여들었다. 물론 몇이나 모이든 아윈에게 위협을 줄 수는 없었다. 그 정도로 아윈과 일반 마법사의 격차는 심했다.

아윈은 제게 남은 마나를 확인했다. 그는 지금 얼마든지 이 자리에 있는 마법사를 전부 해치우고, 다시 상대와 맞붙어서 그를 제압할 수 있었다.

……분명히 그럴 수 있었지만.

“주인님, 저만 믿으세요.”

“……뭐 할 건데.”

“저도 몰라요! 어쨌든 믿으세요!”

“아무것도 하지 말고 그냥 도망가.”

“싫어요! 그리고 어차피 저 사람이 보내주지 않는 이상 여기서 도망 못 쳐요. 여기 있을래요.”

상대의 반쪽밖에 안 될 것 같은 체구로 당당히 상대를 감싸고 선 라테의 모습이 아윈의 시야에 박혔다.

아니지, 라테가 아니라…….

‘제길.’

어이가 없다. 진짜 어처구니가 없었다. 기가 막혔다. 미친 걸까. 미쳤나 보다.

아윈은 스스로가 딱히 제정신이 아니라는 사실을 시인했다. 하긴, 다른 세계의 그를 죽이겠답시고 차원을 찢을 때부터 멀쩡한 정신머리라고 보기엔 무리가 있었지.

아윈이 손을 들었다.

그를 제외한 자리의 모두가 움찔하는 순간, 아윈의 손이 허공을 내리 그었다. 손의 궤적을 따라 정직하게 허공이 갈라졌다. 노란 머리 마법사가 입을 헤벌리더니 볼을 꼬집었다.

아윈이 직접 만들어낸 균열로 몸을 던지기 직전 입을 열었다. 라테 너머, 그와 같은 모습을 한 상대에게 차가운 시선 끝이 닿았다.

“다시 내 눈에 보이면, 그때는 진짜 뒈져.”

아윈의 모습이 사라지고, 즉시 균열이 닫혔다.

사라진 아윈이 남긴 경고에 평행 세계, 즉 지금 이 세계의 아윈이 황당하다는 투로 말을 뱉었다.

"뭐야, 저 새끼."

지가 쳐들어와 놓고선.

그러나 그러한 다음 말은 입 밖으로 나가지 못했다. 그 전에 라테가 그를 부르면서 그의 목에 매달렸기 때문이다.

"어엉!"

"……울지 마. 나 멀쩡해. 살아 있어. 울지 마."

아윈은 우는 라테를 토닥거리다가 이내 제 품에 들어온 몸을 꽉 껴안았다.

이어 그는 옅게 미소 지었다. 다른 건 뭐가 어쨌든 상관없게 느껴질 만큼 따뜻한 체온이 그를 웃게 만들었다.

❈

"아윈!"

세계를 다시 건너서 원래 세계로 돌아온 다음에야 아윈은 불현듯 자각했다. 다친 거, 치료 안 했다.

"뭐야? 왜 다쳤어? 싸웠어? 어디서? 누구랑? 왜?"

눈을 휘둥그레 뜬 라테가 침대를 박차고 후다닥 달려와 양손으로 아윈을 덥석 붙잡았다. 아윈은 폭포수처럼 쏟아지는 라테의 질문에 대납하는 대신 상대를 빤히 보았다.

그의 입이 불쑥 열렸다.

"……역시 고객님은 고객님 하나뿐이야."

"무슨 소리야? 말 돌리지 말고…… 헉, 설마 어떤 나라 왕이 너한테 재수 없게 굴었어? 그, 그래서 왕국을 박살 내고 온 거야?"

자신의 상상이 그럴듯하다고 생각했는지 라테의 얼굴이 대번에 희게 질렸다.

"아무리 그래도 왕국을 끝장낸 건 좀……. 가만, 근데 왕국이 상대라곤 해도 네가 다칠 정돈가? 혹시 왕국이 하나가 아니야? 헉! 연합국이야?"

상상이 더 진행되었다가는 아윈이 전 세계와 치고받고 왔다고 믿을 기세였다.

"연합국 아니야."

아윈이 그를 붙잡은 라테의 손을 부드럽게 감싸 쥐어서 떼어내며 그녀의 혼란에 마침내 답을 주었다.

"뭐? 그럼 정말로 왕국 하나……."

"왕국 아냐."

"왕국이 아니라고? 그러면 제국? 화, 황실이랑 뜬 거야?"

라테는 어떻게든 아윈이 거대한 집단과 싸웠다는 쪽으로 생각을 전개해 갔다.

그 모습이 웃기면서도 귀여워서 계속 착각하게 두고 싶기도 했지만, 라테가 진심으로 그를 걱정한다는 걸 알았기에 아윈은 상대의 오해를 정정했다.

"고객님이 생각하는 그 어디랑도 안 싸웠어. 다친 건 산에서-"

"산에서 굴렀다고 말하면 나도 지금 당장 산꼭대기에 올라가서 굴러 버린다."

"몬스터랑 싸웠는데."

아윈이 천연덕스럽게 말을 바꿨다.

“……몬스터?”

“응.”

“아윈, 네가 몬스터랑 싸우다가 다쳤다고?”

“한눈파는 바람에.”

“왜 한눈팔았는데?”

“그 몬스터가 고객님을 닮아서?”

“뭐?”

“너구리처럼 생겼었거든.”

“…….”

라테의 미간이 종이를 접었다가 편 흔적처럼 구겨졌다. 그러면서도 바로 반박하지 않는 것이, 한편으로 있을 수 있는 일이라고 여기는 것 같았다.

아윈이 틈새를 놓치지 않고 설명을 덧붙였다.

“웃기게 생겨서 구경하다가 때리는 대로 맞았어.”

“아니, 그 너구리…… 몬스터한테는 애초에 왜 간 건데?”

“내가 유치한 개새끼라서?”

“뭐라고?”

어리둥절해하는 라테를 아윈이 확 끌어안았다. 그러곤 그대로 침대 위로 쓰러졌다.

“뭔데!”

“잘못했어.”

“…….”

“반성해. 안 다칠게. 다시는 쓸데없이 몬스터랑 싸우러 가지도 않을 거고.”

금방이라도 아윈에게 따지고 들 것 같던 라테가 조용해졌다. 뒤이어 희미하게 한숨 소리가 들렸다.

"다음에는 진짜 혼나."

"응."

"너 또 다쳐서 나타나면 나도 다칠 거야. 난 계단에서 구르기만 해도 골절상인 거 알지?"

말해놓고 무슨 생각이 들었는지 라테가 퍼뜩 말을 덧붙였다.

"진짜 구르겠다는 거 아니니까 마탑 계단 부술 생각 하지 말고."

"……."

"부수지 마! 마탑을 일 층짜리 건물로 재건축할 생각은 절대 하지 마. 알았어?"

"……응."

"내 말은, 그 정도로 네가 다치는 게 싫다는 말이야. 알아들은 거지?"

"그래."

라테는 아윈의 품에 안겨서 고개를 살짝 갸웃했다. 아윈이 평소와는 약간 다르게 느껴진 탓이었다.

그 순간 아윈의 팔이 라테를 한결 단단하게 속박했다. 겨우겨우 라테의 호흡에 무리가 없을 수준으로 꽉 껴안은 채 아윈이 말을 꺼냈다.

"고객님."

"어?"

"라테."

"응?"

"나 두고 어디 가면 안 돼."

"……내가 널 두고 대체 어딜 가? 그리고 가봤자 네가 바로 잡으러 올 거잖아."

"맞아."

솔직하게 긍정한 아윈이 이어 말했다.

"한눈도 팔면 안 돼."

"웬 한눈? 난 너와 달리 몬스터랑 싸울 일이……."

대답하던 라테가 아윈의 품에서 크게 바스락거렸다.

"설마 그런 의미의 한눈?"

곧이어 라테가 노골적으로 헛웃음을 흘렸다.

"저기요, 남편. 걱정할 일이 따로 있지. 일단 본인의 미모를 좀 자각하시고요. 누구 때문에 난 지금 너 빼고 지나다니는 남자들이 전부 육지로 나온 해산물처럼 보이-"

"나한테도 한눈팔지 마."

"이건 무슨 소리?"

눈을 끔벅거리던 라테가 잠시 후 한참을 꼼지락거려 한쪽 팔을 빼냈다. 그러곤 자유로워진 한 손으로 아윈의 등을 두드리면서 말했다.

"너 잠을 덜 잤나 보다. 그러게 왜 이런 시간부터 몬스터한테 찾아가선……."

"……."

"수면 부족이야. 더 자야겠네."

"대답은?"

"뭐, 한눈? 그래, 안 팔게. 너한테도 한눈 안 팔고 너만 볼게. 맹세해."

라테가 자기가 말하면서도 이게 무슨 말인지 모르겠다는 듯 웃고는 덧붙였다.

"그럼 더 자자. 음, 자장가 불러줄까?"

"응."

"그냥 해본 말인데……."

그러나 그때부터 아윈의 집요한 재촉이 시작되었다. 라테는 결국 누운 채로 목을 가다듬고 입을 열었다.

작은 목소리로 약간은 어색하게 울려 퍼지는 노랫소리를 들으며 아윈이 만족감 속에서 눈을 감았다.

"이겼다!"

신계의 어느 한 곳에서 메미가 폴짝폴짝 뛰었다. 그런 메미를 보며 조각의 신, 이아니가 바닥에 주저앉아 탄식했다.

"내가 패배하다니……."

"말했지? 분명 세계를 넘을 거라고 했잖아?"

메미와 이아니, 두 신은 얼마 전 티메의 세계를 위한 '라테'를 만드는 작업을 마친 후 여흥 삼아 간단한 내기를 벌였다. 주제는 '원래 세계로 돌아간 아윈이 다른 세계의 자기 자신을 응징하기 위해 다시 세계를 건널 것이냐 아니냐'였다.

현 승패를 보면 알 수 있다시피 메미는 '건넌다'에 걸었고, 이아니는 '건너지 않는다'에 걸었다.

"말도 안 돼. 어떻게 그걸 다시 건널 생각을 해? 죽는 게 나을 만큼 아플 텐데?"

"질투에 미친 놈은 그런 거 모른대요."

"정말 어렵다, 인간……."

인간이란 무엇인가. 잠시 종(種)의 탐구에 빠져들었던 이아니가 곧 메미를 쳐다보았다.

"졌으니까 네 말대로 소원 들어줄게. 뭐 하면 돼?"

"의자랑 침대 몇 개 새로 만들어줘! 요즘 소환되는 건 전부 옛날 느낌이라 별로야."

"그래……."

"참고로 너무 열심히 만들 필요는 없어. 너 툭하면 이게 아니야! 하고 다 만든 거 깨버리잖아. 이번에는 '이게 아니야' 금지."

"흠."

이아니가 콧잔등을 씰룩거렸다. 사실 새 가구를 조각하라는 것보다 저쪽이 더 어려운 주문이었다.

"노력해 볼게."

"노력하지 말고 그냥 해."

"그나저나 메미. 내기도 끝났으니, 아윈 헤브림의 기억은 지워줘."

이아니가 말을 이었다.

"특히 본래 세계 쪽 아윈 말이야. 일부러 기억을 남겨두고 이런 내기를 했었다는 걸 티메가 알면 얼마나 노발대발할지……."

"일부러 기억 남겨둔 거 아닌데?"

"뭐?"

"뭔가 착각했나 본데, 이아니. 난 아윈 헤브림의 기억을 지우려고 했어."

메미가 어깨를 으쓱했다.

"근데 안 지워진 거지."

"뭐? 대체 어떻게?"

"잊기 싫어서 저항한 걸걸? 후우, 미친 질투심……."

이아니는 여전히 이해가 되지 않았다. 그가 자리에서 벌떡 일어섰다.

"인간이 자기 의지로 신의 능력에 저항했다고?"

"어쩌다 보면 그런 인간도 있는 거지."

"그럴 리가……."

이아니가 의심이 가득한 눈으로 메미를 흘겨보았다. 메미는 구태여 그가 아는 이야기를 덧붙이지 않았다. 티메가 딱히 자기 사연을 비밀로 해달라고 부탁한 적은 없었지만, 그저 메미의 결정이었다.

'그래도 그나마 다른 아윈 헤브림의 기억은 문제없이 지워져서 다행이지. 세계를 건너온 자기 자신과 싸운 걸 기억해서 좋을 건 없을 테니…….'

그리고 이쯤에서 한 가지 의문점이 생긴다. 메미는 생각했다.

'둘이 같은 아윈 헤브림인데 왜 저항력이 다른 걸까. 혹시 사랑의 힘? ……그럼 나머지 한쪽도 나중에는 비슷하게 성가셔지는 건가? 아아, 모르겠다.'

고개를 흔든 메미가 주먹을 쥐고 이아니의 넓은 등판을 퍽퍽 두들겼다.

'어쨌든 둘이 다시 만나는 일만 안 생기면 되니까. 뭐, 이번에 원래 세계 아윈 헤브림이 물러난 모양새를 보아하니 그런 일은 없을

것 같지만.'

"패배한 노예야, 여기서 그만 노닥거리고 가서 의자랑 침대나 만들어! 빨리!"

"또 여기 있네!"

라테가 마탑 지하실에서 아윈을 질질 끌어냈다. 마음만 먹으면 미동하는 시늉조차 없이 버틸 수도 있었지만, 아윈은 라테의 미약한 힘에 순순히 발을 움직였다.

"주인님."

아윈을 강제로―라곤 해도 실상 아윈이 스스로 움직인 수준이지만―아무 빈방에 집어넣은 라테가 문을 닫고 팔짱을 꼈다.

"지하실에서 밤새우지 말라고 했어요, 안 했어요."

"……."

"했어요! 안 했어요!"

"했어."

"근데 지금 또 밤새웠어요, 안 새웠어요!"

"새웠어."

"자꾸 이럴 거예요?"

"미안."

"이제 안 이러겠다고 약속해요."

하지만 아윈은 사과해 놓고도 라테가 바라는 약속은 해주지 않았다. 라테가 고릴라처럼 자기 가슴을 팡팡 치다가 아윈에게 손을 잡혔다.
“그렇게 치면 아파.”
“누구 때문인데!”
“…….”
“……진짜 왜 그래요?”
“나도 잘 모르겠어.”
아윈이 본심을 숨기지 않고 털어놓았다. 거짓말이 아니었다. 그도 자신이 왜 이러고 있는지 몰랐다. 그냥 어느 순간부터 마치 홀린 듯이 마탑 지하실에 드나들게 되었다.
이유는 간단했다. 마법을 연구하고 마법에 대한 이해도를 높이려고.
왜? 강해지기 위해서.
그렇다면 여기서 또 자연스럽게 의문이 따라붙었다.
왜 강해지려 하는가?
아윈이 말문이 막히는 지점은 이 부분이었다. 그는 명실상부하게 대륙에서 가장 강한 사람이었다. 자타가 그 사실을 공인했다.
그렇다. 아윈 또한 자신이 따라올 자 없이 강하다는 것을 알고 있었다.
한데 어째서? 대체 무엇을 위해…….
‘혹시 모를 위협에 대비하려고 하는 건가?’
세계는 넓다. 어쩌면 다른 차원 같은 것도 존재할지 모르지. 그런 곳에 있는, 지금의 제 수준에선 당해낼 수 없는 어떠한 미지의 힘에 대항하고자 하는 거라면…….
아니, 그렇다고 하더라도 이제 와서 갑자기?

"주인님이 모르면 누가 알아요."

그때 시무룩한 목소리가 아윈의 귀에 꽂혔다. 반사적으로 라테의 표정을 살핀 아윈의 가슴이 철렁 내려앉았다. 속상한 심정이 고스란히 드러난 얼굴에 아윈의 입술이 달싹거렸다.

약속한다고 말하고 싶었다. 다신 지하실에서 밤을 지새우지 않을 거라고 맹세하고 싶었다. 그렇지만 만에 하나 약속한 주제에 지키지 못한다면, 그게 더 나쁜 것이 아닐까. 그런 생각이 아윈을 망설이게 만들었다.

그 순간이었다.

"내가 이런 말까지는 안 하려고 했는데……."

"……?"

"주인님, 만약 앞으로도 지하실 안 끊으면요."

무언가 대단한 결심을 마친 것처럼 보이는 라테의 비장한 얼굴에 아윈이 저도 모르게 바짝 긴장했다. 설마 떠난다고 하려고?

"잠깐……."

"주인님이랑 결혼 안 해줄 거예요."

"가지, 뭐?"

'가지 마'라는 말로 다급하게 라테를 붙잡으려고 했던 아윈이 멈칫했다. 라테는 제가 말해놓고 부끄러워졌는지 귀를 빨갛게 물들였지만, 말을 멈추지는 않았다.

"결심했어요. 그, 그리니까 저랑 결혼하고 싶으면 지하실은 끊어요."

"……."

"안 끊으면 아, 아이도 안 만들 거야."

결혼, 아이. 마치 광범위 폭격 마법처럼 쾅쾅 떨어진 말에 아윈이 완전히 넋이 나갔다.

라테는 평소에는 차마 상상도 할 수 없었던 아원의 심각하게 얼빠진 얼굴에 혀를 살짝 깨물었다. 하마터면 웃을 뻔했다. 하지만 여기서 웃어선 안 되지. 제 발언이 농담처럼 들리는 것은 결단코 사양이니까.

라테는 하루가 멀다 하고 자기 몸을 혹사하는 아원이 걱정되다 못해 근래에는 슬슬 화가 날 지경이었다. 그러니 그녀로서도 제법 진지하게 강수를 두기로 했다.

"나랑 결혼하고 싶고! 애도 낳고 싶으면! 지하실 메워, 그냥!"

내친김에 그렇게 소리친 라테가 획 몸을 돌렸다. 제아무리 뻔뻔함이 가장 큰 무기인 라테라지만 이런 상황에서까지 태연할 수는 없었다.

"이따 봐요!"

별로 할 일은 없었지만 마치 엄청나게 급한 용무가 생각난 것처럼 라테가 부리나케 방에서 튀어 나갔다.

"……."

아원은 라테가 빛의 속도로 퇴장하고 나서도 한동안 자리를 지켰다.

그리고 다음 날.

마탑 지하실이 영원히 폐쇄되었다. 마탑 마법사들에게 이유는 알려지지 않았다.

그럴 때가 있다. 꽤 긴 꿈을 꾸고 깨어난 것 같을 때. 그런데 그 꿈의 내용이 전혀 생각나지 않을 때.

나는 침대에서 부스스 일어나 앉았다. 이십 년이 넘게 봐온 침실의 풍경이 익숙하게 눈에 들어왔다.

"잘 잤어?"

그때 아윈의 목소리가 들렸다. 멍하니 대답했다.

"꿈을 꾼 것 같아."

"무슨 꿈?"

"……그걸 모르겠네?"

그러자 낮게 웃은 아윈이 내 뺨에 기습적으로 가볍게 입을 맞춰주었다.

……앗! 아침부터 헛소리를 한 결과, 미모의 남편이 주는 뺨 키스를 얻게 되다!

'괜찮은데?'

이제 매일 아침마다 꿈꿨다고 할까? 그리고 항상 무슨 꿈이었는지 모르겠다고 하는 거지!

'후후.'

음흉한 속내를 감춘 나는 간단히 씻고 아윈과 함께 식당으로 향했다. 느긋하게 식사를 하는데, 도중에 난데없이 식당에 남의 집 남편이 나타났다.

"안주인님! 크, 큰일 났습니다!"

비숏이잖아.

"아로브럭 씨가 욕실에서 넘어져서……!"

아로브럭? 욕실? ……설마?

"기억을 잃었습니다!"

"……!"

나는 포크를 꽉 쥔 채 눈을 동그랗게 떴다.

'누가 민 거 아냐?'

머리가 자연스럽게 메모리아를 의심하기 시작했다. 소중한 오르골을 잃은 아로브럭의 상실감을 기억상실로 해결해 주겠다고 말하더니, 지, 진짜로 저지른 건가!

“보러 갈래?”

생각에 빠져 있는 그때 아원이 먼저 구경을 제안했다. 맙소사, 완벽한 남편. 어쩜 이렇게 내 마음을 읽은 것처럼 원하는 말을 바로 던져줄 수가.

나는 포크를 내려놓고 아원의 손을 잡았다. 열성적으로 고개를 끄덕거렸다.

“응!”

Side Part 2 : 그 후의 이야기

아윈은 기이한 경험을 했다. 정확히는, 기이한 경험을 하는 중이었다. 시작점은 분명했다.

"저 사람 아닌데요?"

죽여도 몇 번이고 다시 살아나던 노란 머리 사람이, 자기가 사람이 아니라고 말했던 그날.

"그럼 나가시 마."
"……."
"계속 있어. 여기."

마탑에서 나가야 하냐고 묻는 노란 머리 사람에게, 계속 이곳에 있으라고 대답했던 날.

그때 이후로 아윈은 하루하루, 아니, 어쩌면 매시 매초 이상한 일을 겪고 있었다.

이를테면 이런 거다.

'……원래 이렇게 생겼었나?'

아윈은 제 앞에 앉아서 열심히 조잘거리는 노란 머리 사람을 빤히 보았다. 노란 머리 사람은 아윈에게 '사람'이라는 존재가 의외로 얼마나 쓸모 있고 세상에 어떻게 도움이 되는지 일장 연설을 늘어놓는 중이었다.

사실 저 말 자체도 이전이었다면 충분히 거슬렸을 내용이다. 어차피 머지않아 전부 죽여 치울 집단의 장점 따윌 듣고 있는 건 시간 낭비라고 여겼을 것이다.

그에게 시간 낭비를 시키는 발화자도 진작 조용히 시켰을지 모르지. 그가 할 수 있는 쉽고 빠른 방법으로, 그래, 죽여서.

그러나 아윈은 노란 머리 사람을 죽여야겠다는 생각이 전혀 들지 않았다. 심지어 노란 머리 사람이 늘어놓는 말을 듣고 있는 이 행위가 딱히 시간 낭비라고 여겨지지도 않았다.

아윈은 단지 노란 머리 사람의 외모에 집중했다. 이유는, 기분 탓인지는 몰라도 상대의 생김새가 이전과는 조금 다르게 느껴졌던 탓이다.

그 '이전'이라는 게 불과 어제라는 점을 생각하면, 사실 기분 탓이 맞을 것이다. 기분 탓이 아니라고 생각하는 편이 더 이상한 일이었다.

그도 그렇지 않나. 사람이, 아니, 사람이든 괴물이든 일정 크기 이상의 생명체는 단 하루 만에 생긴 것이 변하지는 않는다. 상식이었다.

……그렇지만 달라 보인단 말이지.

아윈은 내심 고개를 갸웃했다. 이런 적이 없었는데.

왜 고작 하루 사이에 저 순하게 내리깔린 눈매가, 그 안에 자리한 갈색 눈동자가, 쓰던 빗자루 같았던 머리카락이 사뭇 다른 느낌으로 다가온단 말인가.

'이상해.'

내심 중얼거렸다. 노란 머리 사람을 상대로는 이제 지겹게 느껴질 정도의 말이었다.

변화가 또 생겼다.

아윈은 노란 머리 사람이 하는 말이 성가시거나 귀찮게 느껴지지 않을 뿐만 아니라, 자신이 상대가 원하는 걸 어지간하면 들어주고 싶어 한다는 사실을 깨달았다.

"우리, 식사 끝나고 나서 놀러 갈까요?"

그래서 파티 따위에 참석했다. 관심 없는 술, 맛이 궁금하지 않은 음식, 그리고 가면을 쓴 '사람'이 잔뜩 우글거리는 곳이었다.

평소였다면 결코 발을 들이지 않았을 장소다. 애초에 이런 것이 존재한다는 것조차 몰랐겠지.

그런데 손수 찾아왔다. 장소에 적당히 어울리는 복장을 하고,

가면을 쓰고, 문지기의 검문을 거쳐서 직접 파티장 내부로 발을 들였다.

대체 지금 이게 무얼 하는 행동인가 싶다가도.

"와."

노란 머리 사람이 파티장에 들어서자마자 감탄한 것이나.

"캬!"

샴페인을 단숨에 들이켜곤 좋아하는 모습 같은 걸 보고 있으면 또 장소가 어디든 뭐 어떠냐 싶어졌다.

아원은 그렇게 파티장 내부에서 노란 머리 사람을 관찰했다. 정작 노란 머리 사람은 다른 것을 관찰 중인 것 같았지만 말이다. 예를 들면…….

"저기 좀 봐요. 저 두 사람, 연인인가 봐요."

곧 뺨을 때리고 욕을 퍼붓게 될 남자와 여자라든지.

"저 두 사람, 친구인 것 같은데 굉장히 사이가 좋은……."

곧 머리채를 붙잡고 비명을 지르며 싸우게 될 두 여자라든지.

"진정으로 깊은 우정을 나누는 친구는 바로 저곳에……."

곧 우정은커녕 주먹다짐을 나누게 될 두 남자라든지.

"큭."

아원은 웃고 말았다. 누가 봐도 실의에 빠진 기색으로 어깨를 축 늘어뜨린 노란 머리 사람의 모습이 웃겼기 때문이다.

아무래도 이 파티를 통해 그에게 뭔가 밝고 아름다운 광경 같은 걸 보여주려 했던 모양인데, 모조리 실패로 돌아갔다.

사실 아원의 입장에서야 '사람'이 서로 헌신적인 사랑을 하든, 반대로 서로를 죽고 죽이든 아무 감흥이 없었지만 노란 머리 사람은 다르게 생각했던 모양이다. 아윈은 이 노란 머리 사람이 헛수고를 어디까지 하게 놔두어야 하나 잠시 고민했다.

그때였다.

"우리 춤출래요? 파티잖아요."

의외의 제안이 등장했다. 그러고 보니, 그랬다. 여긴 파티장이지. 춤을 추기에 적합한 장소기는 했다. 단지 한 가지 문제가 존재한다면.

"춰본 적 없는데. 춤."

아윈은 솔직하게 답변했다. 그러나 노란 머리 사람은 굴하지 않았다.

"춤 배웁시다."

"뭐?"

"제가 알려 드릴게요. 여기서 배워서, 여기서 춰요."

그런고로 즉석에서 춤 교습이 시작되었다.

말이 교습이지 실상 거창하지는 않았다. 노란 머리 사람이 아윈의 손을 잡고 이끌면 아윈이 그 동작에 맞춰서 따라 움직이는 형식이었다. 어떤 식으로 움직여야 하는지는 주변을 둘러보면 금세 알 수 있었다.

아윈은 배움이 빠른 편이었다. 어디에서 공식적으로 인정받은 적은 없지만 스스로 느끼기에 그랬다. 무엇이든 한두 번만 남을 따라 흉내 내고 나면, 그다음부턴 본래 자기가 할 수 있었던 일인 양 누구의 도움도 없이 능숙하게 해낼 수 있었으니까.

춤도 마찬가지였다.

춤을 막 추기 시작했을 때에는 노란 머리 사람이 아윈을 이끄는 위치였을지 몰라도, 춤이 중반쯤 진행되자 양상이 조금씩 바뀌었다. 점차 누가 누구를 이끈다고 말할 수 없게 춤이 매끄럽고 자연스러워졌다.

"전에 춤춰본 적 없다는 거, 거짓말이죠."

"그런 거짓말을 왜 해?"

"그냥 해본 말이에요. 처음치고 너무 잘 춰서요. 역시 만능 주인님. 완벽한 주인님!"

노란 머리 사람도 같은 느낌을 받았는지 아윈의 춤 솜씨를 적극적으로 칭찬했다. 아윈은 대답하지 않았지만 내심 기분이 나쁘지 않았다.

어쩐지 즐거웠던 것 같기도 하다. 배움이 빠른 스스로가 자랑스럽다는 감상도 얼핏 스치듯이 들었다. 묘한 일이다. 자랑스럽다? 전에는 이런 생각을 해본 적이 없었던 것 같은데.

그리고 이런 와중에 춤을 추느라 노란 머리 사람과 맞잡은 손이 신경 쓰였다. 단순한 접촉일 뿐인데 왜 신경이 쓰일까. 어째서 감각이 예민해지고 주의가 집중되나. 알 수 없었다.

"억!"

그리고 그 알 수 없는 상황에 정신이 팔리는 바람에, 노란 머리 사람이 파티장에서 누군가에게 부딪히고 나서야 그 사실을 알아챘다.

"죽이지 마세요!"

노란 머리 사람은 곧장 아윈을 끌어안고서 외쳤고, 아윈은 멈칫했다.

어떻게 알았을까? 자신이 노란 머리 사람과 충돌한 상대를 죽이려고 했다는 걸.

아니, 그런데 애초에 왜 살의가 생겨난 거지?

아윈은 '사람'이라는 이유만으로 누군가를 일일이 죽이고 싶어 하는 편이 아니었다. 그랬다간 그야말로 끝이 없으므로.

그렇지만 노란 머리 사람을 밀친 존재는 죽이고 싶었다. 그래, 확실히 살려두고 싶지 않았다.

"왜 죽이지 마?"

"네?"

"저게 죽으면, 네가 싫어?"

한데 그 살심보다도 앞서는 것이 있었다. 바로 노란 머리 사람의 의견이었다.

"싫다고 하면…… 안 죽일 거예요?"

그래.

노란 머리 사람은 왜 자기 의견을 들어주는 거냐고 이유를 묻지 않았다. 만약 질문했다면, 뭐라고 대답할 수 있었을까.

아윈은 스스로 답을 내렸다. 간단했다. 죽이고 싶은 놈을 죽이지 못해서 얻는 갑갑함이나 짜증보다, 노란 머리 사람이 실망하고 싫어하는 것을 보는 게 더 거슬릴 것 같았기 때문이다. 왜 후자가 더 거슬릴 것 같으냐고 묻는다면…… 글쎄, 그건 모르겠다.

어쨌든 그렇게 아윈은 살심을 억눌렀다. 죽일 놈이 있었지만 죽이지 않고 참았다.

참고로 이날 죽이고 싶었지만 죽이지 않은 자식은 한 놈 더 있었다.

"일행이 꽤 과격하군."

그래, 이놈.

"당장 그 영애를 놓아줘라. 그리고 돌아가서 노예 문서를 불태우겠다고 내게 맹세해."

멋대로 노란 머리 사람에게 손을 뻗은 것도 마음에 들지 않았는데-그래서 공격하긴 했지만-거기서 멈추지 않고 노란 머리 사람을 놓아주니 마니 하며 개소리를 지껄였다. 그러더니 상대는 심지어 아윈에게 검을 겨누기까지 했다.

아윈은 차라리 잘됐다고 생각했다. 이렇게 되면 이쪽에서도 참고 넘어가 줄 이유가 없다. 봐주지 않을 생각이었다. 상대가 먼저 이쪽을 향해 살의와 적의를 드러냈으니, 아윈도 진심을 다해 같은 마음으로 상대해 주고자 했다. 틀림없이 죽여놓을 심산이었다.

"여보!"

노란 머리 사람이 다짜고짜 그렇게 외치지만 않았어도, 생각했던 대로 했을 것이다.

"노예라니, 그, 그런 농담…… 은 우리끼리 있을 때만 하기로 했잖아…… 요."

"……."

"피곤하니 이만 집에 돌아가요. 여, 여보."

정신이 들었을 때는 살의고 뭐고, 모든 투지가 사라져 있었다. 그저 노란 머리 사람을 향해 멍청하게 대답하고 말았다.

"……그래."

시간이 흘렀다. 그사이 아윈은 노란 머리 사람과 몇 가지 일을 더 겪었다.

하루는 노란 머리 사람이 아윈을 와락 끌어안고 그를 위험에서 지켜주려 시도하기도 했다.

"위험해요!"

물론 아무런 의미 없는 행동이었다. 아윈과 노란 머리 사람의 무력이란 하늘과 땅만큼, 태양과 부스러진 반딧불의 잔해만큼 차이가 극심했으니까.

그러나 의미가 없었기에 의미가 주어지는 행동이었다. 아윈은 그를 지켜주려 한 노란 머리 사람의 행위에 얼어붙었고, 그것을 계기로 며칠이 더 지나서 깨달았다.

그는 노란 머리 사람이 필요했다.

곁에 있으면 좋겠다는 정도가 아니었다. 있어야만 했다.

언젠가부터 아윈은 노란 머리 사람이 그의 곁에 없는 순간을 상상하는 일이 어려워졌다. 억지로 상상하려고 시도했더니 숨이 턱 막혔다.

알았다. 분명하게 알 수 있었다. 노란 머리 사람은 이제 아윈에게 결코 없어서는 안 되는 존재가 되었다.

그렇지만 동시에 아윈은 알고 있었다. 노란 머리 사람이 아윈의 곁에 있는 것은 어디까지나 본인의 의지였다. 그러니까 다시 말하면, 마음이 바뀐다면 상대는 그를 떠날 수도 있는 것이다.

언제든지.

초조해졌다. 난생처음 느끼는 감정이었으나, 이것이 상실에 대한 두려움이라는 걸 어렵지 않게 알 수 있었다.

최초의 두려움 앞에서 아윈은 과거를 돌이켰고, 그가 노란 머리 사람에게 저질렀던 수많은 잘못이 생각났다.

아. 왜 그랬을까.

왜 그런 미친 짓을 했을까.

스스로를 죽이고 싶다는 충동마저 잠깐 들었을 정도로 후회가 되었다. 물론 진짜로 저를 죽일 수는 없었지만.

죽기 싫어서? 아니, 그보다는 죽으면 더는 노란 머리 사람을 볼 수 없으니까.

아. 제대로 돌아버렸군.

아윈은 자기 자신이 제정신이 아니라는 생각을 그 어느 때보다도 확실하게 했다. 하지만 어쩔 수 없는 일이었다.

어떻게 하면 노란 머리 사람을 평생 그의 곁에 붙잡아둘 수 있을까?

방법을 찾고 찾은 끝에 아윈은 정공법을 택했다.

"바람 쐴래?"

빌자.

"쳐."

"어, 네?"

"치라고."

잘못한 건 빌고, 대가를 치르고, 다시는 같은 짓을 저지르지 않겠다고 하자.

"복수하고 싶지 않아?"

"뭐라고요?"

"내가 널 수십 번이나 죽였잖아. 나한테 갚아주고 싶은 마음,

없어?"

뭐든 감당할 수 있고, 감내할 수 있다고 하자. 어차피 그것이 사실이기도 했고.

"넌 사람을 좋아하지? 이유는 모르겠지만. 사람이 죽는 걸 싫어하잖아."

세상에서 '사람'을 말살하는 것은 분명 한때 아윈이 품었던 유일한 삶의 목표였다. 이제까지 그것을 이루기 위해서 살아왔다고 해도 과언이 아니었다.

그러나 지금은 달랐다. 달라졌다. 이제 와 그가 살아가는 이유를 답하라고 한다면, 결코 저것은 아니다.

그것보다는 지금, 눈앞에 있는 이.

"안 죽일게."

"……."

"나한테 복수하고, 좋아하는 '사람'도 계속 봐. 안 죽이고 전부 멀쩡하게 놔둘 테니."

이 사람. 이 존재.

"그렇게 하면, 내 옆에 평생 있을래?"

……그의 반려.

아윈은 진심을 고백했다.

"……생각할 시간을 주세요."

그리하여 그의 인생을 통틀어 가장 길게 느껴지는 오 일을 얻었다.

닷새가 지나면 노란 머리 사람은 아윈의 고백에 답을 주기로 했다.

실은 아윈이 멋대로 기한을 정한 거지만, 노란 머리 사람 또한 동의했으니 그 말이 그 말인 셈이라 하겠다.

아윈은 거의 뜬눈으로 네 번의 밤을 보냈다. 노란 머리 사람을 보면 자기도 모르게 답을 재촉할 것 같아서 일부러 마탑을 비우기도 했다.

그렇게 약속한 닷새째 날.

초조, 기대, 혹시 모른다는 불안, 그에 지지 않는 비등한 크기의 희망 등등 갖은 감정으로 과부하가 걸리기 직전의 머리를 안고서 아윈이 마탑에 귀환했다.

이 와중에 평상시와는 달리 검은색 옷을 차려입은 채였다. 지난번 외출했을 때 노란 머리 사람이 그에게 검은 옷이 잘 어울릴 것 같다고 말했던 것이 떠올랐기 때문이다.

실상 의식해서 일부러 했다기보다는 무의식중에 한 행동에 가깝지만, 어쨌든 중요한 순간을 앞두고 조금이라도 상대에게 잘 보이기 위해 굳이 상대의 눈에 들 법한 옷을 구해서 입었다.

그런데 막상 귀환한 마탑에 노란 머리 사람이 없었다.

탑 전체를 이 잡듯이 뒤진 후 마지막으로 마탑의 마법사를 붙잡고 물었다. 그러자 오전 일찍 예일로와 함께 가까운 마을로 외출했는데, 아직 돌아오지 않았다는 답을 받았다.

예일로. 그게 뭐더라. 아, 그래. 마법사였던가.

아윈은 예일로의 인상착의를 상세하게 들었다. 그러곤 무작정 찾아 나섰다.

예일로인지 뭔지와 노란 머리 사람이 생각보다 눈에 띄는 조합이었던 덕인가. 아윈은 목격자를 몇 명 거쳐서 그리 어렵지 않게 두 사람을 찾아낼 수 있었다.

조금 더 정확하게 말하면 노란 머리 사람을 찾아냈다고 봐야 하긴 했다. 예일로라는 놈이 같은 자리에 있다는 것은 나중에야 겨우 알아차렸으니까.

그나마 알아차리기는 해서, 벼락 마법으로 장소를 쑥대밭을 만드는 과정에서 예일로를 무사히 놔뒀다.

예일로를 다치게 하지 않은 이유는 하나였다. 함께 외출할 정도면, 노란 머리 사람과 조금쯤은 친할 테니까. 친한 사람이 다치면 노란 머리 사람은 슬퍼하겠지. 다치게 한 범인을 약간은 미워할지도 몰랐다.

그건 싫었다. 정말로.

노란 머리 사람과 친한 상대에게 질투심이 들긴 했지만, 그보다 두려운 것은 역시 노란 머리 사람이 저를 좋아하지 않게 되는 것이었다.

노란 머리 사람을 둘러싸고 위협하던 일당을 모조리 정리한 후―누구도 죽이지는 않았다. 더는 사람을 죽이지 않기로 노란 머리 사람에게 약속했으니까―아윈은 공중에서 바닥으로 내려섰다.

그의 바로 앞에 멀거니 서 있는 노란 머리 사람이 시야에 박히듯 들어왔다.

놀랐는지 눈을 동그랗게 뜨고 저를 쳐다보는 노란 머리 사람은 머리카락이 조금 헝클어지고―놀랍게도 더 헝클어질 곳이 있었다―옷이 살짝 구겨지긴 했지만, 다행히 다친 곳은 없이 무사해 보였다.

마음이 약간 차분해졌다. 아윈이 입을 열었다.

"반……."

그때, 허공이 찢어졌다.

그리고 다음 순간 벌어진 일을 아윈은 도무지 이해할 수가 없었다.

허공에서 무언가가 튀어나와 노란 머리 사람을 끌어안았다. 아윈은 거의 반사적으로 그 무언가를 공격했다. 이어서 공격이 꽤 허무하게 가로막히고, 아윈은 눈을 의심했다.

자신이었다.

더 구체적으로 말하면, 마치 거울을 보듯 머리부터 발끝까지 자신과 동일한 생김새를 지닌 존재가 이 자리에 나타났다.

"뭐야, 너."

"넌 뭔데."

목소리까지 같았다. 그의 청력에 그새 어떤 문제가 생긴 것이 아니라면 말이다. 이런, 맙소사.

"겉모습을 바꾸는 개잡스러운 마법을 썼다기엔, 네 더러운 면상에서 마나가 안 느껴지는데."

"너야말로 얼굴에 뭘 뒤집어쓰고 있는 거지? 연금술로 만든 가죽인가? 이렇게 보고 있으니 꽤 역겨운걸."

서로가 서로를 가짜 취급하며 살벌한 대화를 나눴지만, 어쩌면 둘 다 느끼고 있었다. 그저 우연히 닮거나 겉모습을 따라 한 것이 아니라, 둘 모두 아윈 헤브림이라는 걸.

어떻게 그럴 수 있는지는 알 수 없었지만.

"네 정체는 모르겠고, 사실 별로 궁금하지도 않지만."

그래, 그리고 중요한 건 따로 있었다.

"한 가지만 경고하지. 뒈지기 싫으면 당장 내 반려를 놓고 떨어져."

상대가 누구든 중요하지 않다. 만에 하나 다른 세계에서 온 자기 자신, 뭐 그딴 거라도 상관없었다.

무엇보다 거슬리고 견디기 어려운 건 상대가 노란 머리 사람을 마치 제 것인 양 품에 껴안고 있다는 사실이다.

"반려? 지금 누굴 보고 뭐라고 지껄인……."

아원의 말에 상대의 기세가 험악해졌다. 그 순간 노란 머리 사람이 외쳤다.

"티메!"

사라졌다.

그와 똑같이 생긴 정체를 알 수 없는 존재도, 노란 머리 사람도.

처음 둘의 부재를 인지한 직후, 아원은 가만히 있지 않았다. 즉시 움직였다. 그러나 허허벌판을 모조리 돌아다녀도 둘의 흔적 하나 찾을 수 없었다.

"……."

없어졌다. 노란 머리 사람이.

또 다른 그처럼 생긴 존재와 함께…….

'아니.'

아니다. 아직 모른다. 정말 사라졌다는 보장은 없었다. 이대로 끝이라는 결론을 내리기에는 너무 일렀다.

기다리자.

아원은 마탑으로 장소를 옮겨서 기다렸다. 묵묵히 인내하고 시간을 보냈다.

눈에 보이는 걸 전부 파괴하고, 형체 따위 남기지 않고 무너뜨리고 싶은 난폭한 충동을 내리누르고 얌전히 있었다.

그 인내의 밑바닥에는 어떤 믿음이 있었다.

노란 머리 사람은 저를 버리지 않을 것이다. 적어도 이렇게 말도 없이, 아무것도 남기지 않은 채 영영 떠나지는 않을 것이다.

그럴 리 없다. 그렇게 잔인하게 행동할 리 없다.

최소한…….

"주인님."

최소한 환상이라도 남겨주지 않을까.

얼마나 기다렸는지 모르겠다는 생각이 들 무렵 기다림에 대한 보상이 찾아왔다.

기실 그렇게 오랜 시간이 지나지는 않았을 것이다. 아윈은 노란 머리 사람이 사라진 후 여태 잠을 자지도, 무언가를 먹지도 않았다. 그런데 아직 괜찮았다. 어쨌든 멀쩡히 살아 있다. 그렇다면 노란 머리 사람은 꽤 일찍 돌아온 것이겠지.

"……반려."

아윈은 팔을 뻗었다. 순순히 그에게 가까워지는 몸을 꽉 끌어안았다. 체온이 전해지는 순간 흡사 홀린 듯이 그 무엇도 더는 중요하지 않다는 생각이 들었다.

저와 똑같이 생겼던 그 존재의 정체도, 그가 이곳에 나타났던 이유도, 노란 머리 사람과는 어떤 사이였는지도, 노란 머리 사람이 어떻게 저에게 돌아오게 되었는지도, 그밖에 의문을 품을 수 있을 만한, 혹은 품어야 마땅한 모든 것이…….

궁금하지 않았다. 알고 싶지 않았다.

내면이 속삭였다. 이거면 됐다고. 충분하다고.

"주인님, 제가요, 가출했다가 돌아와서 어설픈 변명을 하는 것 같지만 그게 아니라 진짜 지금 기억이 안 나거든요? 지금 마탑에 어떻게 돌아왔는지도 솔직히 잘 모르겠어요. 자나괴 백작이랑 나 잡아봐라 하다가 주인님을 만났던 것까지는 생각이 나는데……."

조잘거리던 상대가 뭔가 이상함을 느꼈는지 말을 멈췄다.

곧이어 아윈의 품에서 돌처럼 굳은 노란 머리 사람이 잠시 후 머뭇머뭇 손을 들어 올렸다. 그러더니 손에 닿는 넓은 등을 어색하게 토닥토닥 두드렸다.

"우, 울지 마요, 주인님. 저 멀쩡하거든요. 물론 그것 때문이 아닐 수도 있지만. 아, 아무튼."

"응."

"진짜 우는 거였어요?!"

"……그런가 봐."

"어, 음, 꿈인가. 아야! 아니, 꿈 아닌데. 아무튼 울지 마세요……."

"응."

자기 발을 밟아서 꿈인가 현실인가 확인한 노란 머리 사람이 이어 한결 적극적으로 아윈을 토닥거리기 시작했다. 어설프지만 진심이 담긴 그 손길에 무력하게 웃음이 터졌다.

다른 것은 정말이지 뭐가 됐든 이제는 전혀 상관없었다.

"메미, 메미."

"왜?"

이아니의 부름에 메미가 그에게 시선을 주었다.

"티메의 세계에 있는 아윈 헤브림은 기억이 지워지고, 기존 세계에 있는 아윈 헤브림은 기억이 지워지지 않은 이유를 생각해 봤는데."

"해봤는데?"

"내 생각에는, 한쪽만 저항한 거야."

"흐음?"

"나머지 한쪽은 처음부터 기억이 지워지는 것에 저항하지 않은 거지. 왜, 인간은 받아들이기 싫은 현실을 차라리 잊고 싶어 하잖아. 내면 깊은 곳에서 오히려 기억이 지워지길 바랐던 걸지도……."

"좋은 해석이긴 한데, 이아니."

메미가 매의 눈으로 이아니가 막 빼돌리려던 것을 발견했다.

"그 침대 장식, 당장 내려놔."

"……."

"부수려고 했지? 이게 아니야, 라고 외치면서?"

"그건……!"

"내가 이번에는 그런 거 하지 말라고 했지! 당장 도로 침대 헤드에 끼워!"

"그, 그렇지만…… 그렇지만……!"

"반항이 길다. 내기에 진 게 누구더라?"

이아니가 눈물을 삼켰다. 잔인했다. 세상에 이보다 잔인한 노동은 존재하지 않을 것이다.

약 0.2% 정도 마음에 들지 않는 장식을 덜덜 떨리는 손으로 침대 헤드에 부착하며 이아니는 다짐했다.

'복수할 거야! 반드시!'

과연 이아니에게 복수의 날은 찾아올 것인가. 아직은 알 수 없는 미래였다.

후일담

후일담 1

“주인님, 갑자기 궁금해진 게 있는데요.”

“응.”

“예전에 저한테 이름이 없다고 생각했었잖아요.”

라테는 아원과 나누었던 대화나 함께 겪었던 일 같은 것을 대부분 생생하게 기억하고 있었다. 아원을 만나기 이전의 기억은 왜인지 흐리멍덩하고 구체적이지 않았지만, 크게 중요하지는 않다고 생각했다.

“그랬지.”

“왜 그렇게 생각했던 거예요? 보통은 이름이 없는 게 아니라 그냥 말해주지 않는 거라고 짐작하잖아요.”

“어렸을 때, 내가 지내던 곳에는 이름이 있는 사람보다 없는 사람이 훨씬 많았거든.”

"그래요?"

"나도 이름이 없었어."

처음 듣는 이야기에 라테가 귀를 쫑긋 세우고 집중했다.

"그럼 이름이 나중에 생긴 거예요? 누가 지어줬는데요?"

"어떤 키 작은 늙은이."

"키 작은 늙은이요?"

"어느 날 나타나서 싸워서 이기는 사람한테 빵과 이름을 준다고 했지. 이겼어. 빵이 가지고 싶었으니까."

아윈이라는 이름은 그때 겸사겸사 얻었다. 너무나도 어릴 때였다. 타브오너의 눈에 들어 마탑에 들어가기도 전.

비단옷을 입은 노인은 네 이름에 '승리'라는 뜻이 담겨 있다면서 웃었다. 물론 뜻 같은 건 아윈이 알 바가 아니었다.

별로 밝은 일화가 아니라, 아윈이 차라리 지어내서 답할 걸 그랬나 스치듯 생각할 때 라테가 말했다.

"멋있어요!"

"뭐?"

"이름을 싸워서 쟁취하는 건 처음 봐요. 역시 주인님은 다르네요."

마음에도 없는 빈말을 하는 것은 아닌 듯 라테의 눈이 별처럼 반짝거렸다. 아윈은 한참 뜸 들이다가 대답했다.

"……별로."

붉게 변한 귀는 흰 은발과 대조되어서 한결 눈에 띄었다.

후일담 2

"자네, 그 얘기 들었나?"

자극적인 이야깃거리를 좋아하는 상인들이 모이자 술집은 금세 시끌벅적해졌다. 구석진 한 테이블, 갖은 소문에 빠삭한 어느 상인 또한 시끌벅적한 주변 분위기에 편승해 입을 열었다.

"무슨 얘기?"

"자나쾨 백작 알지?"

"알지, 그럼. 노예에 미친 인간."

"백작이 노예 사업을 접었다더군."

"뭐? 왜?"

이야기를 시작한 상인의 목소리를 낮췄다.

"어디서 벼락이라도 잘못 맞았는지, 하루아침에 완전히 멍청이가 되었다지 뭔가! 숫자도 제대로 못 세는 얼간이로 변해서 사업이고 뭐고, 있던 재산도 모조리 날려먹을 위기라더군."

"허어, 저런! 그 자나쾨 백작이……."

"그런데 이런 소문이 있어."

"뭐?"

"자나쾨 백작이 정말로 벼락을 맞았는데, 그 이유가 너구리를 납치하려다가 신의 저주를 받았기 때문이라고 말이야."

"……."

"너구리를 조심해야겠어. 함부로 잡으려 들어선 안 될 영물이야."

"자네 말이 맞군. 정말로 주의해야겠어."

이후 왕국에는 한동안 너구리가 신의 동물이라는 소문이 파다하게 돌아다녔다.

후일담 3

세상에는 드물게…… 아니, 제법, 적잖이, 상당히, 어쩌면 넘치도록 그런 사람이 있다. 바로 자기 자신보다 남의 연애 이야기가 더 재미있고 궁금한 사람.

우기얼이 딱 그런 사람이었다.

남의 연애에 관심을 가지다 보면 다 그렇게 되는 건지 모르겠지만, 우기얼은 일반 사람보다 눈치가 제법 좋았다.

그래서 마탑에 신입 마법사로 들어온 첫날, 우연히 지나가는 아윈과 라테를 목격했을 때 우기얼은 한눈에 둘의 사이를 알아차렸다. 그의 몸에 자리한 모든 세포가 외쳤다.

'커플이다!'

……라고.

때는 아윈과 라테 두 사람이 주인과 노예에서 결혼까지 약속한 연인으로 관계를 새롭게 정립한 지 얼마 되지 않았을 시점이었다.

'커플 좋아~ 커플 재밌어~'

우기얼과 같은 이들 중에서는 가끔 분란을 조장하는 부류도 있었다. 커플을 두고 들으라는 듯이 여자가 아깝네, 남자가 아깝네 하며 급을 나누는 부류다.

다행히도, 특히 우기얼 본인에게 매우 다행히도! 그는 그런 집단에 속하지 않았다.

그는 순수하게 커플이 좋았다. 커플을 보면 행복하고 긍정적인 에너지가 솟아났다.

그뿐이었다.

'커. 플. 좋. 아.'

그렇게 마탑에 입사한 이래 우기얼의 유일한 취미는 아윈과 라테를 구경하는 것이 되었다.

물론 문제가 있었다.

우기얼의 스토킹이 아무 문제 없이 평탄하게 오래 지속되기엔, 아윈의 능력이 너무 뛰어났다는 점이다.

아윈은 대단히 손쉽게 우기얼의 기척을 발견해 냈다.

"뭐야, 너."

"켁."

눈을 반짝거리면서 아윈과 라테의 후원 데이트를 염탐하던 우기얼이 아윈에게 목덜미를 잡히게 된 건, 그가 커플 구경을 시작한 지 정확히 일주일이 되던 날이었다.

'어흐흑. 고작 일주일 만에 잡히다니……. 내 최고 기록은 반년인데…….'

그러나 여기서 우기얼이 미처 모르고 있는 사실이 있다. 그는 첫날에 진작 스토킹을 들켰다. 미리 잡지 않고 일주일 동안 그냥 둔 건, 라테가 나쁜 사람 같지는 않으니 잠시 저대로 지켜보자고 제의했기 때문이다.

실제로 우기얼이 딱히 나쁜 사람이라고 보긴 어려웠다. 그에게는 '아윈과 라테를 스토킹해서 그들에게 어떤 짓을 저지르자!' 하는 어두운 목적 같은 게 없었으니까.

그저 구경하고, 또 구경하고, 구경하고 싶었을 뿐.

그렇지만 도가 지나치면 구경 역시 범죄가 되는 법이다. 일주일은 지켜보는 입장에선 퍽 짧았을지 몰라도, 지켜봄을 당하는 쪽에서는 길었다.

"바깥에 버리고 올게."

"죽이지 마요!"

"안 죽여."

아윈은 라테와 했던 '앞으로는 사람을 죽이지 않겠다'라는 약속을 꾸준히 잘 이행하고 있었다. 덕분에 우기얼도 무사히 목숨을 건졌다.

"꺼져."

아윈은 우기얼을 마탑에서 멀찍이 떨어진 곳에 말 그대로 버렸다.

하루아침에 마탑에서 강제로 퇴사하게 된 우기얼은 울적했지만, 어쩔 수 없었다. 그 스스로도 자신의 행위-스토킹-가 엄연히 해고 사유에 속한다는 것을 알고 있었다.

'다른 커플을 찾아야 하나.'

이런 상황에서도 정신을 차리지 못한 우기얼이 다음 취미 대상을 모색하다, 문득 입을 열었다.

"저, 마탑주님!"

자리에서 막 사라지려던 아윈이 잠시 멈췄다. 귀찮았지만, 조금 전까지 라테와 함께 시간을 보낸 아윈은 현재 기분이 무척 좋은 상태였다. 그래서 특별히 우기얼이 그의 시간을 빼앗는 것을 허락해줬다.

"뭐."

"궁금한 것이 있습니다. 딱 한 가지만 질문해도 괜찮을까요?"

"해."

"감사합니다!"

지난 일주일간 아윈과 라테를 따라다니고 염탐하면서 우기얼의 마음속에는 작은 궁금증이 피어났다.

우기얼은 기분이 하늘을 찌르는 아윈의 배려 아래에서 드디어 그것을 풀어놓았다.

"저기, 두 분께서는 왜……."

"주인님, 왜 그렇게 쳐다봐요?"

라테가 고개를 살짝 갸웃거렸다.

두 사람은 진작 주인과 노예 관계를 청산했지만 '주인님'이라는 호칭은 마치 별명처럼 여전히 쓰이고 있었다.

참고로 아윈은 기분에 따라 내키는 대로 라테를 '반려'라고도 부르고 '라테'라고도 불렀다.

호칭이 그렇게 정리된 건 두어 달쯤 된 일이다.

어쨌든 아원은 라테가 던진 질문에 바로 대답하는 대신 계속해서 상대의 얼굴에 시선을 고정했다.

아원의 머릿속에 우기얼이 남긴 말이 떠올랐다.

"두 분께서는 왜 손만 잡나요?"

처음에는 저게 무슨 질문인지 이해하기 어려웠다. 손을 잡는 것이 왜?

아원은 라테와 자주 손을 잡았다. 그냥 잡고 싶어서였다. 라테의 손이 눈에 보이면 잡고 싶다. 그게 전부였다.

"잡고 싶으니까."

"아니 아니, 왜 손을 잡냐는 게 아니라 왜 손만 잡으시냐고요!"

"뭐라는 거야?"

"다른 것도 하실 수 있잖아요! 연인인데!"

"다른 거 뭐."

"그러니까……."

"주인님?"

라테가 아원을 두 번 불렀다. 그제야 아원의 정신이 반쯤 제자리에 돌아왔다.

"이상하네, 왜 이래요? 졸린가? ……졸린 주인님은 처음 보는 것 같은데.”

라테가 턱을 쓰다듬으며 아윈의 상태를 판단하기 위해 노력했다.

아윈의 시선이 한 줌밖에 안 되는 턱을 쓰다듬는 라테의 손에 잠시 머물렀다가 다시 약간 위로 올라갔다.

턱 바로 위에는 뭐가 있냐.

그렇다. 입술이 있다.

우기얼은 결혼을 약속한 연인이 진작 달성했어야 하는 진도(!)에 대해 일장 연설을 늘어놓다가, 뒤늦게 자기가 선을 넘고 있다는 것을 깨닫고 바로 내뺐다.

그리고 그때 이후로 아윈은 쭉 이 상태였다.

“졸린 게 아니라 설마 아픈가? 아픈 주인님은 더 상상이 안 되지만…….”

고개를 갸웃거리면서도 일단 확인은 해야겠다는 듯, 라테가 아윈의 이마로 손을 뻗었다.

“어? 뜨거운 것 같은-”

손바닥을 통해 전해지는 체온이 평소보다 조금 높은 것에 라테가 눈을 동그랗게 떴을 때였다.

아윈이 제 이마를 덮은 라테의 손을 천천히 잡아 내렸다.

두 사람 사이의 간격이 가까워졌다.

“라테.”

“……네?”

대답하느라 라테의 입술이 달싹, 움직였다.

가까이에서 움직이는 입술을 빤히 보던 아윈이 충동이 이끄는 대로 고개를 숙였다. 평소 라테의 손이 잡고 싶어서 잡았을 때처럼, 그렇게.

"……!"

입술이 닿았다.

아원이 눈을 감았다. 그건 누가 가르쳐 준 게 아니라 거의 본능에 따른 동작이었다.

반면 라테는 아원과 달리 입을 맞출 때 눈을 감아야 한다는, 왠지 상식처럼 여겨지는 사실을 알고 있었으나─어디서 들었는지는 정확히 기억나지 않았다─정말 눈을 감지는 못했다.

그러기엔 너무 놀랐다.

놀람이 좀 가셔서 머리가 이성적으로 상황을 파악하기 시작했을 때는, 이미 아원의 입술이 떨어지고 있었다.

입술이 닿기 전처럼 완전히 멀어지고, 짧은 침묵 끝에 아원이 정적을 깼다.

"안 싫어?"

"네?"

"싫으면 밀거나 치라고 했는데……."

"그, 그런 말 안 했는데요?"

라테가 이 와중에 틀림없는 사실을 지적했다.

그랬다. '라테' 하고 이름만 불러놓고는 '네?' 하고 대답했더니 냅다…… 응, 그랬지.

아원이 멈칫했다. 이어서 무척 드물게 당황한 모습으로 물었다.

"……안 했어?"

"……네."

침묵이 휩쓸고 지나갔다. 대단히 오랜만에 아윈의 붉은 눈이 흔들렸다.

"그렇지만 했다고 쳐요! 어차피 안 밀어냈을…… 거니까……."

씩씩하게 말을 시작했지만 끝에 가서는 불가항력으로 기어들어 갔다.

라테는 머쓱해졌다. 그리고 내심 다시 했으면 좋겠다고 생각했다. 왜냐면! 놀라서 뭘 느껴보지도(?) 못하고 순식간에 지나갔으니까!

정말로 순식간이었는지 어쨌는지는 잘 모르겠다. 입술이 얼마만큼 오래 닿아 있었는지 초를 세고 있었던 것도 아니니 말이다.

여하튼 중요한 건 부족했다는 거다. 심리상으로 그랬다.

그러니까 다시 한다면 이번에는 제대로 눈도 감고, 확실하게 음미(?)하고…….

그때 아윈의 입이 열렸다.

"알겠어."

갖은 상상에 사로잡혀 있던 라테가 순간 깜짝 놀랐다.

알겠다고? 뭘 알겠다는 거지? ……설마! 마음을 읽었나! 마음을 읽는 마법도 생겨 버린 걸까!

라테의 머리가 더 복잡해지려는 찰나 아윈이 말을 이었다.

"조금 전 건 없었던 걸로 하고, 다시 말할게."

"……."

"싫으면, 밀거나 때려."

마음을 읽은 것까진 아닌 것 같지만 어쨌든 아윈도 다시 하고 싶은 것은 맞는 듯했다.

입술이 또 닿았다.

라테는 이번에는 착실하게 눈을 감았다. 온 감각이 얼굴의 한 부위에 쏠렸다.

왠지 긴장이 됐다. 손에 닿는 아윈의 옷자락을 무작정 잡았다가, 다시 놓기도 했다.

그러다 보니 어느새 입술이 다시 멀어졌다.

"……."

입술이 얼마나 닿아 있었는지는 이번에도 알 수 없었다. 눈은 제대로 감았지만, 초를 세지는 못했으니까.

사실 초를 세는 건 처음부터 시도조차 하지 않았지만, 아마 시도했더라도 틀림없이 실패했을 것이다. 입술이 닿는 순간부터 머릿속이 하얗게 변하고 말았으니까.

"큼, 크흠."

고요히 지속되는 침묵 속에서 라테가 괜히 헛기침했다. 중요한 발표를 앞둔 발표자도 아닌데 연신 목을 가다듬고, 공연히 시선을 이리저리 옮기다가 마침내 아윈과 도로 눈을 맞추고는 입을 열었다.

"어때요?"

그리고 자기 입에서 정녕 아무 말이나 나갔다는 것을 말하자마자 깨달았다.

'아니, 뭘 어때! 지금 뭘 묻는 거야! 아악!'

라테는 비명을 지르고 싶어졌다. 자기가 한 말 때문에 머리 안쪽에서 폭죽이 터졌다. 당황, 민망, 부끄러움, 후회 등등. 어쨌든 퍽 번잡하고 부정적인 감정들을 담아낸 폭죽이었다.

'시간! 시간을 돌리고 싶다!'

그러나 당연히 라테는 시간을 돌릴 수 없었다. 평범한 인간의 한계란 그런 것이다.

따라서 한계를 지닌 평범한 인간 라테는 시간을 돌리려고 무의미하게 노력하는 대신 평소에 잘하던 것을 시도했다.

"……확실히 오늘따라 좀 따뜻하죠? 날씨가."

그렇다. 말 돌리기!

진부하지만 효과는 좋았다.

좋을 거라고 믿었다. 좋아야만 했다.

"주인님이 느끼기에는, 큼, 어때요? 역시 어제 날씨보다는 오늘 날씨가 조금 더……."

"몰라."

"아, 네. 모르시는구나. 하긴, 그럴 수 있어요. 생각보다 그날그날의 날씨에 예민한 사람은 별로 없는……."

"입술 때문에 다른 건 신경 안 쓰여."

"켁!"

라테는 입을 다물었다. 그건 꼭 혀를 세게 깨물었기 때문만은 아니었다.

방금, 입, 뭐라고.

라테가 흔들리는 눈으로 아윈을 주시했다. 아윈은 의외로 차분한 눈빛이었다.

……아니, 차분한가?

라테는 잠시 헷갈렸다. 일단 동공에 별달리 지진이 나지 않은 상태로 보이기는 하다.

그런데 느낌이 뭔가…….

"라테."

"네, 네?"

오늘은 벌써 두 번이나 라테라고 불렸네.

라테가 무심코 속으로 생각하는 순간 아윈이 고개를 숙였다. 이번엔 조금 전보다 턱을 약간 더 옆으로 기울여서.

"싫으면 꼭 때려. 아무 때나."

❖

밝혀지는 진실 하나.

실상 우기얼은 아는 것이 별로 없었다. 그저 남의 연애만 구경할 줄 알지, 정작 본인은 연애를 해본 적이 없어서 관련 지식도 겉핥기 수준에 멈춰 있다.

말하자면 우기얼은 아윈 앞에서 그 얄팍한 수준의 지식만 실컷 늘어놓았던 셈인데, 사실 그것마저도 아윈은 전부 듣지 못했다.

'입맞춤'이 처음 언급되던 순간부터 아윈의 사고가 오로지 그것에만 집중되었기 때문이다.

그리고 그렇게 언급되었던 입맞춤이란 단순히 입술을 맞대는 행위였다.

'대체 언제까지 뽀뽀만 할 셈이지?'

어디에서 배웠는지는 기억나지 않지만 어쨌든 셋 중 그런(?) 쪽 지식에 가장 박학한 라테는 결국 일주일이 지나 아윈을 상대로 먼저 다음 단계(!)를 시행하기에 이른다.

"싫어도 밀지 말고 그냥 참아요. 밀면 저 날아가요."

참고로 시행하기 전 대사는 이랬다.

덧붙여 이때 아윈의 동공은 앞서 첫 입맞춤 때 라테가 그랬던 것보다 훨씬 심한 지진을 일으켰다.

라테는 왠지 만족스러웠다.

후일담 4

트레시는 본인이 꽤 재수가 없는 편이라고 생각했다. 그도 그럴 게, 우선 그가 아직 어렸을 때 집안이 쫄딱 망했다.

'원래 부자였는데.'

귀족은 아니었지만 생활 수준만 따진다면 그에 못지않았다. 제법 큰 저택에 살았고, 집을 관리하는 사용인을 여럿 두기도 했다.

트레시는 어린 나이에 돈의 맛을 톡톡히 보면서 자랐다. 가지고 싶은 게 있으면 가졌고, 하고 싶은 게 생기면 했다.

그런데!

'갑자기 노예 금지법이 강화되는 바람에…….'

그랬다. 트레시의 집안은 노예 사업으로 부를 쌓았다.

노예를 사고파는 건 애초부터 엄연히 불법이었지만, 그래도 암암리에 성행하고 있었다.

트레시의 아버지는 뛰어난 노예잡이였다. 언제나 돈이 될 법한 노예만 귀신같이 발견해 납치해서 팔았다. 어린 트레시는 자신도 크면 꼭 아버지처럼 훌륭한 노예잡이가 되어 집안의 부를 더욱 부풀리겠다고 다짐했었다.

그러나 그 꿈은 이루어지지 못했다. 황실이 하루아침에 노예 매매와의 전쟁을 선포했기 때문이다. 이전처럼 말로만 저러는 줄 알았더니, 의외로 행보가 본격적이었다.

황실은 노예를 파는 사람뿐 아니라 사는 사람까지 엄벌로 다스렸다. 백이 넘는 노예로 하렘을 구축한 어느 늙은 귀족이 사형대로 끌려갔을 때 모두가 심각성을 깨달았다. 그렇게 노예 사업은 팍삭 주저앉고 말았다.

트레시의 집안은 몇 년 만에 급격히 가난해졌다. 과거 축적해 둔 부가 있을 텐데 왜 그렇게 된 것이냐 묻는다면, 벌이는 0에 수렴하게 되었는데 씀씀이는 그대로라 그런 애석한 결말을 맞이하게 되었노라고 하겠다.

'빌어먹을! 왜 하필 그때 법을 강화한 거냐고? 적어도 내가 실컷 해먹고 나서 강화했어도 되는 거잖아!'

여하튼 그런 이유로 스스로를 불운한 사람이라고 굳게 믿는 트레시는 오늘도 투덜거리면서 제도의 뒷골목을 걸었다.

'이대로 계속 가난하게 살 순 없어. 노예를 향한 수요는 항상 있다. 옛날보다 사고파는 과정이 까다로워지긴 했지만…….'

사실 하지 말라고 할수록 더 하고 싶어지는 법이고 그렇게 말 안 듣는 사람은 어느 시대에나 존재하게 마련. 트레시는 지금은 고인이 된-벼락 거지로 전락한 스트레스로 인해 병에 걸려 죽었다-부친의 인맥을 통해 얼마 전에 얻은 정보를 떠올렸다.

'너구리를 닮은 노예를 원하는 대부호가 있다고 했지. 값은 얼마든지 부르는 대로 쳐준다고.'

너구리상 노예는 약 이십 년 전 트레시가 아주 어렸을 시절에 유행했었다. 역시 유행이란 돌고 도는 것인가 보다. 트레시는 그렇게 생각하며 골목을 꺾었다.

'그나저나 팔 곳이 있다고 해도 말이지, 너구리 닮은 노예를 갑자기 어디서…….'

멈칫.

트레시는 골목을 꺾자마자 발걸음을 멈췄다. 하마터면 비명을 지를 뻔한 그는 투박한 손으로 우악스럽게 입을 틀어막았다.

'이런 미친! 너구리다!'

트레시의 시선 끝, 아주 운이 좋게도 마침 너구리를 닮은 사람이 서 있었다. 트레시는 흥분했다. 그럴 수밖에 없었다. 상대는 그야말로 너구리의 현신 같은 외모를 지니고 있었다.

저 얼굴을 보고서 너구리를 떠올리지 못한다면 분명히 눈에 어떠한 문제가 있는 사람일 것이다.

'더구나 노예 중에 제일 비싸게 팔린다는 젊은 여자……!'

나이가 많아야 스물이나 되었을까? 적어도 트레시보다 어린 것은 확실해 보였다.

'추가로 그 희귀하다는 은발. 미쳤군. 이건 신이 내게 내린 선물이야!'

너구리 닮은 노예를 구한다는 대부호에게 팔면 얼마를 받을 수 있을까? 바로 계산이 되지 않았다. 어쨌든 분명한 건, 무슨 일이 있어도 지금 여기서 저 너구리 소녀를 무조건 잡아야만 한다는 거였다.

'……좋아, 아무도 없군.'

주변을 둘러본 트레시가 눈을 빛냈다. 오늘은 마치 그를 위한 날인 것만 같았다. 이렇게 운이 좋을 수가!

'아버지, 지켜봐 주세요. 이제 우리 집은 다시 부자가 됩니다!'

"크하하!"

희망에 부푼 트레시가 모퉁이에서 튀어나와 소녀에게 기습적으로 확 달려들었다.

그러나 트레시는 소녀의 은색 머리카락 한 올조차 건드리지 못했다. 그 전에 그의 뒤통수에 어디에서 날아왔는지 모를 마법이 적중했다.

퍽!

"컥!"

외마디 비명과 함께 순식간에 경직된 트레시가 바닥으로 스르르 허물어졌다.

화사한 은발에 너구리를 닮은 외모의 소녀는 트레시가 느닷없이 저에게 덤벼들다 말고 마법을 맞고 기절하는 일련의 과정을 똑똑히 지켜본 후 밝은 목소리로 외쳤다.

"와! 두 명째!"

"아가씨."

그 순간 아무것도 없던 허공에 사람이 생겨났다.

눈가에 옅게 주름이 져 이제는 나이를 먹은 태가 제법 나는 예일로가 뒤집어쓰고 있던 망토를 벗으며 말했다.

"이제 그만 마탑으로 돌아가시죠. 하루에 두 명이면 많이 잡았습니다."

"그럴까? 하긴, 이만하면 충분하긴 하지."

예일로의 말에 소녀가 순순히 고개를 끄덕였다.

"그나저나 망토 어때? 쓸 만하지? 무려 이틀이나 걸려서 만든 거라니까."

"쓸 만한 정도가 아니라…… 몇 번이나 말씀드리지만, 역시 아가씨는 천재십니다. 사람을 투명하게 만드는 마법 물품이라니. 심지어 이 엄청난 걸 고작 이틀 만에 만들어내시다니!"

예일로가 양손을 맞잡았다. 그의 감탄은 조금도 과장이나 거짓이 아니었다.

"후훗."

예일로의 감탄에 기분이 살짝 좋아진 소녀가 머리카락을 가볍게 쓸어 넘겼다. 결 좋은 긴 은발이 '찰랑' 하고 소녀의 어깨 뒤로 넘어갔다.

"내가 아빠보다 마법 실력은 아주 조금 떨어지지만, 제작 쪽은 솔직히 전혀 안 밀리지."

"맞습니다, 맞습니다."

"사실 내가 망토 말고도 얼마 전에 시험 삼아서 만들어본 게 있는데……."

"오오!"

그 뒤로도 주거니 받거니 자기 자랑과 감탄이 한동안 계속해서 이어졌다. 덕분에 트레시는 차가운 골목 바닥에 쓰러진 채 한참이나 방치되어야 했지만, 당연하게도 그를 신경 써주는 사람은 아무도 없었다.

"아, 이만 이거 치안대에 넘기고 갈까?"

"넵. 제가 옮기겠습니다."

예일로와 소녀는 골목을 벗어나 가까운 치안대에 트레시의 신병을 넘기곤 마탑으로 귀환하기 위한 이동 마법을 준비했다.

"참, 그런데 예일로가 보기에도 내가 너구리를 닮았어?"

대부호가 너구리를 닮은 노예를 찾는다는 건 소녀 측이 일부러 흘린 거짓 정보였다. 소녀는 지난 며칠 사이 트레시를 비롯해 거짓 정보에 넘어간 범죄자들을 벌써 몇이나 잡아들였다.

"……."

"나랑 엄마 중에 누가 더 너구리랑 닮았어?"

"아이고, 이런 데 웬 돌 조각이. 마법에 방해되게."

예일로가 말을 돌렸다. 그러는 사이 이동 마법 수식을 완성했다.

소녀와 예일로는 나란히 마탑에 도착했다.

마탑 입구에는 진작 마법의 파장을 느끼고 소녀를 마중 나온 두 사람이 있었다. 소녀가 즉시 해맑게 웃으면서 예일로를 뒤로하고 두 사람에게 뛰어갔다.

"엄마! 아빠!"

"티메! 티메야! 티메 자식아!"

"왜."

널찍한 의자에 앉아서 휴식하던 티메가 고개를 돌렸다. 허공을 통

과해서 나타난 메미가 마구 박수를 쳐댔다.

"네 세계 아윈이랑 라테가 아이 낳은 거, 왜 말 안 했어?"

"그걸 뭐 하러 말해?"

"아아, 세상에. 너무 귀여워! 은색 너구리라니, 정말 말도 안 되게 귀엽더라!"

티메가 뭐라고 대꾸하든 홀로 신이 난 기색으로 자리에서 방방 뛰던 메미가 이어 멈칫했다.

"가만, 그런데 왜 딸이지? 저쪽 세계 아윈 헤브림과 라테 엑트리의 자식은 아들이잖아. 게다가 생긴 것도 너무 다르고……."

"다른 게 당연하지."

"왜?"

"여기 라테는 우리가 만들어낸 라테잖아. 전혀 다른 존재인데, 진짜와 동일하게 자식을 낳으면 그게 더 신기할 일이지."

"아아, 그도 그러네."

납득한 듯 고개를 주억거리던 메미가 이내 음흉하게 눈을 빛냈다. 그러더니 턱을 쓰다듬으면서 혼잣말로 중얼거리기 시작했다.

"이참에 아예 내가 수호신이 되어줄까? 난 어차피 맡은 세계도 없어서 한가하니까. 은색 너구리를 가호하고 보살피는 것도 나쁘지 않을 것 같은……."

"혼자 말하는 데 끼어들어서 미안한데, 너 이제 안 한가해."

"뭐라고?"

"이아니가 이번에 안식에 들어간 거 알지? 그러면서 자기 세계를 맡아줄 신으로 너를 지목했어."

"……뭐?"

"곧 부름이 올…… 아, 왔네."

오색의 빛이 메미의 온몸을 휘감았다. 티메도, 메미도 이 빛이 의미하는 바를 알고 있었다. 무려 신을 심판하고 신에게 상벌을 내릴 수 있는 곳인 '절대 영역'에 신이 불려갈 때 나타나는 현상이다.

"자, 잠깐. 이아니가 다스리던 세계라면 완전 막장에 개판이라 관리자가 더럽게 바쁜…… 아악! 이아니이이이이!"

참고로 이아니는 자기 세계의 후임 신으로 메미를 지목하면서 이십 년 전에 자기를 부려먹었던 것에 대한 복수라는 말을 남겼지만, 티메는 굳이 그것까지는 전달하지 않았다.

메미가 오색의 빛과 함께 사라지자 주변이 조용해졌다.

티메는 되찾은 평온 속에서 의자 등받이에 몸을 기댔다. 그의 앞에 있는 동그란 거울이 다시금 한 가족의 모습을 담아냈다. 무척 행복해 보이는 가족의 모습이었다.

티메는 팔짱을 끼고는 씩 웃었다.

후일담 5

오드가 의젓한 네 살이 되었을 무렵, 마탑에 새로운 마법사가 들어왔다.

이름은 우기얼!

“저는 커플이 정말 좋아요. 커플은 아름답잖아요.”

“안 물어봤는데…….”

“그런데 부부에는 별로 관심이 없어요. 부부는 이미 완벽하게 결말을 맞이한 커플이니까요. 진행 중인 커플을 지켜보는 게 진정한 제 행복이에요.”

“그것도 안 물어봤는데…….”

“그래서 말인데, 마탑에 혹시 아직 결혼하지 않은 커플은 없나요?”

“없는데…….”

“……!”

우기얼은 입탑 하루 만에 좌절에 빠졌다. 그가 미처 찾아내지 못한 것이 아니었다. 마탑에는 정말로 커플이 존재하지 않았다!

"엉엉."

성격이 좀 이상하긴 해도 어쨌든 뛰어난 마법 실력을 지닌 신입 마법사가 며칠 내내 죽상이 되어 슬퍼하자, 마탑의 선배 마법사들이 고민하다 우기얼을 위해 환영 파티를 열어주었다.

"마셔! 실컷 마시고 우울이나 근심은 다 잊는 거야!"

"와아!"

사실 본심은 그냥 자기들이 술 파티를 즐기고 싶었던 것 같기도 하다.

어찌 됐든 그리하여 마탑 일 층에서 모처럼 성대한 만찬이 열렸다. 지나가던 라테가 재미있어 보인다면서 참석했다. 라테가 끼니 자연스럽게 아윈도 함께했다.

마탑 마법사들은 아윈의 등장에 처음에는 돌처럼 굳었다가, 이어 술의 힘을 빌려 다시 웃고 떠들기 시작했다. 위대한 술.

"이히히! 기얼이 놀이 할래요!"

"기얼이가 누구야. 우기얼?"

"우기얼 미쳤나 봐."

"제 발로 마탑에 찾아오는 마법사들 상태가 다 그렇지 뭐."

"기얼이가 좋아하는 랜덤 놀이~"

"랜덤 놀이가 뭔데?"

"몰라, 그냥 하자."

"진실 놀이!"

그렇게 술 파티가 무르익은 가운데 다짜고짜 우기얼이 좋아하는 진실 놀이가 시작되었다. 놀이의 규칙은 간단했다.

"질문에 무조건 진실만 대답해야 해요! 대답 못 하겠으면 자기 앞에 있는 술 마시기!"

그게 뭐냐고 수군거리던 마법사들은 순식간에 진실 놀이에 빠져들었다. 굉장히 자극적이었다.

"넘나레드, 혹시 카르댄밸이 잘 때 뺨 때려본 적 있나요?"

"……."

"술 마신다! 마셨다!"

"이 개새끼가! 어쩐지 가끔 일어나면 이상하게 한쪽 볼이 얼얼하더라니!"

"때린 적 있다고 말 안 했거든?"

"닥쳐! 없다고 안 하고 술 처마신 게 네 답이다!"

넘나레드와 카르댄밸이 주먹다짐을 시작하는 바람에 자리에서 이탈했다. 신경 쓰는 사람은 별로 없었다.

평소였다면 말리는 시늉이라도 해줬을 라테는 조들리어가 웬일로 특별히 꺼내놓은 애장품 고급 와인의 맛에 빠졌다. 과음 중이었다. 아윈은 과음 중인 아내를 옆에서 지켜보느라 바빴다.

파티에 참석한 인원이 두 명 줄어들었지만 진실 놀이는 계속되었다.

"이번에는 안주인님께 질문~!"

그리고 술기운이 한계까지 오른 우기얼이 마침내 사고를 쳤다.

"결혼 후에 다른 남자에게 아주 조금이라도 흔들려 본 적, 있나요?"

한순간에 분위기가 싸늘해졌다. 툭, 투툭. 여기저기서 안주를 떨어뜨리거나 손에 쥔 컵을 놓쳤다.

"덜덜……."

누군가는 입으로 소리 내서 떨기도 했다.

'암살할까?'

'누가 할래, 빨리 나서.'

아윈이 움직이기 전에 다른 마법사가 먼저 우기얼을 처단해야 한다. 그래야 나머지라도 살아남을 수 있다.

자리의 마법사들이 다들 한마음으로 그렇게 생각하며 서로에게 눈치를 주었으나, 누구도 선뜻 바로 살인을 마음먹지는 못했다.

'어쩔 수 없죠. 제가…….'

'오옷, 메모리아!'

'제가 아로브럭에게 시키겠습니다.'

'잠깐만요!'

그때였다.

아로브럭의 강제적 희생을 필두로 우기얼 암살이 실행되기 직전, 라테가 재미있는 질문을 들었다는 것처럼 푸하하 웃으면서 입을 열었다.

"당연히 없지! 만약 있었으면, 음, 아윈이 진작 개를 쓱싹! ……하지 않았을까?"

이쯤에서 한 가지 상기할 것이 있다면 라테 또한 우기얼 못지않게 과음했다는 사실이다.

라테가 아윈의 어깨를 퍽퍽 치면서 내놓은 답에 마법사들이 서로 시선을 교환하다가 너도나도 재빨리 나서서 거들었다.

"맞는 말씀입니다. 절대 이 세상 사람일 리 없죠!"

"그럼 그럼. 탑주님께서 옛날에 처리하셨겠지."

"안주인님의 마음을 흔든 놈? 있을 리가 없지만, 있어도 무조건 죽었지!"

그처럼 단 한 사람의 반박도 없이 의견이 순조롭게 하나로 좁혀질 때였다. 과음한 라테의 상태를 살피던 아윈이 무심하게 한마디 툭 뱉어냈다.

"안 죽였어."

"……."

"예……?"

"그, 방금…… 뭐라고……."

"아윈."

경직된 공기 가운데서 라테가 아윈을 불렀다. 끔벅끔벅, 라테의 눈꺼풀이 움직였다.

"나 졸려."

"그래."

졸음을 호소하는 라테를 데리고 아윈이 곧장 자리에서 사라졌다. 마탑 주인 내외가 사라진 만찬 자리에는 한동안 숨 막히는 정적이 깨지지 않고 맴돌았다.

우기얼이 술기운에 정신을 차리지 못하고 해롱거리다가 뒤늦게 말문을 열었다.

"으응? 왜 다들 조용해요? 진실 놀이 이제 재미없나. 그럼 기얼이가 좋아하는 새로운 랜덤-"

"저 새끼 끌어내."

우기얼은 마탑에서 퇴출되었다.

그리고 마탑 마법사들 사이에서 '그날의 만찬'은 암묵적으로 평생 언급해서는 안 되는 어떠한 비밀 같은 것이 되었다.

덧붙여 라테는 과음의 대가로 그날의 기억이 통째로 날아갔다. 숙취로 심하게 고생해서 다시는 술은 입에도 대지 않겠다고 다짐했다는 소소한 후일담은 덤이었다.

후일담 6

라테는 길을 가다 웬 안경을 주웠다.

"이게 뭐지?"

안경 옆에는 쪽지가 한 장 놓여 있었다.

<깜짝 이벤트!>

임무 무사 완료 xx주년 기념 선물! @@@ 측정 안경.

특이사항: 성능이 향상되어 최대 표기 수치가 기존 1,000에서 !@#$까지 늘어났습니다.

"뭐야, 이거……."

어째서인지 중요해 보이는 부분은 죄 읽을 수 없게 되어 있다.

"수상해!"

하지만 흥미가 생겼다. 라테는 수상한 안경을 가지고 마탑으로 귀환했다.

"어라?"

안경을 끼고 돌아다니던 라테는 깜짝 놀랐다. 마주치는 사람마다 머리 위에 하트와 숫자가 보였다.

"아가씨, 뭐 하세요?"

"191."

"네?"

"안주인님, 웬 안경입니까? 그걸 보니 예전에 제가 쓰고 다니던 애장품이 떠오르네요! 하핫!"

"35."

"안주인님! 넘나레드 이 자식 보셨습니까? 이게 남의 옷을 망쳐놓고 어딜……."

"9."

숫자는 보이는 사람마다 들쑥날쑥했다. 라테가 고개를 갸웃했다.

"하트와 숫자라니, 이거 설마 호감…… 어라, 눈따따한테도 보이네. 300?"

사람이 아닌 인형의 머리 위에 숫자가 뜨다니, 호감도는 아닌가? 더구나 지금까지 목격한 숫자 중에서 눈따따의 것이 가장 높았다.

"이게 뭘까……."

"못 보던 안경이네."

그때 라테 앞에 아윈이 나타났다. 무심코 안경을 낀 채 아윈의 머리 위를 확인한 라테의 눈이 확연히 커졌다.

"아윈, 너 머리 위에 숫자가 있는데……."

"숫자?"

"근데 엄청 높아……."

"몇인데?"

라테의 입이 열렸다.

"20,000."

그럼 이만!

〈부활하는 들러리양〉 완결

부록 : 그들과의 인터뷰

#예일로

Q: 안녕하세요, 여러분! 이곳은 여러분과 저만 볼 수 있는, 특별 인터뷰를 위한 공간입니다.

우선 첫 번째 인터뷰 주자님을 불러보겠습니다. 반갑습니다.

A: 아……. 네……. 반갑습니다?

Q: (웃음) 자기소개 부탁드릴게요!

A: 아, 안녕하세요. 제 이름은 예일로고요, 나이는 스물다섯, 직업은 마법사, 소속은 마탑, 허리 사이즈는…….

Q: 거기까지!

A: 넵.

그런데 제 허리 사이즈가 나름 자랑거리라서…….

Q: 다른 곳에 가서 자랑하시겠어요?

A: 넵.

그런데 저는 이곳에 왜 불려온 건가요? 여긴 대체 어디고요?

Q: 굉장히 일찍 궁금해하시는군요. 이 장소는 바로 인터뷰를 위해 특수하게 만들어진 공간이랍니다. 제 허락 없이는 결코 입장도, 퇴장도 할 수 없어요.

A: 인터뷰요?

Q: 제가 묻는 질문에 대답만 해주시면 돼요.

A: 네, 알겠습니다.

'전지전능해 보이는데, 신인가?'

'신은 악취미를 가졌다는 구전이 사실이었다니…….'

Q: 질문 시작할게요.

A: 네.

Q: 첫사랑이 누군가요?

A: 첫사랑이요? 그건…….

Q: 혹시 반려 노예님인가요?

A: 반려, 예? 예에에엑? 아뇨! 절대 아닌데요!

Q: 정말로 아닌가요?

A: 아니에요!

Q: 지금 이곳에는 예일로와 나, 둘뿐이에요. 아무도 이곳에서의 대화를 들을 수 없습니다. 그러니 솔직하게 말해도 좋아요.

A: 진짜 아니에요……. 왜 그런 오해를…….

Q: 눈물을 쏟을 것 같은 표정이네요. 알겠어요. 믿을게요.

A: 흑흑.

Q: 앗, 진짜 울리고 말았네.

A: 마음이 매도당해서 억울해요. 반려 노예님은 저한테 그저 은인이에요.

Q: 자나쾨 백작을 무찔러 줘서요?

A: 맞아요!

Q: 그럼 은인이 되기 전에는 어떤 존재였는데요?

A: 음……. 누나?

Q: 누나요?

A: 네. 하핫, 여기서 처음 말하는 건데, 그런 누나가 있으면 좋겠다는 생각이 들었었죠.

Q: 보통은 여동생을 이야기하지 않나요?

A: 여동생은 제가 지켜줘야 하잖아요. 저는 반려 노예님께 지켜지고 싶었는걸요!

(정적)

A: 반쯤은 농담이고요, 그냥, 뭐랄까. 반려 노예님을 보고 있으면 괜히 든든했거든요. 밝고, 어떤 일을 겪든지 무너지지 않을 것 같아서 그랬나.

Q: 반려 노예님이 굳세고 씩씩한 사람이긴 하죠.

A: 그렇죠?

참, 조금 전 질문이 첫사랑이었으니까 대답해 드리는 건데요. 제 첫사랑은…….

Q: 안 궁금해요.

A: 네??

Q: 반려 노예님을 향한 마음이 궁금했던 것뿐이에요. 사랑과 전

쟁은 없었군요. 순수해서 재미없지만 예일로의 목숨과 안녕을 위해서는 그편이 좋긴 하겠죠. 앞으로도 영원히 쭉 순수한 마음 간직하길 바랄게요. 응원해요!

A: 아니, 저기…….

Q: 아쉬워 보이네요. 하지만 역시 첫사랑은 별로 궁금하지 않으니까, 그걸 제외하고 따로 남길 말이 있다면 해도 좋아요.

A: 아, 그럼, 큼큼.

가장 완벽한 색, 옐로.

Q: 안녕히 가세요.

#케니스

Q: 즐거운 인터뷰였어요! 그럼 이제 두 번째 인터뷰 주자님을 불러볼까요?

안녕하세요~!

A: (미간을 좁힌다.)

뭐지, 여긴.

Q: 이곳은 인터뷰를 위한…… 벌써 세 번째 같은 말을 하려니 지겹네. 그냥 묻는 말에 대답이나 해주시면 되는 공간이에요!

A: (칼을 뽑아서 허공을 베어본다.)

(아무 변화도 없다.)

……질문이 뭐지?

Q: 후훗. 얼마 전에 당신의 유일한 여자사람친구가 공작가에 다

녀갔잖아요?

A: (미간 주름이 깊어진다.)

(저놈의 여자사람친구라는 말이 어이가 없지만 이곳에서 빨리 탈출하고 싶으므로 꾹 참고 지적하지 않는다.)

하아. 그래서?

Q: 단도직입적으로 물을게요. 마탑주와 당신의 친구가 정말로 주인과 노예가 된다면, 당신은 가만히 있을 건가요?

A: (짜증 남)

(다시 허공에 검을 휘둘러 본다.)

(역시 아무런 변화 없다.)

(분노를 겨우 다스림)

몰라.

Q: 모른다고요?

A: 벌어지지 않은 일을 상상할 수는 없다. 그러니 그 질문은 그만해.

Q: 그럼 그 상황에서 나설지 안 나설지, 현재로선 본인도 알 수 없다는 거네요?

A: 그래.

Q: 제게는, 나설 만하면 꼭 나서겠다는 대답으로 들려요!

A: (침묵)

Q: 아름다운 우정이에요. 당신의 여자사람친구가 이 답을 알게 된다면, 기뻐할지도 모르겠어요!

A: 둘이 한패인가?

Q: 한패라니요. 무슨 범죄 집단을 가리키듯 이야기하시네요. 아쉽지만 그런 건 아니랍니다.

A: (의심)

Q: 하하, 시간이 촉박하니 어서 다음 분을 불러와야겠어요. 안녕히 가세요~!

#아윈

Q: 자아. 어느새 세 번째 인터뷰 주자님이네요!

A: 뭐야.

Q: 음, 올 게 왔군…….

A: (마법 난사)

(난사)

(난사)

Q: 저기요~?

A: (계속 난사)

씨발.

(차원을 찢으려는 시도)

Q: 저기요! 잠깐만요! 그러지 마시고요, 그냥 간단한 질문에 대답만 해주시면 여기서 바로 무사히 나갈 수 있거든요?

A: (무시하고 여전히 차원을 찢으려는 시도)

좆같네. 왜 안 돼?

Q: 제가 정말 간단한 질문을 준비했는…….

A: (마법 난사)

Q: '젠장, 이러다간 쟤 마법 쓰는 것만 구경하다가 끝나 버리겠어!'

이러면 어때요? 제 질문에 대답해 주시면 선물을 드릴게요!

A: (마법 난사)

Q: 엄청난 선물! 돈이 있어도 절대 구할 수 없는 특별하고 굉장한 것!

A: (방향만 바꿔서 마법 난사)

Q: 그 어떤 빗자루 머리카락도 여섯 시간은 찰랑찰랑 비단결로 만들어주는 최고급 초강력 머리카락 영양제!

A: 뭐?

Q: 드디어 마법을 멈추셨네요……. 당신, 마나량이 대체 왜 그런 거죠…….

A: 다시 말해봐.

Q: 드디어 마법을 멈-

A: 그 전에.

Q: 최고급 초강력 머리카락 영양제요?

A: 효과 진짜야?

Q: 어머나, 당연하죠! 이 공간에서 저는 진실밖에 말할 수 없답니다.

A: (고민)

Q: 이 영양제만 있으면 빗자루 머리카락을 가진 모든 사람이 여섯 시간 동안 누구보다 행복할 거예요.

A: 질문해.

Q: 드디어 인터뷰를 진행할 수 있게 되었군요! 감사합니다. 그전에 자기소개 먼저 해주실 수 있을까요?

A: 고객님 남편.

Q: 네, 그리고요?

A: (대답 없음)

Q: 뭐 이름이라든지, 직업, 신장이나 발 사이즈…….

A: (대답 없음)

Q: 네, 알겠습니다. 고객님 남편님.

A: 어.

Q: ……. (바로 대답하는 꼴이 어이없음)

그럼 질문을 받기에 앞서, 이 도구를 착용해 주시겠어요?

A: 뭔데.

Q: 보다시피 안경이에요. 그런데 평범한 안경은 아니죠. 이건 바로, 혐오도 측정 안경이랍니다! 줄여서 혐경!

A: (쓰레기 잡동사니를 보듯이 안경을 본다.)

(그래도 일단 착용)

이다음은?

Q: 좋아요, 혐경을 잘 착용하셨네요. 이제 그 상태로…… 평행 세계의 자기 자신을 떠올려 주세요! 이게 질문 대신이에요.

A: (미간 꿈틀)

Q: 선명하게 떠올려 주세요. 그럴수록 혐오도 측정이 잘 되거든요. 어디 보자, 혐오도 10…… 혐오도 100…… 혐오도 1,000…….

―펑!

Q: ……허억! 솟구치는 혐오도를 감당하지 못하고 혐경이 터져 버렸어요!

A: (터진 혐경을 벗어서 내동댕이침)

Q: 아쉬워라……. 더 튼튼하게 만들 걸 그랬네.

A: 약속 지켜.

Q: 아휴, 네. 어쩔 수 없죠. 최고급 초강력 영양제는 오늘 안에 마탑으로 보내 드릴게요.

A: (만족한 듯하다.)

Q: ……안녕히 가세요!

Q: 드디어 마지막 인터뷰네요~! (지침)

사람을 초대하려고 했지만, 조금 전의 누구 때문에 기운이 쏙 빠졌으니까…….

대신 준사람을 초대할게요!

눈따따:

Q: 어서 오세요~!

눈따따:

Q: 시간이 흘러도 늘 처음 같은 모습을 유지하네요. 비결이 뭔가요?

눈따따:

Q: 영업비밀이라고요? 알겠어요. 비밀은 당연히 지켜 드려야죠!

눈따따:

Q: 짧지만 시간 내주셔서 감사했어요. 안녕히 가세요~

눈따따: 따따

Q: ……어머나!

Q: 본래는 여기서 인터뷰를 끝낼 생각이었지만, 아무리 그래도 모든 세계에는 '주인공'이라는 것이 있는 법이잖아요? 모처럼 마련한 인터뷰 공간인데, 이 세계의 주역을 단 한 번도 초대하지 않는 것은 역시 말이 안 되는 것 같아요.
그래요. 주인공이 괜히 주인공일까요?
이야기의 진정한 주인공! 이 창작물을 이끌어가는 핵심! 없어서는 결코 안 될 당신! 나와주세요!

팝콘:

Q: 정말 오랜만이에요! 주인공인데도 불구하고 요새 등장이 뜸했던 것 같아요.

팝콘:

Q: 그래도 모두 당신을 잊지 않고 있으니 걱정하지 마세요.
다들 언제나 한마음 한뜻으로 당신을 생각하고, 영원히 기억할 거예요.

팝콘:

Q: 하하, 너무 당연한 이야기를 했나요?
그럼 기왕 여기까지 온 김에, 마지막 인사라도 해주시겠어요?

팝콘:

Q: 네, 감사합니다. 그럼 인터뷰는 여기까지…….

팝콘: 나는 맛있다.

Q: ……세상에나!

+부록의 부록

론드미오: 나는 등장조차 하지 못했군. 내가 이렇게 먼지와 동일한 취급을 받다니…….

이벨린: 전하, 전하는 혼자가 아니에요. 저도 있어요.

론드미오: 이벨린!

이벨린: 전하!

론드미오: 하하

이벨린: 호호

라테: (와삭)

부록 마침